법보다
주먹!

법보다 주먹! 8

사략함대 장편소설

초판 1쇄 찍은 날 § 2016년 6월 8일
초판 1쇄 펴낸 날 § 2016년 6월 15일

지은이 § 사략함대
펴낸이 § 서경석

편집책임 § 이재림

펴낸곳 § 도서출판 청어람
등록번호 § 제387-1999-000006호
등록일자 § 1999. 5. 31
어람번호 § 제1-2451호

주소 § 경기도 부천시 원미구 부일로 483번길 40 서경B/D 3F (우) 14640
전화 § 032-656-4452 팩스 § 032-656-4453
http://www.chungeoram.com
E-mail § chungeorambook@daum.net

ISBN 979-11-04-90836-1 04810
ISBN 979-11-04-90634-3 (세트)

사락함대 장편소설

FUSION FANTASTIC STORY

8

검보다 주먹!

도서출판 청어람

목차

제1장
악마의 미소를 보다

"이거, 촬영 장비가 뭔지 파악할 수 있습니까?"

조명득은 박동철의 지시로 동영상을 가지고 국립과학수사연구소 영상 판독실로 가서 동영상을 보여줬다.

"지금 조작 여부가 아니라 촬영 장비를 파악해 달라고요?"

연구원은 어이가 없다는 표정을 지어 보였다. 보통 이곳에 오는 동영상이나 녹음은 조작된 것이 있는지 파악해 달라고 하는 경우가 대부분이었기 때문이다.

"부탁드리겠습니다. 해주십시오."

"…알았습니다. 그런데 이 동영상, 복사본이네요."

"그렇죠, 인터넷에서 따왔으니까요."

"아뇨, 처음 인터넷에 뜰 때부터 복사본이었다고요."

조명득은 새로운 사실을 알게 됐다.

"동영상에 음성이 없죠? 즉 음성을 지우고 올렸다는 겁니다."

"복원이 가능할까요?"

"가능하겠어요, 안 가능하겠어요?"

"국과수에 괜히 계신 거 아니시니까 가능하겠죠."

조명득이 씩 웃었다.

"그렇죠. 그런데 조금 시간이 걸릴 겁니다. 그런데 뻔한 동영상을 왜 복원하려는 겁니까?"

국과수 연구원도 조세연의 동영상에서 아는 것 같다.

"저야 모르죠. 검사님이 해오라고 하셔서⋯⋯."

그렇게 국과수에 조세연의 동영상 복원이 요청되었다.

*   *   *

"사건 조사에 참고가 될 사항이 있으면 말씀하세요."

"동영상, 이상하다고는 생각 안 하셨어요?"

조세연이 나를 보며 밀했다.

"왜요, 누명이라도 쓰셨다는 겁니까?"

"보이는 것이 있는데 누명까지라고는 말할 수 없겠죠."

명명백백 보이는 것은 확실했다. 하지만 나는 그런 과정까지 가게 된 것이 궁금했다. 아니, 그런 과정까지 가게 된 것을 확인하고 싶다고 해야 할 것이다.

"무슨 대화가 오가셨죠?"

"믿어주실 건가요?"

"상황에 따라서요."

조세연은 뭔가 말을 하려다가 결국 입을 다물었다.

"더 하실 말씀은 없습니까?"

"보이는 것이 전부는 아니라고 말씀드리고 싶네요."

조세연이 나를 묘한 눈빛으로 봤다. 마치 궁금하면 네가 알아서 찾으라는 눈빛이다.

"말씀을 하시면 도와드리죠."

"믿음이 안 가서요. 제가 더 조사를 받아야 하나요?"

"하실 말씀이 없으면 오늘은 여기까지 하죠."

"고맙네요. 이런 옷 정말 어색해요. 이 상태로 검찰청에서 나가면 내일 인터넷에 쫙 깔리겠어요. 휴우……."

조세연은 길게 한숨을 쉴 뿐이다. 정말 뭔가가 있는 것 같은 느낌이다. 하지만 아무 소득 없이 1차 피의자 심문은 끝이 났다. 조세연은 입을 열 듯하다가 아무 말도 안 한 것이 신경 쓰였다.

"그러면 내가 찾지, 뭐."

'보고 또 보면 보이는 것이 있겠지.'

나는 바로 자료를 가지고 검찰청 비디오 판독실로 향했다. 어떤 면에서는 아주 간단한 사건이다. 그런데 결코 간단한 사건이 아닌 것은 갑질 한번 하고 을질을 당하는 것처럼 느껴지기 때문이다. 재벌이라고 다 갑질만 하고 사는 것은 아니다. 그리고 서민이라고 해서 재벌에게 항상 당하는 것도 아니다. 비등한 예로 연예인과 시비를 붙은 일반인은 연예인이라는 특수성 때문에 고소를 하고 합의 목적으로 금품을 요구한다. 이번 사건 또한 비슷한 사건처럼 느껴졌다. 그런 의미에서 장미란은 자해공갈단 느낌이 난다. 마치 합의금을 목적으로 조세연을 화내게 만들고 일부러 맞은 것 같다. 그렇다면 치밀하게 꾸며진 사건이다. 게다가 재벌이기 때문에 일반인처럼 억울하다는 호소도 못하는 것이다. 그 누구도 믿어주지 않을 테니까. 나는 비디오 판독실로 들어와서 동영상을 판독하기 시작했다. 나 혼자 할 수 있는 것은 없지만 그래도 뭔가 있을 것 같다는 생각이 자꾸 들었다.

"…VIP룸에서 촬영됐군."

이런 곳에서 핸드폰으로 동영상을 찍었다는 것도 참 놀랍다. 핸드폰에 동영상 촬영 기술이 적용되기 시작한 건 최근이고, 10분 정도밖에 촬영할 수가 없다. 그런데 정확히 그 10분 중 5분 정도가 조세연이 장미란의 따귀를 때리고 난동에 가까운 행패를 부리는 장면이었다.

"내가 뭘 찾아내야 할까?"

스스로에게 의문을 던졌다. 그리고 다시 모니터를 확인했다. 보이는 것은 분노한 조세연의 얼굴뿐이다. 조세연은 잔뜩 흥분해 입에 담지 못할 욕설을 내뱉는 것 같다.

"얼굴과 다르게 다혈질이네."

조세연이 구치소 수감복을 입고 수갑을 찬 상태로 나오자 기자들이 벌떼처럼 몰려들어 조세연과 검찰 수사관을 에워쌌다.

"조세연 씨, 구속되신 것은 해외로 도주하려다가 검거되었기 때문입니까?"

"처음부터 도피를 계획하셨습니까? 한마디만 해주십시오!"

여기저기서 카메라 셔터 소리가 요란하게 들렸고, 조세연은 그저 고개를 푹 숙이고 지그시 입술만 깨물 뿐이었다.

"국민들에게 하실 말씀 없으십니까?"

"비켜주십시오."

옆에 있던 검찰 수사관이 비켜달라고 했지만 기자들은 좀처럼 비켜서지 않아 몸으로 헤집고 나서서 겨우 검찰 봉고차에 조세연을 태울 수 있었다.

"왜 장미란은 상품 진열장 데스크에서 나와 무릎을 꿇었지?"

보통 백화점 VIP 명품 매장은 상품을 유리 진열장에 넣고, 진열장을 중심으로 판매원과 고객이 마주 보고 선다. 그런데 장미란이 뺨을 맞는 순간 장미란이 유리 선반 밖에 나와서 무릎을 꿇었다. 그 상태이니 위치가 바뀐 것이다.

"…각도가 살짝 벗어나 얼굴을 집중적으로 잡았네."

촬영된 장소가 백화점 VIP 명품 매장이기에 문득 출입하는 고객도 제한이 있을 거라는 생각이 들었다. 그러니 이 동영상을 찍은 사람도 이 백화점 VIP거나 직원이라는 생각이 들었다.

"…잠깐, 직원?"

백화점 VIP라면 조세연을 알 수도 있다. 하지만 그녀에 대해 악감정이 없다면 이런 동영상을 찍어 올릴 이유가 없다.

"뭐지? 내가 뭘 찾고 싶은 거냐?"

나도 모르게 인상이 찡그려졌다. 그리고 살짝 고개를 갸우뚱거렸다. 그러자 동영상에서 뭔가 흐릿한 것이 보였다.

"…이건 뭐지?"

분노한 조세연의 뒤에 명품 유리 진열장이 있고, 그 유리 진열장에 뭔가 흐릿한 게 보였다.

*　　　　*　　　　*

"여론이 한신 면세 유통에도 안 좋게 흐르는 것 같습니다."

한신그룹 기획이사가 회장에게 조심스럽게 보고했다.

"한신 면세 유통까지?"

"그렇습니다. 상황이 안 좋은 것 같습니다. 하필이면 면세점 입찰 심사 시기에 맞춰서 이런 일이 터져서……."

"일이 그렇게 되나?"

면세점 사업은 재벌 그룹에게 황금 알을 낳는 거위까지는 아니라도 돈 놓고 돈 먹기 식의 사업이나 다름없다. 사실 대한민국 면세점은 시장 규모 면에서 세계 1위를 차지하고 있었다. 국내 관광 수입이 15조고, 그중 30퍼센트에 해당되는 4조 5천억가량을 면세점이 기록했다. 뿐만 아니라 세계적인 경쟁력을 보유한 막강한 사업체를 두 개나 보유하고 있었다. 한신그룹 면세점은 작년 매출 33억5,600만 유로로 세계 2위, 신라백 면세점은 14억7,700만 유로로 세계 9위를 각각 기록하고 있기에 각 그룹의 현금 창고의 역할을 톡톡하게 하고 있었다.

"벌써 올해가 면세점 입찰 심사가 진행되는 년도입니다."

면세점은 10년 단위로 입찰 심사를 하여 사업자를 선정했고, 한신그룹의 골든타워 면세점과 호텔 신라백 면세점이 해당됐다.

"그렇습니다. 국민적으로 이미지가 나빠져서 심사 결과를 예측할 수가 없습니다. 만약 재입찰에 실패한다면 지난해와 올해 매장 확장과 인테리어 개선에 투자한 4,000억 원과 재고 물품 3,000억 상당이 손해를 볼 것 같습니다. 그리고……."

"또 뭐가 있나?"

"면세점 직원들의 해고 절차도 진행해야 할 것 같습니다."

"1,200명이 내 딸의 못난 짓 때문에 밥줄이 끊긴다는 건가?"

"…이번 심사에 탈락되면 그렇게 될 것 같습니다."

"자네는 지금 면세점 재입찰에 탈락할 거라 예상하고 있군."

"다른 그룹들도 온 힘을 다하는 부분이라 심사를 하는 정부의 입장에서도 여론을 의식하지 않을 수가 없습니다."

일이 묘하게 돌아가고 있었다.

"…막아야겠군."

"쉽지는 않을 것 같습니다. 죄송합니다, 회장님."

"직원들에게 실직하고 싶지 않다면 탄원서라도 넣으라고 해. 그리고 최악의 경우 면세점 직원들을 다른 면세점에 최대한 배치 조정할 수 있도록 하게."

"다른 면세점도 직원을 110퍼센트 고용하고 있습니다."

"기획이사, 내가 그룹에서 왜 황제라고 불리는 것 아나?"

황제 경영을 한다고 입방아에 오르는 조 회장이지만 직원들 사이에서는 다른 의미로 황제 회장님이라 부르고 있었다.

"고용을 최대한 보장해 주시기 때문인 것으로 알고 있습니다."

"그렇지. 그래서 내가 막 나가도 직원들이 크게 불만을 품지 않는 거야. 백화점도 있고, 다른 매장도 있잖아. 최대한 고용을 보장할 수 있게 조치해."

"…주주들이 반발할 수 있습니다."

"그렇겠지. 언론 플레이라도 해. 보도 자료를 내고, 우리가 면세점 입찰에 탈락하면 7,000억을 손해 보고 1,200명이 집단 해고를 당한다고 뉴스에 뜨게 만들란 말이야."

"예, 회장님. 온 힘을 다하겠습니다."

"놓쳐서는 안 되는데……."

조 회장의 표정은 어둡기만 했다.

"동영상 원본은 확보했나?"

"동영상을 올린 최초 업로더가 종적을 감췄습니다."

"못 찾은 건가?"

"IP 추적 결과 영등포에 위치한 IP방이었습니다."

"뭐 하나 제대로 되는 일이 없군."

"죄송합니다, 회장님. 어떻게든 피해자와 합의하고, 물 타기 이슈를 터뜨려야 할 것 같습니다."

"다른 물 타기 이슈? 뭐가 있나?"

"찾아보도록 하겠습니다."

"아니, 이럴 때는 꼼수가 안 통해. 기다려 보자고. 눈빛이 달랐어."

"예? 무슨 말씀이신지……."

기획이사가 조 회장의 말의 뜻을 몰라 되묻다가 말꼬리를 흐렸다. 조 회장은 직접 자신을 찾아와 딸의 얼굴을 지명수배자 포스터에 넣겠다고 협박한 박동철의 얼굴을 떠올렸다.

"…까마귀 날자 배 떨어지는 법은 없어."

조 회장은 뭔가 짚이는 것이 있는 듯 인상을 찡그렸다.

*   *   *

"…하나가 아니었군."

유리 진열장에 비친 윤곽은 하나가 아니었다. 각각 떨어진 곳에 두 개의 윤곽이 보였다. 다만 조세연이 찍힌 장면이 워낙 시선을 끌어 보지 못한 것이다.

"여기서는 안 되겠지."

나는 판독기에서 USB를 꺼내 급하게 판독실을 박차고 나섰다.

"퇴근할 시간 다 됐을 건데… 쩝!"

그때, 마침 조명득이 주차장에서 나를 향해 다가오고 있었다.

"어디 가십니까, 검사님?"

뭔가를 발견한 듯 표정이 밝다.

"국과수!"

내 말에 조명득이 주변을 살피더니 아무도 없다는 것을 확인하고는 말을 꺼냈다.

"인터넷에 오른 동영상이 비밀이 많아. 녹음이 삭제된 상태에서 동영상이 올랐다네. 일단 동영상을 복원해 달라고 했어. 시간이 좀 걸린다니까 가봐야 소용없어."

"그래도 가야 해. 나는 다른 것을 발견했거든."

나는 조명득을 보며 씩 웃었다.

"지금 퇴근할 시간이야. 거기는 우리랑 다르게 칼퇴라고."

"압니다. 알거든요? 그런데 궁금해서 미치겠다. 같이 가자."

"오늘 하기로 한 소주는?"

"끝나고 하자. 어서 차나 끌고 오세요."

그렇게 나와 조명득은 국립과학수사원으로 차를 몰았다.

*　　　　*　　　　*

"호호호! 꼴이 말이 아니네."

두선그룹 전략기획실장이 태블릿 PC 모니터를 보며 미소를 지었다. 태블릿 PC 속 화면에는 조세연이 구치소 수감복을 입고 손목에 수갑을 찬 상태로 찍힌 사진이 보이고 있다.

"내가 너를 알지. 딱 이쯤이거든. 호호호!"

두선그룹 전략기획실장은 조세연을 아는 것 같았다.

"댓글도 엄청나네. 호호호!"

두선그룹 전략기획실장이 기사 아래에 있는 댓글을 봤다.

—가증스러운 년.

—그냥 처벌로 싸대기 100대를 날려라.

—망할 것! 재벌 새끼면 다 되는 줄 알아.

—확 망해 버려라, 한신그룹!

—저런 딸 가진 한신해운 회장은 앉아서 면세점 사업으로 3조를 벌어요. 저런 악덕 재벌가에게 돈 벌게 해주면 안 되는 거 아닌가요?

"…면세점 사업 이야기를 꺼낸 건 오버네. 댓글 알바를 어떻게 쓰는 거야? 여론이 우리 편이어서 망정이지……."

두선그룹 전략기획실장은 살짝 인상을 찡그렸다. 그리고 그때, 전략기획실 홍보과 과장이 노크를 하고 들어왔다.

"일을 어떤 식으로 하는 거예요? 댓글은 확인하고 올려야 하는 거 아닌가요?"

"…죄송합니다, 실장님."

"좋은 아이디어를 내놓고 막판에 초를 치려는 건가요? 보세요,

이렇게 대놓고 면세점 이야기가 나오면 안 되잖아요."

"…바로 삭제하겠습니다."

"이번 일 잘되면 부장으로 승진하실 겁니다. 나는 두선 코어 면세점 사장이 되는 거고요. 호호호! 차시연이, 내가 사장이 된다고요."

조세연 사건에 두선그룹이 개입했다는 사실이 놀랍기만 했다.

"바로 지우세요. 어서요!"

"예, 실장님!"

홍보과 과장이 핸드폰을 꺼내 어디론가 전화를 걸었다.

—예, 과장님!

"자택 근무라 마음 놓고 노는 거야?"

—죄, 죄송합니다.

부하 직원이 이유도 모르고 바로 죄송하다는 말부터 했다.

"면세점이라는 단어가 나온 댓글은 다 지워. 이게 얼마짜리 프로젝트인지 알기나 해!"

과장이 버럭 소리를 질렀다가 전략기획실장인 차시연의 눈치를 봤고, 차시연은 태블릿 PC로 뉴스를 보며 미소를 지어 보였다.

'세연아, 너는 마법에 빠지면 마녀가 되잖아. 호호호!'

차시연은 조세연을 잘 아는 것 같았다.

한신그룹 회장실에 들어온 강용훈이 조 회장의 눈치를 살폈다.

"내일부터는 접견 변호사를 보내도록 하겠습니다."

"접견 변호사가 뭡니까?"

"법적으로 변호사의 접견 시에는 특별접견실을 사용할 수 있게 되어 있습니다. 그 규정을 활용해서 식사도 챙겨 드리고, 이런저런 일들을 확인하겠습니다."

강용훈 이사의 말에 조 회장이 인상을 찡그렸다.

"그럴 필요 없어. 그럼 또 구설수에 오를 수 있어! 온통 국민들이 색안경을 끼고 우리에게 집중하고 있어! 지금 중요한 것은 내 딸년이 사고를 친 일을 해결하는 것이 아니라 그 여파가 어디까지 미칠지 확인하고 대처하는 거야!"

조 회장이 버럭 소리를 질렀다

"죄송합니다. 회장님!"

"강 이사! 감이 떨어졌으면 몇 년 쉬게!"

조 회장의 말에 강용훈이 지그시 입술을 깨물었다. 하지만 그 순간 눈동자가 반짝였다.

'…안 걸리시네.'

다른 뭔가가 있는 것 같다.

*　　　　*　　　　*

"아, 퇴근해야 한다고요!"

딱 퇴근 직전에 잡힌 영상 관련 연구원이 인상을 찡그렸다.

"죄송합니다. 엄청나게 중요한 일입니다."

"다 끝난 사건에 왜 관심 가집니까? 내일까지 해드릴게요."

"안 됩니다. 오늘 해주십시오."

검사가 이렇게 사정하면 연구원이라도 어쩔 수가 없다.

"…정말 검사님도 특이하십니다. 다른 사건도 많을 텐데."

"그러니까요. 이번 사건 빨리 해결하고, 다른 사건 해결해야죠."

"알겠습니다. 가시죠."

그렇게 연구원을 퇴근 직전에 잡고 영상 판독실로 향했다.

"여기 보이시죠? 여기 흐릿한 거."

내가 조세연 동영상을 정지시키고 유리 선반에 비친 흐릿한 것을 가리키자 연구원도 살짝 인상을 찡그렸다.

"제가 보기에는 저 두 윤곽이 사람이 웃는 모습인 것 같아서요."

"그렇게 생각하면 그렇게도 보이네요. 하지만 너무 흐릿해서 그렇다고 할 수는 없을 것 같습니다."

"그러니까 연구원님의 능력을 보여주셔야죠. 확대나 기타 등등으로 볼 수 있게 할 수 있죠?"

"잠시만요. 어디 보자… 우선 여기를 자르고……."

연구원이 전자 기기들을 조작하기 시작했다. 흐릿한 두 윤곽 중하나를 잘라내 다른 곳에 저장하는 등의 작업을 거치더니 그 화면의 해상도를 최대한으로 높일 수 있었다.

"흐릿한 윤곽이 이 여자의 미소였네요."

연구원은 무심하게 말했지만 나는 그 여자의 미소를 보고 장미란의 선악의 저울 수치가 악 쪽으로 올라간 이유를 이제야 알았다.

조작이었다. 물론 동영상이 조작된 것은 아니라 상황이 이렇게흐르도록 조작한 것이다.

"그럼 저 흐릿한 윤곽은 뭡니까?"

윤곽이 흐릿하지만 하얀 부분 때문에 눈에 띈 것이다. 그리고 그하얀 부분이 장미란이 미소를 지어 반사된 치아라는 것도 알게 됐다. 그럼 남은 하나의 윤곽도 비슷한 거라는 생각이 들었다.

"확인해 보죠."

그리고 연구원은 다시 20분 정도 장비를 조작했다. 해상도가 꽤 많이 올라간 장면에는 한 여자가 조세연을 보며 웃는 모습이 보였다.

'조세연을 아는 눈빛이다.'

그리고 나는 이번 사건이 그저 단순한 재벌의 개딸 갑질 사건이 아니라는 생각이 들었다.

"각도가 딱입니다, 검사님!"

조명득이 내게 말했다.

"동영상 촬영 각도가?"

"그렇습니다. 조세연을 기준으로 15도 정도 떨어져 있잖습니까?"

듣고 보니 그랬다. 이 윤곽의 정체가 동영상 촬영을 해서 인터넷에 올린 사람일 수도 있다는 생각이 들었다.

'VIP 명품 룸 사용자니까……'

일반인은 아니라는 생각이 들었다.

"조 수사관! 조세연 씨를 다시 검찰청으로 출두시키세요!"

"예, 알겠습니다, 검사님."

조명득이 짧게 대답했고, 나는 연구원을 봤다.

"자료를 백업해 주십시오."

"그러죠. 그리고 이왕 오셨으니 이것도 가져가십시오. 지워진 녹음 내용입니다."

이것이야말로 결정적인 증거라는 생각이 들었다.

"아, 그리고 특별한 내용이 있었습니까?"

"아주 난리 블루스네요. 저였어도 욱했겠어요."

지워진 녹음 내용에도 뭔가가 있는 것이다.

"들어보시겠습니까?"

나는 짧게 대답했고, 연구원이 장비에서 버튼 하나를 눌렀다.

―지금 내 앞에서 뭐 하는 건가요?

영상에서 나오고 있는 소리는 조세연의 목소리였다.

"영상과 함께 보시면 재미가 배가 되죠."

"그렇겠죠."

지금은 녹음된 내용만 듣고 있다. 그리고 내 말에 연구원은 다른 버튼을 눌렀고, 조세연의 동영상이 재생됐다. 그리고 연구원이 나를 보며 씩 웃으며 말했다.

"여기부터가 핵심이에요."

―지금 내 앞에서 뭐 하는 건가요?

조세연의 모습이 보인다. 그리고 그와 동시에 장미란이 조세연 앞에 무릎을 꿇었다.

―잘못했습니다, 고객님! 이렇게 무릎 꿇고 사과드리겠습니다!

이 영상으로 조세연이 장미란의 무릎을 꿇린 것이 아니라는 것을 알았다.

―짜증나게 왜 이래요? 보는 눈도 많은데!

조세연의 짜증 내는 얼굴이 보였다. 녹음 내용이 없었더라면 장미란의 무릎을 꿇리고 화를 내는 모습처럼 보일 것이다.

―그렇지. 보는 사람도 많은데. 그리고 나를 이렇게 무릎 꿇리고 싶었잖아?

장미란의 목소리가 돌변했다. 낮은 목소리에 조세연이 황당한 눈빛을 지었다. 똑같은 동영상인데, 소리를 들으니 처음 봤을 때 화가 나서 눈을 크게 뜨는 조세연의 모습과 다르게 보였다.

"…갑자기 왜 저래?"

조명득도 장미란의 대화 내용을 듣고 어이가 없다는 표정을 지어 보였다.

　─왜, 왜 이래? 일어나!

　"여기를 보시면 이 흐릿한 영상이 유리 진열장에 투영된 것을 알수 있습니다.

　연구원의 설명에 장미란이 미소를 짓는 화면을 봤다.

　─회장님 딸이라고 눈에 보이는 것이 없지? 아, 코도 세운 거라면서? 인조인가?

　저런 소리를 하는 것 자체가 놀랍기만 했다. 그러고 보니 이 영상에서는 지금까지 주변에 다른 백화점 점원이 없었다.

　─너, 너, 뭐라고 했어?

　─부모 잘 만나서 깝치는 년!

　그 말에 조세연이 바로 인터넷에 떠 있는 그대로 불꽃 싸대기를 날렸다.

　─더 때려! 더 때려보라고!

　화면 속 장미란은 대놓고 미친 짓을 하고 있었다. 그리고 조세연은 연달아 두 대를 더 때렸고, 그 상태로 고개를 들고 더 때리라고 장미란이 고개를 드는 것 같아 보인다.

　"…이거 완전 쇼에 당한 거네요. 그런데 저 여자가 왜 저랬을까요?"

　나도 모르게 연구원에게 물었다.

　"그건 검사님이 답을 찾으셔야죠. 하여튼 요 근래에 본 또라이 중에서 가장 맛이 간 또라이를 본 것 같습니다."

　연구원은 장미란을 또라이라고 표현했다.

　하지만 단순한 또라이인 것은 결코 아닌 것 같다.

'…왜 내 사건은 그냥 평범한 사건이 없지?'

뭔가 있지 않고서는 절대 이런 일은 있을 수 없다.

철컥!

"1254번 나오세요."

구치소에 수감된 조세연의 수감번호는 1254번이었다.

"…왜요?"

"검찰청 출두 명령입니다."

"왜요? 아까 다녀왔는데……."

"가보시면 알겠죠."

그래도 조세연이 재벌 딸이라 구치소 교도관이 함부로 대하지 못했다.

"…왜 또 불러?"

조세연은 살짝 짜증스러운 표정을 지었다. 그리고 자신에게 더할 말이 없느냐고 묻던 박동철의 얼굴을 떠올렸다.

*   *   *

"시발, 졸라 힘드네."

가출패밀리들은 서울 외각에 위치한 야산에 도착했다. 그리고 미리 구입한 삽으로 땅을 깊게 팠다.

"이만큼 파면 돼?"

가출패밀리의 두목 격인 규성이 담배를 피우며 여전히 잔뜩 겁먹은 얼굴로 떨고 있는 장미희를 봤다.

'저걸 어쩌지?'

아무리 봐도 겁먹은 눈빛이 마음에 걸리는 규성이다.

"규성아, 이 정도면 되냐고?"

깊은 구덩이 안에 양아치 둘이 들어가 땅을 파고 있었다.

"조용히 좀 해! 광고할 일 있어?"

"미안해… 이 정도면 되지?"

양아치가 규성의 눈치를 보며 물었다. 밤이지만 허리 깊이 이상을 판 양아치였다. 서울 중심가에서 사람을 죽이고 경기도와 인접한 서울 외곽까지 와서 그 시체를 은닉하는 치밀함을 보이는 규성이다.

"그 정도면 되겠네. 하여튼 시발! 짜증나네."

규성은 자리에서 일어나며 피우던 담배를 땅바닥에 아무렇게나 버려 발로 비벼 껐다.

"그런데 여기까지 올 필요가 있었을까?"

양아치 하나가 살짝 불만스러운 표정으로 규성에게 물었다.

"그럼 어디다 묻어? 여기쯤 묻어야 발견되어도 서울까지 수사가 확대되지 않지."

역시 어느 정도 머리를 굴릴 줄 아는 규성이었다.

"그러네. 이제 묻어?"

"집어넣어."

쿵!

규성의 명령에 양아치들이 낑낑거리며 끌고 온 시체가 든 가방을 그 상태로 구덩이에 밀어 넣었다.

"그럼 바로 묻을까?"

"잠깐만 기다려."

양아치 하나가 묻자, 규성은 인상을 구기며 양아치를 노려봤다.

"…알았어."

양아치가 짧게 대답했고, 규성은 여전히 자신의 눈치만 보고 있는 장미희를 봤다.

"미희야, 너, 나 좀 따라와."

"…왜?"

"그냥 따라와. 오늘따라 왜 이렇게 왜라고 묻는 것들이 많아? 따라오라면 따라오지!"

규성이 버럭 소리를 질렀고, 장미희는 산속이라서 더욱 겁을 먹고 규성을 따라갔다. 그런 규성과 장미희를 나머지 양아치 셋이 묘한 눈으로 봤다. 그렇게 규성과 장미희는 어둠 속으로 사라졌다.

"저것들, 어디 가는 거야?"

"이 밤에 어디를 갈 것 같냐? 떡 치러 가는 거잖아. 규성이가 떡을 치고 싶은 모양이지."

"이 밤에? 여기서?"

"그래. 그런데 그것보다 무섭지 않냐?"

"무섭지. 그래도 규성이 말대로 여기 묻으면 아무도 모를 것 같아."

"그렇기는 하네. 담배 하나 줘봐."

양아치들도 긴장이 되는지 담배를 꺼내 입에 물었다.

"휴우~ 시발, 어떤 놈은 이 밤에 떡을 치고, 또 어떤 놈은 기다려야 하네."

"아아아~ 아아아~"

5분 정도가 흐른 후 정말 양아치들이 예상한 그대로 야릇한 교성이 들려왔다. 그리고 어느 순간 그 교성이 사라졌다. 그러자 양아치 하나가 이상하다는 듯 규성과 장미희가 사라진 곳을 봤다.

"…왜 이리 조용해?"

"규성이, 토끼잖아."

"킥킥! 그렇지, 그럼 이제 내가 설거지하러 갈까? 흐흐흐!"

요즘 애들은 시체를 앞에 두고 이럴 정도로 무섭다.

"너는 규성이 설거지냐?"

"하여튼 먹기만 하면 되잖아? 미희가 여러모로 사용할 데가 많네."

그렇게 담배를 피우던 놈이 엉덩이를 툭툭 털다가 일어나더니 규성이 사라진 곳으로 걸어갔다.

"으, 으아, 으아아!"

그리고 곧, 규성이 향한 곳으로 걸어갔던 놈이 비명을 질렀다.

"쫄기는……."

"규, 규성아, 설, 설마 미, 미희를 죽인 거야?"

"너 때문이잖아. 너 때문에 내 손에 피를 묻혔잖아."

"뭐, 뭐라고?"

"아까 네가 발로 차서 그 대머리를 죽였잖아. 이년 눈깔이 도망쳐서 신고할 것 같더라고."

"그, 그래도……."

"너 때문이라고, 시발 새끼야!"

"아, 알았어……."

양아치는 규성의 어깨에 축 늘어진 미희를 보며 덜덜 떨었고, 비명 소리를 듣고 온 다른 양아치들도 그 모습에 기겁한 표정을 지었다.

"이거 걸리면 우리는 다 좆 되는 거야. 알았어?"

"…알았어."

"너희들은 안 죽였다고 죄 없을 것 같지?"

나머지 양아치를 단속하는 규성이다.

"공범이야, 공범! 시체를 은닉했고, 미희 죽일 때 옆에 있었고. 무슨 말인지 알지? 최소 20년이야 20년!"

"아, 알았다고. 시발!"

양아치가 대답했고, 규성은 어깨에 메고 온 미희를 그 상태로 구덩이 속에 집어 던졌다.

쿵!

"묻어! 그럼 우리한테 아무 일도 안 일어나."

"알았어."

급하게 양아치들이 삽으로 다시 두 구의 시체를 넣은 구덩이를 묻었고, 규성은 주변을 살폈다.

"담배꽁초!"

조금 전 길가에 버린 담배꽁초가 눈에 보이는 규성이다.

"혹시 모르니까 주변에 있는 담배꽁초 다 주워!"

규성은 사건이 발생했을 때 담배꽁초 하나로 DNA를 확인할 수 있다는 것을 소년원과 교도소에서 들은 적이 있었다. 물론 규성에게 DNA 검사로 많은 것을 알아낼 수 있다고 말한 사람은 강간을 저지른 수감자였다.

"혹시……."

"담배꽁초나 머리카락, 또 좆 물 한 방울로도 다 나온다고 했어."

이래서 교도소에서 자신의 죄를 뉘우치고 자력갱생하는 수감자보다 새로운 범죄에 대해, 그리고 안 잡힐 방법을 알아서 나오는 수감자가 더 많았다.

"아, 그렇구나."

그렇게 꽤 오랜 시간 규성과 가출패밀리는 자신들이 피운 담배 꽁초를 다 찾았다.

"다 찾았지?"

규성이 다른 양아치들에게 물었다.

"확실히 없어."

"그래, 이러면 완전범죄지."

규성이 씩 웃었고, 그 미소는 악마의 미소처럼 보였다.

"가자, 기분도 더러운데 술이나 마시러 가자."

"콜!"

그렇게 규성과 가출패밀리는 또 한 번의 살인을 하고 유유히 야산에서 내려와 사라졌다.

*　　　*　　　*

나와 조명득은 급하게 검사실로 들어섰고, 수사관들은 퇴근하지 않고 나를 기다리고 있었다.

"퇴근 안 하셨네요?"

"검사님이 퇴근을 안 하셨는데 저희가 어떻게 퇴근합니까?"

한 수사관이 나를 보며 말했다.

"앞으로는 퇴근하셔도 됩니다."

"괜찮습니다."

사실 검사만큼 권위적인 직업도 없을 것이다.

"차 사무관은 안 보이네요?"

"집에 일이 있다고 해서 보냈습니다."

"한 수사관님, 앞으로 TV 보시면서 기다릴 거면 그냥 퇴근하세요."

물론 TV를 보고 있다고 뭐라고 하는 것은 결코 아니다.

"죄송합니다. 언제 오실지 몰라서……."

한 수사관이 내 말을 오해했는지 살짝 인상을 찡그리며 말했다.

"TV를 보고 계셨다고 뭐라 하는 게 아닙니다. 피곤하시잖아요. 큰일 없을 때는 보고 없이 퇴근하셔도 된다는 말씀을 드리는 겁니다."

오해가 있을 것 같아서 말했다.

"집에 가도 뭐 특별하게 할 일도 없고……."

"왜요?"

"…저, 기러기 아빠입니다."

요즘 기러기 아빠가 엄청나게 늘어나고 있다.

"아, 그러시군요."

나는 한 수사관에게 그렇게 말하고 켜져 있는 TV를 봤다.

―한신그룹 조세창 회장의 딸인 조세연 씨가 오늘 전격 구속되었습니다.

뉴스에서는 조세연이 수갑을 찬 채 구치소 수감복을 입고 고개를 푹 숙이고 나오는 장면이 보였다.

―일명 백화점 따귀 갑질 사건의 가해자로 서울지검 박동철 검사가 조세연 씨를 전격 구속했습니다.

다 좋은데 내 이름이 저기에 나올 필요는 없다는 생각이 문득 들었다.

―참 안타까운 현실입니다. 재벌가의 2, 3세들의 갑질 논란과 행패가 끊이지 않고 있습니다. 명확하게 죄를 밝혀 처벌해야 할 것

같습니다.

공중파가 아니라 케이블 방송의 뉴스인 모양이다. 대놓고 이렇게 자극적인 멘트를 날리는 것을 보니 말이다.

'…뉴스 멘트가 과하네.'

마치 뉴스는 의도한 것처럼 진행되고 있었다.

*　　　*　　　*

고급 피부 관리실에서 차시연이 하얀 타월 한 장으로 몸을 가리고 테라피 시술을 받고 있고, 그 옆 자리에는 장미란이 누워 있다. 이미 시술이 끝난 상태라 피부 관리사의 모습은 보이지 않았다. 사실 차시연은 장미란에게 은밀하게 할 이야기가 있어서 피부 관리사들을 모두 내보낸 것이다. 남자들은 은밀한 이야기를 할 때 룸살롱에서 하고, 여자들은 이런 고급 피부 관리실에서 하는 모양이다.

"이번 일은 수고했어."

둘은 잘 아는 사이처럼 보였다.

"아니에요."

"우리끼리 있는데 왜 존댓말을 해? 동창끼리."

놀라운 사실은 장미란과 차시연이 동창이라는 것이다. 그리고 장미란 역시 자신이 차시연과 동창이었다는 것을 은밀한 거래가 있은 후 알게 됐다. 물론 이번 일을 계획하기 전까지는 차시연도 몰랐고, 장미란도 몰랐던 사실이다.

"이번 일만 잘 되면 두선 코어 매장의 지배인이 될 거야. 지배인이면 과장급이야."

대기업 과장이라면 연봉이 평균 5천만이다.

"고마워… 요."

"말 놓으라니까. 동창끼리 왜 이래? 이런 거 처음 받아보지? 이거한 번 받는 데 5백이다."

차시연의 말에 장미란이 놀란 표정을 지었다.

"그러니까 다른 곳에서는 입도 뻥긋하면 안 되는 거 알지?"

"알았어."

"그리고 저거, 보이지?"

차시연의 시선을 따라 장미란의 시선이 향했는데 테이블 위에 꽤큰 명품 가방이 있다.

"저거?"

"응, 가방. 그거 주려고 불렀어. 가서 확인해 봐."

"지금?"

"그럼. 내가 주는 건데 바로 확인해야지."

마치 자신이 하사하는 물품을 받았으니 바로 황송한 표정으로확인하라는 것처럼 들린다.

"…알았어."

장미란은 바로 침대에서 일어나 흰색 타월로 몸을 가리고는 가방이 있는 곳으로 걸어가 가방을 만졌다.

"열어봐."

차시연의 지시에 장미란은 가방을 열었고, 가방 속에 든 것을 보고 놀라 차시연을 봤다.

"요즘은 5만 원 권이 나와서 편하네."

"시, 시연아!"

"괜히 계좌이체 이런 걸로 감사 표시를 하면 흔적이 남잖아. 호 호호! 가방이 커서 2억까지 들어가더라. 다른 곳에서는 절대 입도 뻥끗하면 안 되는 거 알지?"

"응, 그런데 그런 일을 왜 내게 시킨 거야?"

사실 장미란은 그게 궁금했다.

"궁금해?"

차시연이 미소를 보이며 장미란에게 되물었다. 장미란은 차시연이 미소를 짓고 있지만 눈빛이 차가워졌다는 것을 느꼈다.

"알면 다쳐. 알았지?"

장미란은 겁을 집어먹어 아무 말도 할 수 없었다.

"그리고 네가 여기에 온 것도 나를 만난 것도, 아니, 나에 대한 모든 것을 잊어. 그럼 신분이 한두 단계는 상승할 거야. 백화점 일반 점원에서 정규직 간부급 매니저면 신분이 상승한 거잖아? 호호호!"

"고마워."

이 순간 장미란은 고맙다는 말밖에는 할 말이 없었다.

누워 있던 차시연이 몸을 가리지 않은 상태로 일어났고, 잘 관리가 된 외모가 은은한 조명을 받아 반짝였다.

"그리고 조세연한테 받은 합의금은 보너스라고 생각하면 돼. 그 대신 오래 끌어야 하는 건 알지?"

"…알았어."

"호호호! 알면 됐어."

제2장
사건 실체에 대한 실마리

─다음 뉴스입니다. 두선그룹이 올해 만료되는 면세점 사업에 컨소시엄을 구성하여 참여한다는 공식 입장을 밝혔습니다. 올해 만료되는 면세점은 한신그룹의 골든타워 면세점으로, 두선그룹의 참여까지 해서 일곱 개의 대기업이 참여 의사를 밝혔습니다. 두선그룹은 본격적으로 차시연 전략기획실장을 전면에 배치하여 입찰에 참여했습니다.

　뉴스 앵커의 진행과 함께 젊은 여자가 TV 화면에 비쳤다.

　'저, 저 여자는!'

　숨겨진 흑막 하나가 벗겨지는 순간이다.

　'그렇다면 결국……'

　나는 TV를 뚫어지게 노려봤다.

　"왜 그러십니까, 검사님?"

"···아무것도 아닙니다. 퇴근하세요."

내 말에 한 수사관은 정말 갈 곳이 없다는 표정을 지었다. 저게 기러기 아빠의 본모습일 것이다. 집에 가도 할 일이 없고, 텅 빈 집이라 더 외롭기만 할 것이다.

"예, 검사님. 그건 그렇고, 조사실에 조세연 피의자가 한 시간 전부터 검사님을 기다리고 있습니다."

그리고 한 수사관이 내게 수고하라고 인사를 하고 돌아섰다.

"똑! 어떻습니까?"

그때 조명득이 한 수사관을 보며 손으로 한잔하자는 시늉을 했고, 한 수사관의 표정이 밝아졌다.

"그럴까?"

"가시죠. 옆 과의 오 수사관님도 부르겠습니다."

"그거 좋지!"

우리 검찰청에서 최고참 수사관이 오 수사관이고, 한 수사관은 10년 정도 후배다. 물론 그래도 정년을 코앞에 둔 오 수사관에게는 한참 후배지만 말이다.

"그럼 내일 뵙겠습니다, 검사님!"

한 수사관의 표정은 아까보다 훨씬 밝아졌다. 그렇게 조명득과 한 수사관은 검사실을 나갔고, 나는 바로 자리에 앉아 컴퓨터를 켰다.

"차시연이라고 했지······."

차시연이라는 이름을 검색하자마자 유명한 사람인지 그녀에 대해서 쭉 나왔다. 더 놀라운 것은 연관 검색어로 면세점, 앙숙, 면세점 전쟁이란 단어가 떴다. 그리고 그 밑으로 빵집 대결. 재벌 딸들이 좋아하는 베이커리가 떴다.

"…의미가 많은 단어들이네."

하여튼 사건의 속살은 벗길수록 흥미진진하다니까. 어떤 면에서는 미녀의 옷을 벗기는 것보다 사건의 실체와 마주치는 이 순간이 검사로서는 더욱 짜릿한 것 같다.

"면세점 전쟁이라……. 그리고 앙숙."

연관 검색어에 뜬 앙숙이라는 단어를 검색하자 그와 동시에 조세연과 차시연의 사진이 떴다.

작년에 있던 베이커리 전쟁이 뜬 것이다.

"…베이커리 전쟁은 뭐야?"

나는 베이커리 전쟁에 관한 인터넷 뉴스를 검색했고, 차시연이 베이커리 체인점 사업을 시작한 사진과 차시연이 주도적으로 운영하던 베이커리 체인점에서 구더기가 나왔다는 뉴스가 떴다.

"빵에서 구더기가 나왔다니……."

순간 그 사건과 이 사건을 같은 선상에서 놓고 봐야 이번 사건이 풀릴 것 같다는 생각이 들었다. 그리고 그 기사에 대한 댓글을 봤다.

"…이건 알바네."

차시연에 대해 집요하게 욕을 하는 댓글이 4,500개 이상 달려 있었다.

"이번 사건, 재미있겠네."

결국 베어커리 구더기 사건은 도로 반대편에 있는 빵집 주인의 소행으로 밝혀졌고, 그렇게 일단락됐다. 하지만 그 사건을 통해 차시연이 주도적으로 운영하던 베이커리 체인점의 매출이 급감했다는 연결 뉴스가 있었다. 그에 반해 한신그룹 계열사의 베이커리는 빠르게 매출이 상승했다는 댓글도 있었다.

"정말 전쟁인가?"

결국 차시연이 그랬다는 증거는 없지만 그 베이커리 구더기 사건으로 조세연의 부친인 조 회장이 운영하는 한신그룹의 뉴욕바게트가 시장을 점유하게 된 것이다. 그리고 이번 사건이 터졌다. 면세점을 두고 벌어진 일이라면 그 규모가 몇 배는 더 클 것이라는 생각이 들었다. 사실 따지고 본다면 동네 빵집을 잠식해 들어가는 대기업의 빵가게와는 이번 사업 규모는 차원이 다르니까.

"둘이 앙숙이었네."

분명 차시연이 조세연보다 다섯 살 정도 많았다.

"…어린애한테 당했다고 생각했겠네."

베이커리 구더기 사건이 터졌을 때 조세연은 청담동 뉴욕 베이커리점 점장이었다. 그러니 이슈를 찾는 기자들이 이런 것으로 앙숙의 관계를 만든 것 같다.

"면세점……."

나는 중얼거리며 다시 면세점에 관해 검색했다. 그리고 올해가 한신그룹 계열사인 골든타워 면세점이 면세점 특허가 만료되는 해라는 것을 알았다. 그리고 재심사를 위해 심사 중이며, 두선그룹도 그 입찰에 참여했다는 뉴스를 봤다.

"차시연이 두선그룹 회장의 손녀지."

결국 더러운 딸들의 전쟁인 것이다. 그리고 이렇게 더러운 짓까지 해서라도 면세점 사업권을 획득할 정도로 면세점 사업이 크다는 것을 알았다.

"10년에 한 번씩 사업자를 선정한다… 이거, 좀 그러네."

결국 그 사업권이 영구적이지 않기에 이러는 것 같다. 검사가 아니라 그냥 대한민국 국민의 입장으로서 뉴스를 본다면 대한민국은 세계 최고의 면세점 사업자를 가진 국가이다. 한신 그룹 면세점은 세계 2위의 면세점 기업이었다. 작년만 해도 골든타워 이미지 개선과 매장 개선을 위해 4천억을 썼고, 매장 직원도 1,200명이나 되는데 그 인원이 모두 해고당할 판이라는 뉴스가 눈에 들어왔다. 결국 고래 싸움에 새우 등이 터지는 거다.

"…엄청난 모양이구나."

이런 더러운 흙탕물까지 튀기면서 면세점 사업권을 따려는 것은 그 매출 규모가 엄청나기 때문일 것이다.

"유럽에서만 36억 유로? 이게 얼마야?"

하여튼 돈 많은 나도 놀랄 수밖에 없는 액수인 것은 확실했다.

"수사 방향이 바뀌어야 하네. 그럼 차시연이 죄가 있다면 무슨 죄가 되는 거야?"

폭행을 당하라고 청부한 것이니까. 청부 폭행도 아니다.

하여튼 법률에 관한 죄목은 다음에 찾아보면 될 것 같다.

"오래 기다리고 있겠네."

검색한 지 한 시간이 넘어가고 있었다. 이제부터 내 수사는 차시연과 장미란의 관계를 밝히는 것에 집중해야 할 것 같다.

'멍청하지 않으니까.'

범죄자들 중 대다수는 멍청하지 않다. 그리고 배운 것들은 대부분의 범죄자보다 똑똑하다. 그래서 잡기가 힘들다.

'일단 장미란의 친인척 계좌를 추적하고……'

내가 가진 영상 자료면 계좌 추적 영장이 바로 발부될 것이다.

"이거, 1타 2피네."

어찌 되었던 따귀를 때린 것은 죄니까.

＊　　　　＊　　　　＊

"준비해 보라고 한 것은 잘되고 있습니까?"

배가 꽤 많이 나오고, 기름이 번드르르해서 반짝이는 대머리인 박찬욱 야당 부대표가 자신의 계파 의원에게 넌지시 물었다.

"물론입니다."

"재벌들이 정치인들을 우습게 보기 시작했어요."

야당 부대표의 입에서 나올 법한 말은 아니었다.

"예, 부대표님."

"화무십일홍이라고 생각하겠죠."

"그게 정치와 권력의 속성이지 않습니까."

"그래서 우습게 보는 겁니다. 재벌들을 압박할 법을 계속 만들어야 합니다."

"상정 준비는 거의 끝냈습니다. 하지만 일각에서는 비판적인 시선도 있습니다. 벌써부터 한신그룹이 이번 면세점 입찰에서 떨어질 거라는 이야기가 돌고 있습니다."

"그러니까요. 그 비판적인 시선은 한신에서 내는 거죠."

살짝 미소를 지은 부대표는 계속해서 말을 이었다.

"깨끗한 정치, 청렴한 정치인, 좋은 말이죠. 하지만 정치는, 그리고 선거는 돈으로 하는 겁니다. 미국의 대통령 선거도 돈 선거잖습니까? 우리라고 다를 것이 없습니다."

"12년 대선을 생각하시는 겁니까?"

"대표는 선거 파워가 없잖아요. 벌써 한 번 떨어졌고."

야당의 가장 큰 문제는 계파 갈등이 크다는 것이다.

그리고 각자 다른 꿈을 꾸고 있다는 거다.

"하여튼 10년은 너무 길어요. 그러니 5년으로 해야죠."

"알겠습니다. 이번 임시국회 때 상정하겠습니다."

"그러세요."

그 시각, 장미란은 차시연이 준 명품 가방을 들고 집으로 와서 현관 출입문을 잠그고 나서 불을 켰다.

"망할 년은 도대체 어디를 간 거야?"

장미란은 인상을 찡그렸다. 그리고 신발을 벗고는 거실에 놓인 테이블 위에 명품 가방을 내려놓고 소파에 앉았다.

"당장은 은행에 넣으면 안 된다고 했어."

한참 가방을 보던 장미란은 주방에 놓인 김치냉장고를 봤다.

"그렇지, 저기다가 넣으면 되겠네."

장미란은 바로 옷을 갈아입고 싱크대 서랍에서 지퍼 팩을 꺼내 그 안에 5만 원짜리 뭉치를 다섯 개씩 넣었다. 그것만 해도 현금 2,500만 원이다. 이렇게 5만 원짜리 고액권이 나온 후부터는 집안에 돈을 숨기는 사람이 많았다.

예시가 될 수는 없지만 경제 활성화를 위해 실시한 고액권은 결국 지하경제를 키우고 재산 은닉의 도구로 쓰이고 있는 것이다. 물론 5만 원권이 만들어질 때부터 우려하던 사항이다. 그리고 화폐 발행 잔액에서 만 원권 비중은 점점 더 감소하고 있고, 5만 원 권이 차지하는 비중은 증가하고 있었다. 그리고 회수율도 점점 떨어지고 있었다. 한국은행이 밝힌 화폐 발행 잔액은 69조 5025억이고, 그중 오만 원 권 회수율은 30.6%란다. 다시 말해 나머지 70%가 은닉되거나 지하에서 유통되고 있다는 말이다. 그렇게 장미란도 김치냉장고 속 김치 통에 지퍼 팩으로 싼 돈뭉치를 넣어서 김치 밑에 은닉했다. 그것도 자그마치 2억이라는 거금을.

"미희가 진짜 가출한 건가?"

작업을 끝낸 장미란은 중얼거리며 인상을 찡그렸다.

"이번 일은 잘될 거예요."

"일이 틀어지면 후폭풍이 더 클 수가 있어."

두선그룹 부회장은 차시연의 부친이다. 이건 다시 말해 차시연의 음모는 보고가 되어 추진된 사업(?)이라는 것이다.

"아무 걱정 하지 마세요. 면세점만 획득하면 아버지의 그룹 승계에 힘이 실릴 거예요. 백부님들 다 꺾으시고요."

차시연이 앙숙인 조세연을 엿 먹이기 위해 일을 꾸민 것도 있지만, 지금 두선그룹은 그룹 승계라는 형제간의 처절한 전쟁을 펼치고 있었다. 표면적으론 그룹의 셋째인 차시연의 부친이 부회장 직함을 가지며 그룹을 장악한 것처럼 보이지만 결국 그룹 승계에서 가장 중요한 부분은 확보된 지분과 주주총회기에 차시연은 면세점 사업권 획득으로 그룹 승계 굳히기에 들어가려는 것이었다.

그룹의 대주주들에게 더 많은 이익을 제공할 수 있는 것이 규모가 큰 면세점 사업권이니까.

"그래야겠지."

"예, 20년 전 백부님이 한신해운에 빼앗긴 사업권이잖아요."

원래 면세점 사업권은 두신그룹이 가지고 있었고, 그때는 누가 더 비자금을 더 많이 만들어서 상납하느냐에 따라 사업권이 결정되는 시기라 돈 놓고 돈 먹는 사업이었다. 물론 공식적으로 밝혀진 비자금에 대해서는 아무것도 없었다.

"그렇지. 겨우 해운하고 버스만 가지고 있던 한신이 이렇게 컸잖아. 하여튼 이번 일은 마무리도 잘해야 해. 사업권이 거의 우리 쪽으로 기울어지고 있다는 이야기가 돌고 있어."

"정치인한테는 후원만 잘하면 되잖아요."

"그래. 이번에 박 의원이 도자기 전시회를 한다는구나. 국회의원의 출판기념회가 여론의 뭇매를 맞으니 별짓을 다 하는구나."

세상에 많은 갑질 중에 최고의 갑질은 국회의원 갑질일 것이다. 그리고 부회장의 말처럼 국회의원의 출판기념회가 여론의 뭇매를 맞고, 국민들이 안 좋은 시선으로 보자 이제는 도자기 전시회를 통해 뇌물을 받았다. 물론 형편없고 가치 없는 도자기지만 살 사람은 차고 넘쳤다. 하여튼 그렇게 갑질에 갑질을 더하고 있는 대한민국의 기득권이었다.

"제가 가볼게요."

차시연이 미소를 보였다.

*   *   *

조사실 문을 열고 들어서자 조세연이 나를 매섭게 째려봤다.

'한 시간 넘게 기다렸으니까.'

아마 자신을 위해 자료 수집을 했다는 것은 모를 것이다.

"죄송합니다. 조금 늦었어요."

"누가 들으면 맞선 자리인 줄 알겠네요."

조세연이 톡 쏘아붙였다.

"그러기에는 실내조명이 좀 어둡네요."

"제가 죄인이긴 한가 보네요. 이렇게 검사님을 기다려야 하고. 저, 누구를 기다려 본 적이 없거든요."

딱 봐도 그럴 것 같다.

"농담은 여기까지. 하시고 조세연 씨, 이 여자가 누군지 알죠?"

내 말에 조세연이 나를 다시 한 번 째려봤다가 프린트한 차시연의 사진을 봤다. 그리고 조세연이 인상을 찡그렸다.

"…그야 알죠."

조세연이 지그시 입술을 깨물었다.

"어떻게 아시죠?"

물론 재벌가의 딸들이니 서로 친분은 있을 것이다.

"인터넷 보시면 다 나오는데."

물론 보고 왔다.

"어떤 사이입니까?"

"오해가 좀 있는 사이죠."

"오해라고요?"

베이커리 구더기 사건 때문에 오해가 생겼다고 말하는 것 같다.

"정말 오해입니까?"

"보셨군요. 그런데 왜요?"

"사건 현장에 있던 인물이더라고요."

"예?"

조세연이 황당한 표정을 지어 보였다. 그리고 다시 한 번 인상을 찡그렸다.

"서, 설마⋯⋯!"

"네, 이런 소리를 할 입장은 아니지만 당하신 것 같습니다. "

"당했다고요? 제가?"

"단언할 순 없지만 그런 것 같습니다."

피의자인 조세연에게 내가 본 영상과 캡처한 사진을 고지할 의무는 없기에 두루뭉술하게 넘겼다.

"피해자인 장미란 씨가 조세연 씨를 자극한 것으로 짐작되는데, 아닙니까?"

"⋯제 진술에 따라 달라지나요?"

아직도 나를 믿지 않는 것 같은 눈빛이다.

"중요한 부분입니다."

내 말에 조세연이 나를 빤히 봤다.

"⋯예, 저를 자극했어요. 못 믿으시겠지만 먼저 무릎을 꿇고 용서해 달라고 했어요."

"그리고 태도가 돌변했죠?"

"어떻게 아세요?"

조세연이 놀란 표정을 지어 보였다.

"이러는 것은 아무도 모른다고, 무릎을 꿇리고 싶었을 거라고 말한 것 같은데. 성형 수술에 관한 부분도 말한 것 같고."

"성형 수술은 루머라고요! 안 했어요."

조세연의 말을 듣자 그녀는 무척이나 단순한 성격이라는 생각이 들었다. 저런 단순한 성격의 여자가 베이커리 전쟁을 시작했을 리가 없었다. 명문대는 과외발로 입학한 것 같다. 뭐, 돈이 있으니 입학하는 것은 어렵지 않았을 것이다. 나처럼 주구장창 문제지만 외우면 되니까.

"그 부분은 중요하지 않습니다. 중요한 부분은 장미란 씨가 의도적으로 실수를 했고, 그 실수에 흥분한 조세연 씨가 몇 마디 하자 그 순간 겁을 먹은 장미란 씨가 각도를 바꿔서 진열장 밖으로 나오는 조세연 씨를 따라 돌아섰다는 겁니다."

나는 지금 녹음 내용까지 복원된 동영상이 아닌 일반 인터넷에서 돌고 있는 동영상을 보여주며 설명 아닌 설명을 해줬다.

"맞아요."

"그럼 여기에 몰래카메라가 설치되어 있던 것 같네요."

"몰래카메라라고요?"

조세연이 화들짝 놀란 표정을 지어 보였다.

"여기에 뭐가 있었죠?"

"거기에는 마네킹이 있었어요."

"그렇습니까?"

"예, 확실해요."

아마도 마네킹 안에 몰래카메라가 설치되어 있었던 모양이다. 물론 그 마네킹에 몰래카메라를 설치한 것은 장미란일 것이다. 그런데 과연 마네킹의 어느 부분에 설치했을까?

궁금했지만 그게 아직도 남아 있을 리가 없었다.

'그 백화점이 두선그룹 계열사는 아닌데……'

이것저것 알아보는 과정에서 알아낸 사항이다.

"결국은 복수극이라는 건가요?"

"…일종의 보복이라고 할 수 있겠죠."

물론 조세연은 구치소 밖에서 면세점 전쟁이 일어난 것은 모를 것이다. 아무리 어리다고는 하지만 재벌가의 딸인데, 겨우 청담동에 베이커리 지점 하나를 운영하고 있다. 그룹에서는 조세연의 경영 역량을 이미 알고 있었고, 그렇기 때문에 그룹 핵심 사업에서 배제시킨 것이다. 물론 재벌들의 딸들이 식당이나 빵집을 운영하는 경우는 많다. 하지만 그런 경우는 자체 브랜드를 만들어 하는 것이 대부분이다.

"그때는 오해가 있었어요. 저는 차시연이 그런 일을 하는지도 몰랐다고요. 그리고 저는 베이커리 사업에는, 아니, 머리 아픈 사업에는 관심이 없어요."

딱 보기에도 그런 것 같다.

"그건 중요하지 않습니다. 그런데 장미란 씨는 조세연 씨가 쉽게 흥분한다는 것을 어떻게 알았을까요?"

내 말에 조세연의 얼굴이 살짝 빨갛게 달아올랐다.

'뭔가 있네.'

그게 뭔지 궁금했다.

"…돈이면 저에 대해 뭐든지 알 수 있죠."

맞는 말이다. 돈은 귀신도 부린다는 말이 있을 정도니까.

"그 돈의 힘으로 무엇을 알아냈을까요?"

"그걸 제가 어떻게 알아요?"

"표정을 보니 정답을 아시는 것 같은데요? 중요한 부분입니다. 사건의 본질이 생각보다 큽니다. 아니, 그룹 차원에서 문제가 될 수도 있는 사건입니다. 아주 치졸하고 치밀하게 꾸민 덫에 조세연 씨가 걸린 겁니다."

내 말에 조세연이 놀란 표정으로 변했다.

"그러니 제가 알아야 합니다."

"그, 그게요……."

조세연이 나를 빤히 보며 망설였다.

*   *   *

남자 하나가 비틀거리며 으슥한 골목 모퉁이를 돌아 걷고 있고, 그 뒤를 남자 넷이 뒤를 쫓듯 따라가고 있다.

"망 잘 봐."

규성이 양아치 하나에게 나직이 속삭였다.

"뭐 하게?"

"퍽치기! 돈 지나가잖아. 이제부터는 막가는 거지. 이젠 무서울 것이 없잖아?"

"…알았어. 그래, 한번 막가보자."

이들 역시 골목을 비틀거리며 걸어가는 남자만큼 취해 있었다. 취기가 올랐으니 이런 범죄를 저지를 생각을 한 것이다. 그리고 사람을 죽였다는 경험이 저들을 대담하게 만들고 있었다.

"누가 할래?"

규성이 양아치 하나를 보며 말했다.

"내가?"

"그래야 공평하잖아."

사실 규성은 놀랍게도 만일을 대비해 자기 나름 손에 피를 묻히지 않은 놈에게 이번 일을 시킬 생각을 갖고 있었다.

"…그렇지."

"이걸로 뒤통수를 후려 까면 되는 거야."

"그러다가 죽으면?"

"여기는 우리 말고는 아무도 없어. 그리고 사람이 쉽게 죽나?"

규성이 사람이 쉽게 안 죽는다는 말을 했다가 피식 웃었다. 규성은 모텔에서 대머리남자가 발길질 한 방에 죽은 것을 떠올리고 있었다. 규성은 이제 인간이기를 포기한 것 같아 보였다.

"…죽던데."

깨진 보도블록 조각을 받아 든 양아치가 씩 웃으며 말했다.

"그럼 어쩔 수 없고."

"그렇지."

"해. 우린 지갑만 챙기면 돼."

"…알았어."

양아치가 그렇게 말하고 여전히 비틀거리고 있는 남자를 따라 걸음을 재촉했고, 나머지는 양아치를 보며 주변을 살폈다.

'같이 피를 뒤집어써야 아무 탈이 안 나는 거지.'

규성은 그렇게 속으로 뇌까렸다.

"으윽! 취한다."

한 수사관은 조명득과 거하게 소주를 마시고 꽤나 취한 상태로 인적이 드문 골목길을 걷고 있었다.

"생각보다 조 수사관이 싹싹하네."

조명득은 기러기 아빠인 한 수사관의 사정이 안타깝다고 생각했는지 2차까지 가서 술을 마시고 이런저런 푸념을 들어줬다.

"언제까지 공부를 시켜야 하냐? 마누라도 보고 싶고……"

기러기 아빠는 외롭다. 그리고 마누라가 그립다.

또한 자신이 겪고 있는 상황이 처량하다.

"아직 애들이 잘 시간은 아니지."

미국과 시차가 있기에 한 수사관은 핸드폰을 꺼냈다.

그리고 영상통화를 걸었다.

따르르릉~ 따르르릉~

한 수사관의 아내는 한참이나 벨이 울리고 나서 전화를 받았다.

—거기서 뭐 해?

"회식 있어서 한잔했어."

—힘들지?

"안 힘들어. 오늘은 쫄따구가 한잔 샀네."

—한 달 후에 들어갈 거야. 조금만 기다려. 혜선이랑 명우가 아빠가 보고 싶다네.

—아빠~

—아빠, 사랑해!

그래도 다행인 것은 한 수사관은 돈만 벌어주면 되는 아빠는 아닌 모양이다.

"…나도 사랑해."

술도 거하게 취한 한 수사관은 코끝이 찡했다.

—이번에 들어가면 애들 한국에서 공부시킬 생각이야.

한 수사관에게는 듣던 중 반가운 소리가 분명했다.

"왜?"

─우리 남편 외롭잖아. 그리고 학교야 외국인 학교에 보내면 돼.

"정말 다음 달에 들어올 거야?"

─응, 우리 다음 달 월세도 안 냈어. 그러니까 기다려. 그동안 사고치지 말고.

"알았어."

퍽!

"억!"

그때 뒤에서 뭔가가 강하게 한 수사관의 뒤통수를 후려치는 모습이 영상통화로 빠르게 지나갔고, 한 수사관은 짧은 비명과 함께 쓰러졌다.

─여보? 여보!

놀란 한 수사관의 아내가 한 수사관을 불렀지만, 한 수사관의 대답은 없었다.

─여보! 여보!

"빨리 뒤져!"

퍽치기다. 그리고 한 남자가 쓰러진 한 수사관의 몸을 뒤져서 지갑을 꺼냈다.

"찾았어!"

"튀자!"

바작!

퍽치기 일당은 다름 아닌 신 막가파라고 할 수 있는 규성과 그의 일당이었다. 그리고 지갑을 들고 도망치는 과정에서 핸드폰을 밟아서 깨버렸다.

따르릉~ 따르릉~

요란한 벨소리가 30분 넘게 울렸다. 하지만 검사실은 불이 꺼진 상태였다. 박동철은 조세연을 심문하기 위해 조사실에 있었고 다른 직원은 모두 퇴근한 상태였다. 그렇게 몇 번 더 전화벨이 울렸지만 받는 사람이 없어 다시 정적이 쌓이듯 잠잠해졌다.

*　　　*　　　*

"사실은 제가……."

뭔가 말을 하려던 조세연의 얼굴이 빨갛게 변했다.

'뭐지?'

몇 번이나 저러고 있다.

"뭡니까? 검사와 의사에게는 뭐든 말해도 됩니다. 죄가 안 되는 일이라면 말입니다."

"…예, 사실 제가 월경 전 증후군이 있어요."

"그게 뭔데요?"

그래서 나는 좀 더 확인해 보기 위해서 월경 전 증후군이 모른 다는 표정으로 추궁했고, 내 물음에 조세연이 답답하다는 표정을 지으며 직설적으로 말했다.

"…여자들이 생리할 때 신경질적으로 변하시는 건 아시죠?"

물론이다. 은희와 동거를 할 때 뼈저리게 느꼈다. 그때 나는 생리 하는 여자 옆에, 그리고 생리 직전인 여자 옆은 성난 사자의 옆에 있는 것과 다를 것이 없다고 생각했다.

"네, 그건 압니다."

"애인은 있으시나 보네요. …사실 제가 좀 그래요. 병원 치료도 받고 있는데, 그날따라 제가 생리 직전이라서 너무 흥분했어요."

한마디로 조세연의 주장은 생리 전 호르몬의 변화로 신경질적으로 변해 감정을 조절하지 못했다는 것이다. 그리고 차시연은 그런 조세연을 이용한 것이다.

'역시 철저하게 준비한 일이네.'

나도 모르게 살짝 인상을 찡그렸고, 조세연의 얼굴은 더욱 빨갛게 변했다.

"보통 재력가들은 지정 병원과 주치의가 있지 않나요?"

"예, 있어요."

"조세연 씨에게 그런 증상이 있다는 것을 아는 사람은 별로 없고요."

"예."

이건 다시 말해 조세연의 주치의도 관련 있을 수 있었다. 내 생각이 맞다면 이것은 차시연이 단독으로 꾸민 일이 아니라 면세점 사업권을 확보하기 위해 두선그룹 차원에서 은밀하게 움직인 것이다. 조세연은 그런 전쟁에 희생양 아닌 희생양이 된 것이다.

'타깃이 된 것은 베이커리 구더기 사건일 테고……'

톱니바퀴가 착착 맞아떨어졌다.

"알겠습니다."

"그럼 이제 어떻게 되는 거죠?"

조세연이 측은한 눈빛으로 나를 보며 물었다.

"지은 죄만큼만 처벌을 받으시면 됩니다."

내가 담담하게 말하자 조세연이 실망한 표정을 지었다.

"그런가요?"

"네, 무죄는 아니죠. 분명 폭행이 있었으니까."

어쩌면 내가 재판에서 처음으로 풀 배팅을 포기할 수도 있는 상황이다. 정말 죄는 미워해도 사람은 미워할 수 없는 경우니까. 그리고 조세연은 환자니까.

"하지만 조세연 씨에게 폭력을 휘두르게 만든 두 여자는 제가 그냥 두지는 않겠습니다."

"…믿어도 되나요?"

"예."

"그럼 저처럼 해주세요. 꼭 이런 옷도 입히고요."

따르릉~ 따르릉~

그때 내 핸드폰이 울렸고, 갑작스레 덮쳐오는 불안감에 온몸이 부르르 떨렸다.

"여, 여보세요."

나도 모르게 목소리가 떨렸다.

"…지금 뭐라고 했습니까?"

내게 전화를 건 사람의 말을 듣고 나도 모르게 버럭 소리를 질렀고, 그 소리에 놀란 조세연이 나를 빤히 봤다.

제3장

분노 앞에 서다

─…퍽치기로 추정됩니다.

내게 전화를 건 사람은 오 수사관이었다.

"…알겠습니다. 바로 가죠."

분노를 참지 못하고 전화를 신경질적으로 끊었다. 조세연이 내 굳어진 표정을 보고 살짝 겁을 먹었다.

살기를 머금은 눈동자를 본 것이다.

"무, 무슨 일 있으세요?"

"…아무 일도 아닙니다. 오늘 피의자 2차 심문은 여기까지 해야 겠습니다. 고생하셨습니다."

"예?"

"여기까지라고요."

나도 모르게 차가운 목소리로 말했다. 내 말에 살기를 느꼈는지 조세연은 아무 말도 못했다. 그렇게 조세연에 대한 2차 피의자 심문은 끝났고, 조세연은 다시 구치소로 이동했다.

조세연이 구치소로 가자마자 나는 바로 검찰청을 빠져나왔다.

뚜! 뚜! 뚜! 뚜!

한국종합병원 중환자실에는 의료기기에서 나오는 규칙적인 기계음이 들리고 있었다. 나는 머리에 붕대를 칭칭 감고 인공호흡기를 달고 미동도 없이 누워 있는 한 수사관을 내려다봤다. 한 수사관의 옆에는 오 수사관과 조명득이 죄지은 사람처럼 아무 말도 하지 못하고 내 눈치만 보고 있었다. 또한 조금은 침울한 표정으로 사건을 접수 받고 출동한 경찰관도 내 눈치를 보고 있다. 지금 이 순간 저 의료기기만이 한 수사관이 살아 있다는 것을 증명하는 것 같다.

"…어떻게 된 겁니까?"

나는 차가운 시선으로 한 수사관을 병원으로 긴급 수송한 경찰관에게 물었다.

"국제전화로 미국에서 사고 접수가 됐습니다."

"한 수사관님의 가족분이 신고한 겁니까?"

"그런 것 같습니다."

영상통화 중에 퍽치기를 당한 것 같다. 불행 중 그나마 다행이었다. 만약 영상통화가 끝난 후에 퍽치기를 당했더라면 한 수사관은 차가운 골목길 뒤편에서 고통스러워하며 죽어갔을 테니까.

"의사의 말로는 다른 외상 부위는 없답니다."

경찰관은 인수인계를 하듯 내게 말했다.

"한 번에 저렇게 된 거군요."

"예, 현장에서 피가 묻은 보도블록을 확보했습니다."

"알겠습니다. 서울지검에서 이번 수사를 인계받겠습니다."

경찰관은 내 눈빛을 보더니 더는 말을 꺼내지 않았다.

"…예, 알겠습니다."

"가보십시오."

경찰관은 내 말이 끝나자마자 바로 돌아갔고, 나는 숨이 간당간당하게 붙어 있는 한 수사관을 보며 지그시 입술을 깨물었다. 입술에 맺힌 피가 흘러내려 한 수사관의 손등에 떨어졌다.

뚝!

"검, 검사님!"

떨어진 피를 보고 오 수사관이 놀라 나를 불렀다.

"…비키십시오."

내 말에 오 수사관은 주춤 뒤로 물러났다. 그리고 나는 돌아서서 조명득을 노려봤다.

퍼어억!

우당탕탕!

내 주먹이 조명득의 턱을 강타했다. 조명득이 가구에 부딪쳐 요란한 소리를 내자 중환자실에서 환자들을 살피던 의사들과 간호사들이 급하게 뛰어왔다.

"지금 뭐하시는 겁니까! 중환자실에서 이러면 안 됩니다!"

"…후우, 죄송합니다."

맞는 말이다. 이러면 안 된다. 아무리 화나도 이래선 안 된다.

"일어나!"

내 말에 조명득이 천천히 일어났다.

"어떻게 된 거야?"

조명득은 나를 보며 한없이 미안한 표정을 지었다.

"한 수사관님이랑 1차를 마시고 2차까지 마시고 나서 집으로 가신다고 해서 택시까지 잡아드렸는데……."

"집까지 모셔다 드렸어야지!"

조명득은 말없이 지그시 입술을 깨물었다.

"찾아. 무조건 찾아! 근방 10킬로미터 이내에 있는 CCTV를 다 뒤져서라도 의심스러운 놈들은 다 찾아내!"

"저도 돕겠습니다."

오 수사관님이 내게 말했다.

"…빠지십시오. 조 수사관이 할 겁니다."

내 눈에는 여전히 살기가 담겨 있다.

"저, 저도 돕겠습니다."

"아니요, 빠지십시오. 이번 수사는 저와 조 수사관이 할 겁니다."

나도 모르게 차갑게 말했다.

"조 수사관님, 제가 무슨 말을 하는 건지 알겠습니까?"

이 순간 내 안에 숨겨놓은 유령을 떠올렸다.

분명 조명득도 내 생각을 읽었을 것이다.

"예, 검사님!"

조명득의 말에 나는 내가 혹시나 다시 충동적인 행동을 할지도 모른다는 생각에 나를 지켜보고 있는 의사를 봤다.

"왜, 왜 그러시죠?"

의사도 내 눈빛에 겁을 먹은 것 같다.

"지금 병원에 VIP 전용 특실 있죠?"

나는 예전에 정소연 때문에 이 한국병원 특실에 입원한 적이 있다. 그래서 한국병원에 VIP 전용 특실과 일반 특실이 따로 존재한다는 것을 알고 있다.

"그, 그게……."

의사가 놀란 표정으로 나를 봤다. 아마 VIP 전용 특실이 있다는 사실을 아는 사람은 대한민국에 몇 없을 것이다. 그런데 내가 VIP 특실에 대해 알고 있어서 놀란 것이다.

"있는 거 다 압니다."

내 말에 다시 한 번 의사가 나를 봤다.

"있기는 합니다. 하지만 그 특실은……."

돈이 있다고 입원할 수 있는 특실이 아니라는 것도 안다. 한국자동차 그룹 회장의 일가 중에서도 핵심층만 입원할 수 있는 병실이라는 것을 정소연에게 들었다.

"그 특실을 준비해 주십시오. 곧 연락이 갈 겁니다. 입원 수속해 주십시오."

나는 의사에게 말하고 핸드폰을 꺼냈다. 이런 일로 스토커에 가깝게 내게 목을 매는 정소연에게 전화하게 될 줄은 몰랐다.

따르릉~ 따르릉~

―오~ 동철 씨가 나한테 먼저 전화를 다 하네요?

어느 순간부터 정소연은 내게 존댓말을 했다.

"…부탁드릴 것이 있어서 전화했습니다."

―부탁? 무조건 콜!

따지지도 묻지도 않고 무조건 콜이란다. 그만큼 정소연은 나를 좋아했다. 자존심 따위는 버렸는지 이렇게 내가 하자고 하면 들어

보지도 않고 수락한다.

그리고 나는 간단하게 전화를 한 사정에 대해 설명했다.

—…알았어요. 바로 병원장님께 전화할게요.

이 한국종합병원의 실소유자는 정소연이다. 그러니 정소연의 전화 한 통이면 안 될 것이 없다.

"끊겠습니다."

용건을 말하고 나는 바로 전화를 끊었고, 오 수사관은 내 통화 내용을 듣고 놀란 표정을 숨기지 못했다. 그리고 잠시 후 중년 의사가 다른 의사들을 대동하고 급하게 중환자실로 왔다.

"지금 뭐하는 겐가! 환자 분을 어서 특실로 옮겨!"

설명도 없이 중년 의사가 다짜고짜 다른 의사에게 지시했고, 병실에 있던 의사들은 벙쪄 하면서도 조심스럽게 한 수사관의 이동식 침대를 VIP 특실로 옮겼다. 내가 알고 있는 특실은 이 중환자실에 있는 모든 의료 장비를 갖추고 있다. 거기다가 의료진 두 명과 간호사들이 상시 대기하고 있다.

"거, 검사님! 이러실 필요까진……."

조명득이 걱정스러운 눈빛으로 나를 불렀다. 조명득은 뭔가에 대해 걱정하는 것 같다.

"딴소리 말고 놈들을 찾으세요. 비공식적으로 움직여야 합니다."

내 말에 조명득은 다른 말을 하지 않았다.

'그냥 두지 않겠어.'

바드득!

어금니를 꽉 깨무는 순간 입술에서 느껴지는 알싸한 아픔이 느껴졌다.

"유령……."

나도 모르게 유령이라는 단어를 입 밖으로 내뱉었다. 마치 분노가 내 몸을 움직이고 있는 것 같았다. 내 사람이 저렇게 혼수상태가 된 것 때문에 분노한 것도 있지만, 뚜렷한 원한 관계도 없이 공격했다는 것에 분노가 치밀었다. 경찰은 퍽치기라고 했다. 고작 돈 한두 푼에 저런 일을 저질렀다는 것에 내 속에 숨은 유령이 꿈틀거렸다.

"뭐합니까! 시간이 지날수록 사건의 흔적은 더 흐릿해집니다!"

"예, 검사님!"

내 지시에 오 수사관은 잔뜩 걱정스러운 표정으로 집으로 돌아갔고, 나는 지독할 만큼 서늘한 표정을 감추지 못하고 병원 밖 야외 흡연실로 가 담배에 불을 붙였다.

"미안해."

조명득은 내게 다시 한 번 미안하다고 말했다.

"…아프냐?"

"그런 것은 안 느껴진다."

조명득은 내 마음을 그대로 이해한 것 같다. 만약 VIP 특실에 한 수사관이 아니라 조명득이 누워 있었다면 나는 이 순간 이 자리에서 담배를 피우고 있지도 않을 것이다.

"찾아라. 많은 사람 끌어들이지 말고 혼자 찾아."

"혹시 너……."

"일단은 찾고 보자. 그리고……."

한 수사관님은 지금 혼수상태다. 아니, 한 수사관님을 VIP 특실로 옮긴 과장급 의사가 저 상태로는 깨어나기 어렵다고 말했다.

말 그대로 식물인간 상태가 된 한 수사관이다. 며칠 알고 지내지 않았지만 그래도 내 사람이다. 그 사람이 지금 저렇게 사경을 헤매고 있다. 사건 처리 중에, 또 흉악범과 대치한 상태에서 부상을 당했다면 이 정도로 분노하지 않았을 것이다. 우리는 누가 뭐라고 해도 칼 앞에 당당히 서야 하는 사람들이니까. 하지만 지금은 상황이 다르다. 만약 한 수사관님이 당하지 않았더라면 일반인이 당했을 것이다.

그러니 꼭 잡아야 한다.

"이건 테러다."

"알았어."

"휴우!"

깊게 담배를 빨아들였다가 뿜어냈다.

그 연기가 내 속에 웅크리고 있는 유령처럼 느껴졌다.

"차 사무관!"

지난밤 동안 나는 한숨도 자지 못했고, 조명득 역시 한숨도 잘 수 없었다. 우리는 밤새도록 영등포 인근의 CCTV를 다 뒤져서 영상 자료를 확보했고, 검찰청 비디오 판독실에서 판독했다.

영등포동에 설치된 방범용 CCTV는 58대.

하루 이틀 만에 될 일은 결코 아니다.

"예, 검사님! 그런데 입술에……."

차 사무관이 내 입술에 달라붙은 피딱지를 본 것 같다.

"…괜찮습니다. 그나저나 제가 요청한 구속영장과 수색영장, 그리고 계좌 추적 영장 신청은 어떻게 됐습니까?"

나는 뜬눈으로 밤을 새우고 차시연과 장미란에 대한 구속영장과 장미란의 집에 대한 수색영장, 그리고 장미란의 가족들에 대한 계좌 추적에 대한 영장을 신청했다.

그리고 지금 그것에 대해 차 사무관에게 묻고 있다.

빨리 처리하고 한 수사관을 테러한 놈을 찾아야 했다.

"검사님, 그게요……."

나도 모르게 차 사무관을 째려봤다.

"…기각됐습니다."

"뭐라고요? 증거 자료까지 제출했는데 다 기각됐다고요?"

나도 모르게 버럭 소리를 질렀고, 차 사무관과 다른 수사관들이 놀라 몸을 움츠렸다. 검사실에서 이렇게 소리를 지른 것도 처음이다.

"죄송합니다. 다시 신청하겠습니다."

"…아닙니다. 제가 직접 가죠."

내가 직접 영장 판사를 만나야겠다. 물론 이렇게 하는 건 과잉 행동이 분명했다. 법원과 검찰청은 어느 정도 거리를 둬야 하는 관계니까.

"예, 검사님!"

조명득은 검찰청 비디오 판독실에서 심각한 표정으로 회수한 CCTV를 판독하고 있었다. 사건 발생 예상 시간은 새벽 1시 경. 하지만 조명득은 전후 세 시간 동안의 영상을 확인하고 있었다.

물론 사건 발생 현장에서 반경을 넓히며 판독하고 있지만 사건 현장 반경 50미터 안에는 CCTV가 설치되어 있지 않았다. 그래서 이렇게 용의자도 찾지 못하고 있는 상황이다.

"아! 시바알! 짜증나네."

그때 문에 열렸다. 마 수사관이었다.

"조 수사관님! 말씀하셨던 동일 전과자들 명단입니다."

"모두 소환하세요."

원래 동종 범죄 전과자들은 이런 사건이 발생할 때마다 경찰이든 검찰이든 불러 다니는 것이 보통이다.

"CCTV에서는 뭐가 좀 나왔습니까?"

"없네요, 아직은."

CCTV가 설치되어 있다고 해도 범인을 찾는 것은 결코 쉬운 일은 아니다.

"하지만 꼭 찾아냅니다. 그리고 제가 부르는 번호를 적어주세요."

"예."

조명득은 CCTV를 판독하며 메모지에 꽤 많은 수의 차량 번호를 적어놓았다.

"이 차량들에 블랙박스가 설치되어 있는지 확인하세요."

"예, 그러죠."

지난밤에 조명득은 사건 현장으로 가서 사건 현장 인근에 설치되어 있는 차량 번호를 적었다. 그리고 CCTV에서 확인한 차량 번호도 적어서 마 수사관에게 넘겼다. 어느 순간 이 둘의 관계가 마치 상하관계처럼 보였다. 실제로 마 수사관은 청명회 간부이니 청명회의 총책인 조명득의 지시를 따를 수밖에 없었다.

"법원에 다녀오겠습니다."

따르릉~ 따르릉~

그때 전화가 울렸고, 차 사무관이 전화를 받았다.

"예, 알겠습니다."

차 사무관이 전화를 받자마자 대답하고 나를 봤다.

'지검장님이신가?'

나도 모르게 인상을 찡그렸다.

"검사님!"

"지검장님이십니까?"

"예, 바로 오시라는데요."

모든 영장이 기각될 때부터 예상했다.

'선배님, 안 되겠네.'

영장 판사는 내 선배다. 그런데 모든 영장이 기각되었다. 게다가 이렇게 지검장님이 전화를 할 정도면 외압이 있다는 말이다. 그렇다는 말은 영장 판사가 차시연, 아니, 두선그룹과 연관이 있다는 의미일지도 모른다.

"야! 이거 증거 불충분이잖아!"

조세연을 수사하라고 할 때와는 사뭇 다른 표정으로 나를 대하는 지검장이다.

"어떤 면에서 말씀이십니까?"

"이 흐릿한 캡처 영상만으로 재벌 2세를 구속 수사를 한다는 것은 문제가 많아."

"하지만 이 자리에 있었고, 각도로 봐서는 차시연이 촬영한 장본인이라고 판단됩니다."

"그게 범죄 증거가 될 수는 없잖아. 그리고 거기는 돈 있는 사람들은 다 갈 수 있는 VIP 명품 매장이고!"

"그렇죠. 하지만 참고인 조사를 요청한다면 쌩깔 거 아닙니까?"

"그렇지. 참고인으로 소환할 수 있는 증거도 못 되니까."

"됩니다."

"안 된다니까! 그리고 장미란은 피해자야. 피해자 계좌를 추적하는 게 말이 돼? 그리고 수색영장까지? 지금 뭐 하자는 거야!"

"뭘 하다니요? 수사를 하자는 겁니다. 사건의 본질을 보고 적극적으로 수사하자는 겁니다."

내 대답에 지검장이 나를 노려봤다.

"사건의 본질? 지금 한신그룹과 두선그룹이 어떤 상황에 놓여 있는지 아나? 민감한 상황에서 왜 이래?"

"예? 어떤 상황인데요?"

"몰라서 물어? 검사는 정확한 수사도 중요하지만, 현재 세상이 어떻게 돌아가는지도 잘 봐야 해!"

"저는 사건만 봅니다."

"지금 면세점 입찰 때문에 난리도 아니라고!"

"그러니까요. 이건 일반적인 사건이 아닙니다."

"그럼 뭔데? 자네 말처럼 차시연이 의도적으로 조세연을 흥분시켜 이런 사건을 만들었다는 거야?"

"예."

"박동철 검사!"

지검장이 버럭 소리를 질렀다.

"예, 지검장님!"

"유명해지고 싶어? 단순한 사건을 왜 이슈화하려는 거야!"

어제와 다른 모습이다.

'다른 것이 있나?'

내가 지검장을 너무 단순하게 봤다는 생각이 들었다. 주식 때문에 억하심정으로 강력하게 수사를 하라고 지시한 것이 내 착각일지도 모른다는 생각이 들었다.

"단순한 사건이 아닙니다."

"자네가 이슈를 만들면 단순한 사건이 엉뚱한 방향으로 흐른다는 것을 모르나? 만약에 그렇게 수사했다가 아니면 어떻게 할 건가? 자네가 책임질 건가?"

"지금 책임이라고 하셨습니까?"

"그래, 자네가 책임질 거냐고 물었어!"

물론 고위직 검사에게는 문제가 될 수 있는 사건이다. 사건 수사의 방향이 바뀌면 사회적 이슈가 될 수도 있으니까.

"옷이라도 벗으라는 말씀이십니까?"

내 말에 지검장이 나를 째려봤다.

"휴우, 왜 이렇게 극단적으로 나가나? 한 수사관 일 때문에 이러는 건가?"

"아닙니다. 분명 이번 사건은 면세점 입찰과 관계가 있습니다."

"그건 나는 모르겠고, 증거가 불충분해. 무슨 말인지 알겠나? 증거를 내게 내밀란 말이네. 알았나, 박동철 검사?"

예전과 다르게 단호한 모습이다.

"예, 지검장님!"

"그전까지 수사 방향은 절대 바꿀 수 없어. 내 허락 없이는 말이네."

"예."

검찰청은 상명하복이다. 그러니 어쩔 수가 없다.

'승진을 해야겠다.'

올바른 수사를 위해서는 승진해야 한다는 생각이 들었다.

"영장 판사가 학교 선배라고 무턱대고 찾아가지 말고. 학연으로 될 것이 있고 안 되는 것이 있어."

"전화 받으셨습니까?"

"뭐?"

내 말에 찰나지만 지검장의 눈동자가 떨렸다.

"전화를 받으셨냐고 여쭈었습니다."

"내가 누구한테 전화를 받아?"

지검장이 버럭 소리를 질렀다.

'받았네.'

이건 내 억측이겠지만 지검장도 면세점 사건에 연결되어 있을지도 모른다는 생각이 들었다.

"왜 그러십니까? 저는 영장 판사님께 전화를 받았냐고 물어본 겁니다."

"…으음, 받았네. 막무가내로 영장 좀 디밀지 말라고."

조세연을 구속 수사할 때는 아무 말도 없었다. 이건 다시 말해 어쩌면 영장 판사도, 지검장도 두선그룹과 연결되어 있을 수 있다는 것이다.

'검사가 재벌의 도구로 전락하지 않았으면 좋겠다.'

이 순간까지도 억측이었으면 좋겠다는 생각이 든다. 그리고 아직까진 내 억측에 가까운 것도 사실이다. 즉 심증은 있지만 물증이 없다.

"증거를 더 확보해 오겠습니다."

"증거를 더 확보하든지 사건을 종결하든지 빨리 해결해. 단순한 사건을 왜 그렇게 오래 잡고 있어?"

검사라면 촉이 있다. 그리고 지금도 촉이 왔다. 상황 증거를 제시했는데 이러는 것을 보니 확실히 뭔가 있다는 느낌이 들었다.

"지검장님! 차시연과 장미란이 중학교 동창이라는 것으로는 지검장님을 설득하지 못하겠죠?"

"우연의 일치지."

단호했다.

"그렇습니다. 지금은 우연의 일치일 겁니다. 하지만 저는 한번 시작하면 끝을 봅니다."

"그건 나는 모르겠고, 증거를 가지고 와. 내가 납득할 수 있는 증거를 말이야."

"알겠습니다."

나는 바로 자리에서 일어났다. 그리고 바로 묵례를 하고 지검장실을 나와 복도에서 조명득에게 전화를 걸었다.

따르릉~ 따르릉~

"어떻게 됐어?"

―찾고 있어. 시발, 반경 50미터 안에는 설치된 CCTV가 없네. 하지만 꼭 찾아낼 테니까 기다려 봐.

"무조건 찾아. 그리고."

―그리고 뭐?

"지검장하고 오진수 판사, 메일 좀 털어봐. 촉이 꿈틀거린다."

―알았어.

뚝!

나는 바로 전화를 끊고 법원으로 향했다.

'재벌이 내 생각만큼 대단하지 않았으면 좋겠다.'

*　　　　*　　　　*

두선그룹 차선명 회장 앞에 차시연과 그의 부친인 부회장이 앉아 있다. 노구의 차선명 회장은 차가운 시선으로 차시연과 부회장을 보며 입을 열었다.

"일을 어떻게 처리하는 거야!"

"무슨 말씀이십니까, 아버님?"

"면세점 사업권 때문에 시연이가 작업을 했다면서?"

차선명 회장의 말에 부회장과 차시연의 표정이 굳었다. 그 일은 둘만 아는 비밀인데, 차선명 회장이 말하자 놀란 것이다.

"…무슨 말씀이신지 모르겠습니다."

부회장의 말에 차선명 회장이 인상을 찡그렸다.

"몰라야지. 정말 아무도 몰라야지. 그런데 정말 몰라?"

"예, 모릅니다."

"이번 일 잘못되면 그룹 이미지에 얼마나 타격을 입는지 알지? 작전을 시작했으면 마무리도 똑바로 해. 아무 문제없이!"

"죄송합니다, 아버님!"

"물론 면세점 사업권은 그만큼의 가치가 있지. 너는, 아니, 우리는 모르는 일이어야겠지. 하여튼 어떻게든 빨리 종결시켜. 어떻게든!"

"예, 알겠습니다. 그런데 어떻게……."

"내가 어떻게 아는지 그딴게 그렇게 중요해!"

차선명 회장이 버럭 소리를 질렀다.

"…혹시 형부인가요?"

아무 말도 못하던 차시연이 조부인 차선명에게 물었다.

"판사 손녀사위가 이제야 왜 필요한지 알겠어."

다시 말해 영장 판사가 두선그룹의 손녀사위였다. 물론 직계가 아닌 방계라고 할 수 있지만 말이다. 차선명에게는 호적에 올라 있지 않은 딸이 한 명 있었고, 그 딸의 사위가 바로 박동철 검사의 모든 영장을 기각한 판사였다.

"하… 회장님의 법조계 라인이 있다는 것을 생각 못했네."

부회장이 인상을 찡그렸다.

"라인이라고 할 수도 없죠."

"그래도 일이 커지기 전에 차단해서 다행이다."

"예, 아버지. 지검장이 압력을 넣었을 테니까 검사도 더는 수사를 확대하지 못할 겁니다."

결국 지검장은 두선그룹과 연결되어 있었다. 다시 말해 처음부터 차시연의 계획 속에 지검장도 포함되어 있었다는 의미였다.

"그래야겠지."

부회장이 고개를 끄덕였다.

"이제 일주일 후면 사업권이 결정 나잖아요."

"그러니까 입단속을 잘 시켜."

부회장은 장미란을 말하는 것 같다.

"예, 다시 한 번 단속할게요, 아버지."

"그러지 말고 당분간 외국에 좀 보내 버리는 것도 좋은 방법일 것 같은데?"

장미란이 없다면 박동철 검사가 수사를 진행하고 싶어도 진행할 수 없는 상황이라는 것을 부회장은 잘 알고 있었다.

"그것도 방법이라면 방법이겠네요."

차시연이 미소를 보였다. 어떤 면에서 가장 쉽고 깔끔한 방법인 것은 확실했으니까.

"그건 그렇고, 그 검사가 참 대단하기는 하네요. 아무도 생각하지 못한 것을 생각해 내는 것을 보니."

"그러게. 하지만 일이 잘못되면 문제가 커진다는 것은 너도 잘 아니까 마무리를 잘해."

"예, 아버지."

*   *   *

"차는 뭐로 마실 텐가?"

영장 판사가 나를 대하는 모습이 무척이나 여유롭다.

"왜 기각하신 겁니까?"

나는 다짜고짜 물었다.

"자네가 다칠 것 같아서 챙겨준 건데 서운해?"

"예?"

"너무 재벌을 우습게 봤어. 그 정도는 증거라고 할 수가 없어."

"판사님!"

나는 매섭게 판사를 노려봤다.

"내 간 빼먹겠다는 눈빛이네."

"저는 증거로 충분하다고 생각합니다."

"그럼 조목조목 따져볼까? 차시연은 두선그룹의 재벌 3세야. 그것도 직계지. 그런 여자가 VIP 명품 매장에 있을 수 있는 것은 어찌 보면 당연한 일이고, 그때 우연히 조세연 사건이 일어난 거라고 하면 무슨 말을 할 건데?"

마치 그럴 수도 있다는 듯이 말하는 영장 판사였다.

"…차시연과 장미란이 중학교 동창입니다."

"그것도 우연의 일치라고 하면 뭐라고 할 건데? 돈을 받았다는 증거나 정황이라도 있어? 소설 쓰지 마. 다쳐!"

"그 정황이나 증거를 찾겠다는 겁니다."

"그럼 찾고 나서 말해. 괜히 소설 잘못 썼다가 낭패 본다. 언론은 검사보다 재벌이랑 더 친해. 언론이 재벌을 까지만, 결국 재벌이 던지는 광고로 먹고산다는 것을 잊으면 안 되지. 강압 수사, 억측 수사, 이런 걸로 몰고 가면 빼도 박도 못해."

맞는 말이기는 하다.

"맞는 말씀인데 차시연은 그렇다고 쳐도 장미란에 대한 영장들은 왜 기각하셨습니까?"

"증거가 없잖아."

또 증거 이야기다.

"증거를 찾으려고 신청한 것 아닙니까?"

"재벌을 수사할 때는 딱 두 가지다. 완벽한 증거가 있던가, 아니면 윗선에서 지시가 하달되던가. 알겠어?"

또 한 번 단호했다.

"그럼 증거를 가지고 와."

"…예, 그렇게 하죠."

지검장님에 이어 또 허탕이다. 아니, 허탕은 아니다. 나는 영장 판사가 말할 때 그의 머리 위에 있는 선악의 저울을 확인하고 있었다. 변해 있다. 며칠 전과 다르게 악의 수치가 올라가 있었다. 그거 하나 확인하기 위해서 여기까지 온 것이다.

'그냥은 못 넘어간다.'

나는 지그시 입술을 깨물었다.

"다 자네를 위해서 한 조치니까 그렇게 알고."

"예, 선배님."

지금은 뭐라고 할 말이 없다. 나를 위해서 했다고 하니 알겠다고 대답할 수밖에. 하지만 분명 지검장도 영장 판사도 이번 사건에 연관이 있다. 최소한 외압은 받았을 것이다.

덩치가 아주 큰 사업권이니까.

"여기……."

형사5부의 사무관 하나가 차 사무관에게 사건 서류철을 인계하고 있었다.

"왜 이렇게 많아요?"

차 사무관이 놀란 눈빛으로 형사5부 사무관에게 물었다.

"나야 모르죠. 부장 검사님이 인계하라고 하니까 하는 거죠."

박동철 검사가 지검장실로 불려간 후 다른 부서에서 담당하던 형사 사건의 상당량이 박동철 검사 담당으로 전환됐다.

빨리 조세연 사건을 마무리하라는 압력 아닌 압력이다.

"…그렇죠."

차 사무관은 짧게 대답했다. 벌써 인계받은 사건이 12건이다. 분명한 것은 외압 아닌 외압이라는 것을 모르는 사람이 없다는 것이다.

"…왜 갑자기 이러지?"

조명득은 동종 범죄를 저지른 전과자들을 소환해 조사하고 있었다. 그리고 다짜고짜 한 수사관이 퍽치기를 당한 날에 대해 자신의 앞에 앉아 있는 남자에게 물었다.

"14일에 뭐 했어?"

사실 이것만 봐도 조명득도 무척이나 흥분한 상태였다.

"예?"

"14일 날 저녁 9시부터 다음날 새벽 3시까지 뭐 했냐고?"

"집에서 잤죠."

"누가 증명할 수 있어?"

"그게……."

남자가 조명득의 눈치를 봤다.

"그게 뭐? 이번 사건, 엄청나게 큰 사건이야!"

"…저는 아닌데요."

"그러니까 당신이 집에서 잤다는 알리바이를 댈 사람을 말해!"

"왜 이러십니까, 수사관님?"

조명득이 남자를 노려봤고, 남자는 안절부절못하다 대답했다.

"그게요, 제가… 휴우! 그날 집에서 그냥 잤습니다."

"누가 알아?"

"…꽃다방 미스 최랑 같이 잤습니다. 됐습니까?"

"확실해?"

"예."

남자가 망설인 것은 꽃다방 미스 최랑 잤다는 것은 스스로 매춘을 실토하는 일이라서 머뭇거린 거였다. 하지만 조명득의 눈빛을 보고 말하지 않으면 덤터기를 쓸지도 모른다는 생각이 들어 어쩔 수 없이 말할 수밖에 없는 남자였다.

"알았어."

조명득은 바로 확인을 했고, 남자는 그대로 풀려났다.

'이래서는 안 되겠네.'

물론 마 수사관 역시 조명득과 똑같은 방법으로 동종 범죄자들을 족치고 있었지만 아무런 실마리도 찾지 못했다.

"휴우!"

검찰청 흡연실 앞, 조명득과 마 수사관이 담배를 피우고 있다.

"나온 거 없죠?"

조명득이 마 수사관에게 물었다.

"없습니다."

"따로 확인해 보고 있으니까 뭐가 나오기는 나올 겁니다."

조명득은 청명회까지 움직이고 있었다.

"그리고 블랙박스 영상 확보된 것은 판독실에 뒀습니다."

"알겠습니다."

"이렇게 뒤지면 뭐가 나와도 나올 겁니다."

"나와야죠. 검사님이 그렇게 화가 난 것은 처음 봅니다."

"…저도요."

그렇게 조명득은 다시 마 수사관에게 소환한 동종 범죄자들을 심문하게 만들고 비디오 판독실로 향했다. 그렇게 한참 CCTV를 판독하던 중 영등포역 주변에서 껄렁거리며 돌아다니는 규성을 비롯한 네 명을 확인했다.

"…이것들이 자주 보이네."

조명득의 촉이 움직이기 시작했다. 하지만 이런 양아치들이 많다는 것은 누구보다 조명득을 잘 알고 있었다.

"그래도 혹시 모르니까……."

조명득은 네 명에 대해 바로 캡처를 뜨고 프린트를 했다.

"미치겠네. 시발!"

조명득은 마 수사관이 가져다 놓은 블랙박스 영상을 확인하기 시작했고, 석 대의 자동차에서 규성과 세 명의 양아치를 봤다.

"어, 이 새끼들?"

사건 발생 예상 시간에 사건 현장에 규성과 나머지 셋이 있었다는 것이 확인되는 순간이다. 그리고 바로 조명득은 박동철에게 전화를 걸었다.

따르릉! 따르릉!

서울지검에 도착하자마자 핸드폰이 울렸다. 조명득의 번호였기에 검찰청으로 들어서지 않고 바로 흡연장으로 향했다.

─찾았다.

조명득의 목소리는 격앙되어 있었다.

"…확실해?"

─사건 현장에 설치된 CCTV가 없어서 주변 블랙박스를 확인했는데, 주변을 배회하는 양아치들이 있어. 그놈들이 여기저기 많이 포착됐다. 사건 현장을 배회했다는 것은 조명득이 말한 양아치들일 확률이 높다는 의미이다.

"아는 사람은?"

나도 모르게 차갑게 변했다.

―지금은 없지.

"동원해."

내가 한 말에는 청명회를 동원하라는 말이 숨겨져 있다.

―알았다. 어떤 놈들인지 찾아야겠다.

"바로 같게. 그리고 은밀하게 장미란을 미행해."

영장은 모두 기각됐다. 즉 두선그룹에서 움직이고 있다는 의미
다. 내게 의혹을 받고 있다는 것을 알아차렸을 테니 어떻게든 두선
그룹에서도 후속 조치를 시작할 것이 분명했다. 도둑이 제 발 저리
다는 속담이 괜히 나온 것이 아니니까.

'어떤 식으로든 단속하려 들겠지.'

나는 두선그룹이 이번 일을 꾸몄다고 확신한다. 그러니 이번 사건
의 실체가 명명백백하게 밝혀진다면 두선그룹의 기업 이미지는 회복
불가능할 정도로 떨어질 것이고, 어떤 수를 써서라도 이번 사건을
은폐하려고 들 것이다. 그러니 두선그룹은 움직일 수밖에 없었다.
그렇다면 그 움직임을 쫓으면 사건의 내막을 밝힐 수 있을 것이다.

―일이 잘 안 됐나?

"지검장도 영장 판사도 매수된 것 같다."

―…돈이 무섭네.

"그렇지."

영장 판사와 검찰 지검장에게까지 손을 뻗은 걸 보니 돈이 곧 권
력이라는 생각이 들었다. 또한 재벌들이 돈을 벌기 위해 권력에 손
을 대는 치졸한 방법까지 사용했다는 것이 부끄러웠다.

―이러니 재벌들이 존경을 못 받지.

조명득의 말도 일리가 있었다. 그러고 보니 대한민국은 정말 존경받는 부자가 없는 것 같다. 아마도 만성적인 버릇 때문일 것이다. 지금까지 대한민국의 성장을 이끌고 성장 속에서 단물을 빤 것은 재벌과 권력이니까. 하지만 권력과 재벌은 손잡고 함께했지만 권력은 화무십일홍처럼 사라지고, 돈을 가진 재벌만 남았다.

썩어 문드러지지 않는 더러운 황금의 제국만 남은 것이다.

"…그러게."

─알았다. 바로 움직일게."

뚝!

조명득이 전화를 끊었다.

"휴우!"

나는 바로 담배를 빼어 물었다. 요즘 담배가 늘고 있다.

'법으로 처벌해도 5년도 안 받겠지.'

그런 생각을 하며 길게 담배 연기를 뿜어냈다. 다시 한 번 느끼는 거지만 대한민국의 법은 범죄자들에게 너무나 가벼웠다.

하지만 그래서는 안 된다.

'…법으로 안 된다면 어쩔 수 없지.'

그렇게 된다면 나도 모르게 다시 한 번 분노 앞에 나를 세울 수밖에 없었다.

*   *   *

분주한 버스터미널 대합실에서 뉴스가 진행되고 있었다.

─서울 인근까지 야생 멧돼지들이 출현하여 시민들을 공포에 빠

뜨리고 있습니다. 취재에 오순환 기자입니다.

뉴스 화면이 바뀌고 서울 외곽 야산이 보인다.

―이곳은 지난밤 야생 멧돼지들이 출몰했던 지역입니다.

오순환 기자가 보이고, 수렵 관계자들에 의해 사살된 멧돼지 두 마리와 멧돼지가 판 것처럼 보이는 움푹하게 들어간 곳이 카메라 화면을 통해 스쳐 지나갔다.

컹! 컹!

그때, 사냥개들이 짖기 시작했다. 그러고는 움푹 파인 곳으로 가더니 앞발로 땅을 파기 시작했다. 케이블의 생방송 뉴스라서 그런지 주변은 이렇게 무척이나 어수선했다.

―가만히 좀 있어! 애들이 왜 이래?

수렵 관계자가 계속 땅을 파는 사냥개들을 질책하듯 소리를 질렀고, 그 소리에 오순환 기자가 고개를 돌려 사냥개를 봤다.

―왜 그럽니까, 오순환 기자?

이런 것을 보고 생방송 사고라고 할 수 있을 것도 같고 또한 묘미라고도 할 수 있을 것 같다.

―사냥개들이 멧돼지의 사체를 보고 흥분한 것 같습니다. 하여튼 서울 외곽 도심까지 내려온 멧돼지들을 이곳까지 추격하여 끝내 사살했습니다. 겨울철이라 먹잇감이 부족한 탓에 멧돼지들이 시민들의 안전까지 위협하고 있습니다.

컹! 컹!

이 순간에도 사냥개들은 계속 짖으며 땅을 파고 있었다. 수렵 관계자가 사냥개의 목에 목줄을 채우고 나서 잡아당겼지만 무슨 영문인지 사냥개들은 계속 땅을 팠다.

—사냥개들이 흥분한 것 같군요. 오순환 기자!

뉴스 진행 앵커가 무슨 생각이 들었는지 사냥개에 대해 말하자 카메라가 사냥개를 향해 돌아갔다.

—사냥개들이 왜 이럽니까?

오순환 기자도 뭔가 이상하다는 생각이 들었는지 사냥개들을 진정시키려는 수렵인에게 물었다.

—보통 이런 경우는 없는데 이상하네요.

수렵 관계자는 난처한 표정을 지어 보였다.

—이상하다고요?

—예, 땅속에 뭔가 있을 때 이런 행동을 하는데, 평소엔 통제를 하면 애들이 멈추거든요.

—땅속에 뭔가 있나 보군요.

카메라가 여전히 땅을 파고 있는 개들을 찍고 있었다.

—보통 뼈다귀가 나오는 경우가 많습니다.

짧은 시간이지만 세 마리의 사냥개가 땅을 파서 그런지 꽤 많이 파고 들어갔고, 카메라는 긴장감 넘치게 그 모습을 찍고 있었다.

컹! 컹! 컹!

순간 사냥개들이 요란하게 울부짖었다. 물론 오순환 기자의 눈짓에 수렵 관계자는 개들을 제지시키는 것을 멈췄다.

—오순환 기자, 개들이 왜 짖는 겁니까?

케이블 뉴스지만 뉴스를 진행하는 앵커는 언론인답게 촉이라는 것이 있는 모양이다. 뭔가 이상하다는 것을 느꼈기에 개들의 행동에 집중했고, 벌써 이 뉴스만으로 5분여 시간이 흘렀다.

컹! 컹!

그때 사냥개 한 마리가 짖었고, 다른 사냥개 한 마리가 뭔가를 물고 뒤로 잡아당겼다. 오순환 기자는 그것을 보고 기겁한 표정을 숨기지 못하고 주춤했다.

―왜 그럽니까, 오순환 기자?

―흐, 흙 속에서 시, 시체가 나왔습니다!

―예? 시체라고요?

뉴스 앵커는 놀란 표정을 지어 보였고, 지금까지 뉴스에 관심이 없던 사람들이 하나둘 TV 앞으로 모여들었다.

―예, 그렇습니다. 시체입니다.

오순환 기자의 말과 함께 카메라가 급하게 사냥개들을 찍다가 방향을 틀었다. 꽤 덩치가 큰 사냥개가 끝내 흙속에서 시체 하나를 끌고 나왔고, 그 모습은 케이블이라도 도저히 모자이크 처리 없이 방송을 타면 안 될 것 같았는지 카메라맨은 카메라를 돌렸다.

"뭐야?"

사람들이 TV 앞으로 모여들었다.

"시체래, 시체!"

뉴스를 보던 사람들이 웅성거리기 시작했다.

―오순환 기자! 정말 시체가 맞습니까?

―예, 분명 시체입니다.

뉴스 앵커도, 오순환 기자도 특종을 잡았다는 생각을 했다. 그리고 사냥개가 흙속에서 끌고 나온 시체는 다름 아닌 장미희였다.

제4장
항명

"…이게 다 뭡니까?"

내 책상 위에 쌓인 사건 서류를 보며 차 사무관에게 물었다.

"지검장님의 지시로 재배정된 사건들입니다."

"열두 건이 배정이 됐다고요?"

"예."

어이가 없었다. 대놓고 수사를 종결하라고는 못하니 엄청난 업무를 떠넘기며 조세연 관련 사건을 마무리하라는 압력을 가하는 것이다. 지검장도 나에 대해 잘 알기에 이런 식으로 나오는 것이다.

"…일복이 터졌네요."

"그러게요. 왜 갑자기 이러는지 모르겠어요."

물론 차 사무관도 왜 이러는지 알 것이다.

하지만 대놓고 내 앞에서 말할 수는 없는 노릇이다.

"별수 없네요. 마무리를 해야겠네요."

내 말에 차 사무관이 나를 빤히 봤다.

"마무리하시게요?"

"해야죠. 이런 과중한 업무에 용빼는 재주 있겠습니까?"

"그렇게 소문내면 되는 거죠?"

역시 차 사무관은 눈치가 빠르다. 나는 살짝 미소를 지었다. 그리고 그때, 좀처럼 내 사무실로 오지 않는 부장 검사님이 왔다.

"박 검사! 캐리어 시체 은닉 사건도 자네가 맡아야겠어."

"…예?"

듣도 보도 못한 사건이 또 하나 내게로 왔다.

"모를 수도 있겠네. 오늘 생방송으로 서울 인근 야산에 시체 하나가 떴어."

"…생방송이라고요?"

부장 검사님의 뜬금없는 말에 나는 되물을 수밖에 없었다.

"말 그대로 생방송이야. 케이블 뉴스에 도심에 출몰하는 야생 멧돼지 관련 뉴스를 진행하다가 발견된 시체인데, 지검장님께서 자네한테 맡기라고 하시네. 갑자기 왜 이러시는지 모르겠어."

검찰은 상명하복이다. 의문이 생겨도, 불합리하지 않은 명령이라도 일단은 따라야 한다. 그리고 검사에게 사건을 배당하는 일은 결코 불합리한 일이 아니다.

"…예, 알겠습니다."

정말 압력 아닌 압력으로 일복이 터지는 순간이다.

"그건 그렇게 캐리어 살인 사건으로 국민적 이슈가 됐어."

그도 그럴 것이다. 부장 검사님 말씀대로 생방송으로 시체가 발견되었다면 뉴스를 타고 온 국민이 알게 될 것이고, 인터넷은 난리가 났을 테니까. 이게 바로 언론의 힘이고 인터넷의 힘이다.

"그래서 다른 사건은 뒤로 미루고 수사에 착수하라시네."

결국 조세연 사건을 뒤로 미루기 위해 이런 수작을 부린 것이다. 하지만 나는 결코 조세연 사건을 포기할 생각이 없다. 지검장, 아니, 두선그룹의 생각으로는 장미란에게 합의를 보게 만들 것이다. 그렇게 되면 사건은 종결될 것이다. 그럼 모든 진실은 사건 종결과 함께 가려지게 되어 있다.

'얼마를 받아 처먹은 거야?'

주식을 해서 망했을 것이다. 그러니 돈의 유혹에 빠질 수밖에 없다. 이래서 권력을 가진 사람은 깨끗한 돈이 많아야 한다. 그래야 더러운 유혹에 넘어가지 않는다. 물론 인간의 욕심이라는 것이 한도 끝도 없지만 말이다.

"시체가 두 구 나왔어. 하나는 바로 암매장된 시체고, 하나는 캐리어에 넣어서 암매장된 시체고."

이어 부장 검사는 설명을 하듯 사건의 개요를 말해줬다.

"알겠습니다."

따르릉~ 따르릉~

그때 또 전화벨이 울렸다.

"예, 알겠습니다, 지검장님!"

차 사무관이 전화를 받고 나더니 나를 봤다.

"또 오랍니까?"

"예."

어이가 없는 순간이다.

　　　　　*　　　　*　　　　*

　　장미란은 소파에 앉아 전화를 걸고 있었다. 그녀의 표정은 어두
웠는데 이 순간에도 장미란의 시선은 김치냉장고에 쏠려 있었다.
그 김치냉장고 위에는 이런저런 잡다한 물건들로 가득 쌓여 있었
다. 김치냉장고에 있는 돈뭉치를 꺼낼 수 없게 배치해 놓은 것이다.

　　"얘는 왜 전화를 안 받아?"

　　장미란은 며칠째 집에 들어오지 않는 동생 장미희에게 전화를
걸고 있었다. 하지만 이미 죽은 장미희가 전화를 받을 리 없었다.

　　"아, 미치겠네……."

　　장미란이 중얼거리다가 전화를 끊고 다시 통화 버튼을 누르려고
할 때 핸드폰이 울렸다.

　　"야! 너, 어디야!"

　　장미란은 걸려온 전화번호도 확인하지 않고 소리를 질렀다.

　　ー잘 지냈어요?

　　장미란은 전화를 끊자마자 걸려온 전화가 자신의 동생인 장미희
라고 생각했는데 전화를 건 사람은 차시연이었다.

　　"죄, 죄송합니다. 동생인 줄 알고."

　　ー뭔 통화를 그렇게 오래 해? 차 보냈으니까 타고 와. 동창끼리
밥이나 먹자.

　　뚝!

　　딩동! 딩동!

　　차시연이 전화를 끊자마자 장미란의 집 초인종이 울렸다.

           *   *   *

"인터넷 봤나?"

지검장이 다짜고짜 내게 물었다.

"바로 호출하셔서 못 봤습니다."

"황당한 사건인데 인터넷에서 난리네."

지검장이 인상을 찡그리며 말했다.

"인터넷에서 난리가 났고 윗선에서도 관심 있게 보고 있어. 다른 사건은 잠시 미루고 캐리어 살인사건에 집중해."

이럴 줄 알았다. 부장 검사한테 말해놓고 다시 부른 것은 그만큼 지검장도 압박을 받고 있기 때문일 것이다. 물론 여러 곳에서 받는 압박일 것이다. 지검장이 말한 윗선은 검찰총장을 의미한다. 인터넷을 통해 국민적 여론이 들끓고 있는 사건이니 검찰총장이라 해서 관심을 안 가질 수는 없다. 그리고 두선그룹도 어떻게든 내 관심을 조세연에게서 다른 쪽으로 돌리도록 압박을 넣었을 것이고, 이 두 개의 이유가 조세연 사건을 뒤로 미루라는 결과를 낳았다.

'딱 적당한 구실이 생겼네.'

아마 이번 사건을 꾸민 차시연은 장미란에게 합의를 보라고 지시했을 테니까.

"예, 알겠습니다. 다른 사건보다 더 집중하겠습니다."

내 말에 지검장이 인상을 찡그렸다.

"무슨 말인지 몰라? 머리가 그렇게 나빠? 이번 사건을 제일 빨리 해결하라는 거야! 총장님 지시라고 했잖아!"

대놓고 신경질적으로 나오는 지점장이다.

"알겠습니다."

"지금 당장 이번 사건 현장부터 확인해! 딴짓하지 말고!"

캐리어 살인사건처럼 사체 유기 사건은 해결하기가 쉽지 않다. 아니, 시체만 발견되었으니 해결하기는커녕 미궁에 빠지기 쉽다.

"지검장님!"

나는 지검장을 뚫어지게 보며 그를 불렀다. 사실 지검장이 내게 담당시킨 사건에 대해서 자세하게 확인하지는 못했지만, 사건이 일어난 곳이 우리 지검의 관할이 아니라는 것은 확인하고 왔다.

"제가 사건은 확인하지 못했지만, 그 지역은 저희 관할이 아닌 것 같은데요?"

약간 애매한 부분이지만 지검 관할이 아니라고 우기면 아닐 수도 있다. 그리고 검찰의 특성상 미궁에 빠지기 쉬운 캐리어 살인사건 같은 것은 관할을 따져서 안 맡으려는 것이 보통인데 나한테 왔다는 것이 좀 이상했다.

"그래서?"

"이상해서요. 사건 관할 경계선이더라고요."

말은 그렇게 했지만 지검장도 내가 무슨 말을 하고 싶은지 정확하게 알 것이다.

"따지는 거야?"

"그건 아닙니다. 그냥 그렇다는 겁니다."

존경심이 사라져 버렸다. 고작 재벌이 던져준 돈 몇 푼을 좇아 하수인보다 못한 사냥개가 되어버렸으니 내게는 이제 지검장이 우스울 뿐이었다.

"그 야산이 애매하지만 우리 관할 쪽에 걸려 있어. 총장님도 직접 내게 지시하셨고."

내가 총장에게 전화를 하지 못할 거라는 것을 알기에 저런 소리를 하는 것이다.

"알겠습니다. 오전에는 이슈가 되는 사건에만 관심을 보이신다고 질책하시더니 또 이슈가 된 사건을 주시네요."

내 말에 지검장이 인상을 찡그리며 나를 째려봤다. 분명 이 사건은 국민적 관심을 받고 있다. 부장 검사님 말씀 그대로 생방송으로 시체가 두 구나 발견됐으니 당연한 일이다.

"뭐, 그렇다는 겁니다."

"너, 지금 나랑 막가자는 거지?"

내놓고 신경질이다. 물론 내가 자극한 면도 없지 않다. 어떠한 마음을 먹게 되면 의도하지 않아도 행동으로 반영된다. 지금의 나는 다소 건방지고 반항적이었을 것이다. 평검사라면 지검장에게 절대로 이런 태도를 보여서는 안 된다. 상명하복이 철저한 조직이니까. 그리고 사실 지검장이 평검사인 나를 이렇게 부르는 것도 보기 안 좋다.

'처음 사건을 맡길 때부터 이상했어.'

사건을 따로 배당할 일이 있으면 보통 부장 검사가 부르지, 지검장이 부르진 않는다. 이건 다시 말해 내 특성을 잘 알기에 일부러 나를 지목해서 사건을 맡긴 것이다. 재벌이라고 해도 주눅 들지 않고 불도저처럼 사건을 해결하려고 설칠 것이 아니까. 결국 나는 지검장의 술수에 놀아날 뻔했다. 그래서 더 괘씸했다.

'나를 도구로 쓰려고 했단 말이지?'

지검장도, 지검장을 움직이게 한 차시연도 용서할 수 없었다.

"아닙니다. 갑자기 저한테 재배당되는 사건이 많아서요."

내 말에 지검장이 살짝 인상을 찡그렸다.

"야! 지금 너만 고생해? 너만 사건 많아?"

지검장이 버럭 소리를 질렀다. 검찰의 조직 특성상 따지고 보면 내 태도는 지금 항명에 가까울 것이다. 하지만 입은 비뚤어져도 할 말은 하고 살아야겠다. 그리고 수가 틀어지면 검사 옷 벗으면 그만 이라는 생각도 들었다.

"지검장님! 검사가 모양 빠지면 안 되는 거 아닙니까? 저희 아버 지께서 남자는 둘 중 하나만 있으면 된다고 하셨습니다.

나는 담담한 어투로 지검장에게 말했다.

"뭐? 무슨 뜬금없는 소리를 하는 거야?"

지검장이 짜증스러운 표정으로 나를 노려봤다. 눈빛을 보니 나 를 한 대 치고 싶어 하는 것 같다. 몇 년 전만 해도 쳤을 거다. 아 니, 몇 년 전으로 갈 것도 없다. 이 순간 지검장이 스스로 떳떳하 면 내 따귀를 갈기지 않은 것 자체가 이상한 일이다. 하지만 지검 장은 그러지 못했다.

"돈, 혹은 명예, 둘 중 하나만 얻으면 된다고 하셨습니다."

이제부터는 진짜 항명하기로 결심했다. 옷 벗을 각오로 대차게 나갈 생각이다.

"…너, 지금 무슨 소리를 하는지 알고 있는 거야?"

"돈을 얻기에는 너무 늦으셨잖습니까?"

"이 새끼가 보자 보자 하니까!"

지검장이 나를 노려봤다.

"지킬 명예가 있을 때 지키십시오."

"너, 박동철! 너 혼자 깨끗한 척하고 싶은 거야?"

지검장이 분노에 찬 눈빛으로 나를 노려보며 소리를 질렀다. 아마 지검장이 검사 생활을 하면서 나같이 항명하는 평검사는 만나지 못했을 것이다.

"저는 검사 가오가 생명입니다."

말을 마치고는 자리에서 일어서 뒤돌았다.

"이 새끼가 정말!"

"새끼라고 욕하지 마십시오. 저도 집에 가면 귀한 아들입니다."

내 말에 지검장이 어이가 없다는 표정으로 멍해졌다.

"이 새끼가 정말……! 지금 너, 나한테 항명하는 거지?"

"증거 있습니까?"

지검장은 예상치 못한 듯 내 말에 벙찐 표정을 지었다.

"뭐, 그렇다는 겁니다. 증거 좋아하시잖아요?"

나는 그 말을 마지막으로 돌아섰다.

"야, 야! 박동철! 너 거기 안 서!"

지검장이 소리쳤지만 무시했다. 원래 검사는 이러면 절대 안 된다. 이제는 정말 모난 돌이 되어버렸다. 만약 지검장, 저 새끼가 이번 일을 나불거리고 다닌다면 난 검사 옷을 벗어야 할지도 모른다. 하지만 저 새끼도 지은 죄가 있으니 쉽게 나불거릴 수는 없을 것이다.

'검사가 가오 잃으면 다 잃는 거지.'

쾅!

지검장이 나를 불렀지만 나는 밖으로 나와 문이 부서져라 닫았다.

"…정말 쪽팔리게 노네."

"다른 사건은 우선 접고 사건 현장으로 출동합니다."

서울 인근 야산에서 캐리어 속에 든 한 구의 시체와 그 위에 같이 암매장된 또 한 구의 시체가 발견된 지 딱 두 시간 만에 인터넷은 난리가 났다. 우연의 일치겠지만 생방송 때문에 이렇게 된 것 같다. 그렇게 나는 지검장실에서 항명 아닌 항명을 하고 검사실로 돌아와 말했다. 상명하복. 지시는 어쩔 수 없다. 인터넷에서 난리가 났다는 것은 전 국민이 지켜보고 있다는 의미이니까.

"전 조 수사관 차를 타고 가겠습니다. 모두 현장으로 출동하세요."

"예, 검사님."

그렇게 우리 팀은 바로 현장으로 출동했다.

"구치소로 가자. 조세연 사건, 이대로 못 끝내겠다."

조명득의 차에 탄 나는 구치소로 가자고 했다. 재벌의 돈에 휘둘린 지검장보다 알량한 돈푼으로 검사를 하수인처럼 부리는 두선그룹, 아니, 차시연이 괘씸해서 참을 수가 없었다. 그리고 이대로 사건이 묻히게 둘 수도 없다.

따르릉! 따르릉!

내 말에 조명득은 핸들을 틀었고, 마 수사관에게서 전화가 왔다.

—어디 가십니까, 검사님?

"잠시 용무가 있습니다. 처리하고 바로 따라붙겠습니다. 사건 현장 보존하고요, 주변에 증거가 될 만한 것들을 찾아놓으세요. 담배꽁초나 족적 같은 것 아시죠?"

그렇게 나는 조명득과 조세연이 수감된 구치소로 향했다.

*   *   *

"무슨 말인지 알겠지?"

차시연이 장미란을 보며 말했다.

"예, 합의를 보라는 말씀이시죠?"

"사건 마무리해야지. 얼마 준대?"

"5억 준다는데요."

"그래? 호호호! 한신이 급하기는 급한 모양이네."

차시연이 기분이 좋다는 듯 웃었다.

"날 엿 먹일 때 기분을 그대로 느꼈으면 좋겠네."

아무리 면세점 사업권 때문이라고는 하지만 두선그룹, 아니, 차시연의 행보는 도가 지나친 면이 많았다. 재벌끼리의 관계는 무한 경쟁이라고 하지만 서로 협력도 많이 한다. 그렇기 때문에 이렇게 치졸한 방법을 쓰는 경우는 거의 없었다. 사실 따지고 보면 차시연이 이런 악수나 다름없는 짓을 한 것은 과거 베이커리 구더기 사건의 복수라는 의미가 강했다. 의욕적으로 시작한 베이커리 사업이었는데, 구더기 사건때문에 철수해야 했으니까. 그리고 이 일을 꾸미게 된 이유는 구더기사건의 배후에 조세연이 있다고 생각했기 때문이고, 그래서 이런 방법으로 복수도 하고 거대한 면세점 사업권도 획득하고자 한 것이다.

"예?"

"아무것도 아냐. 그리고 다시 한 번 말하지만 이번 일은 절대 비밀이야. 알지?"

"예."

"동창끼리 왜 자꾸 이래? 서로 민망하게. 호호호!"

차시연은 말은 그렇게 했지만 절대 장미란을 동창으로 생각하지 않았고, 장미란 역시 차시연이 자신을 동창으로 생각하지 않는다는 것을 누구보다 잘 알고 있었다.

"그런데 표정이 왜 그래?"

"아니에요, 아무것도."

"그러지 말고 외국으로 몇 달 나가 있는 건 어때?"

차시연의 말에 장미란이 인상을 찡그렸다.

"…동생 때문에 안 될 것 같아요."

"동생이 있었어? 그럼 같이 나가. 괌 어때? 1, 2년 나가 있으면 좋을 것 같네. 그러고 나서 돌아오면 매장 매니저로 자리가 정해져 있을 거야. 괌에 나가 있는 동안에도 월급은 지급될 거야."

"…죄송해요. 동생이 가출을 해서 당장은 못 나가요."

"흠… 나갔으면 좋겠는데……."

"동생 두고는 못 가요."

장미란의 말에 차시연이 인상을 찡그렸다.

"그럼 찾아서 같이 나가. 그 안에 빠르게 합의 보고. 저쪽에서는 합의를 못 봐서 안달이 났잖아. 아, 그리고 혹시나 해서 하는 말인데, 은행에는 아직 안 넣었지?"

"예."

장미란은 김치냉장고를 떠올렸다.

"잘했네. 동생 찾으면 외국으로 나가 있어. 당분간."

*   *   *

"이제 어떻게 할 건데?"

조명득이 구치소 앞에 차를 멈추고 내게 물었다.

"영장 다 기각됐다."

"그렇다고 못 알아볼 것은 없잖아. 장미란하고 주변 일가친척들 계좌는 깨끗하다."

조명득이 직접 움직여서 확인한 모양이다. 그렇다면 차시연에게 돈을 아직 안 받았든가 현금으로 받았다는 의미다. 혹시나 해서 만약을 대비한 것 같다. 재벌이니까 책잡히지 않도록 모든 일에 대비해 철두철미하게 움직인 것이다. 이래서 재벌은 상대하기 힘들다. 빈틈을 잘 보이지 않으니까.

"깨끗하다라……. 둘 중 하나겠군."

"아직 안 받았든지, 아니면 집에 현금으로 숨겨놨든지?"

조명득이 말한 것처럼 그런 이유로 장미란의 집에 대한 수색영장을 청구했다. 그리고 기각됐고.

"법대로 되는 일은 없는 것 같다. 그러니……."

내 말에 조명득이 나를 빤히 봤다.

"뒤져."

"알았다."

한 수사관이 당한 날부터 조명득의 표정에는 웃음기가 사라졌다. 나를 의식하고 있는 것이다.

"그리고 한 수사관님 아내분하고 아이들이 내일 입국한단다."

"…충격이 크시겠네."

그래도 다행이다.

한 수사관이 서러운 기러기 아빠는 아니라서 말이다.

"못 일어나실 확률이 더 크다는데……."

"기다리는 가족이 있으니까 깨어나실 거야. 움직이자."

"알았다."

조명득이 잠시 나를 보고 돌아섰고 나는 구치소로 향했다.

"…예?"

내 말을 들은 조세연이 황당한 표정을 지어 보였다.

"들으신 그대로입니다. 합의 보지 마십시오. 합의를 보면 그 죄를 다 인정하는 꼴입니다."

"저도 오늘 들었어요."

현재 진행되고 있는 전말에 대해서 들은 것 같다.

"합의 보지 마십시오. 그래야 사건이 종결되지 않습니다."

다시 한 번 합의를 보지 말라는 말에 조세연은 고민하는 것 같다.

"알았어요. 전화 한 통만 쓸 수 있을까요?"

나는 말없이 조세연에게 핸드폰을 내밀었다.

그 시각, 강용훈 이사는 조 회장 앞에 서서 보고하고 있었다.

"버티던 피해자가 합의를 보겠다고?"

"예, 회장님. 방금 10억을 달라는 전화가 왔습니다."

"…완전 로또를 잡았군."

조 회장은 인상을 찡그렸다. 조 회장의 입장에서는 액수는 상관 없었다. 그리고 합의금보다 더 중요한 게 있었다.

"합의를 빨리 봐야 사건이 종결됩니다. 이런 사건은 최대한 빨리 종결짓는 것이 좋습니다."

"그렇겠지. …기획이사, 면세점 입찰은 어렵겠지?"

"죄송합니다, 회장님! 내부적으로 이미 저희가 배제됐다는 정보가 왔습니다. 정부의 입장에서도 아가씨의 돌출 행동 때문에……."

조 회장이 다시 강용훈 이사를 보다 입을 열었다.

"…알았네. 가서 합의 보고, 세연이 구치소에서 나오면 파리로 보내. 걔도 머리 아플 테니까 가서 그림이라도 그리며 지내라……."

따르릉! 따르릉!

그때 조 회장의 핸드폰이 울렸다. 물론 조 회장이 핸드폰을 직접 들고 있을 턱이 없었고, 회장실 밖에서 대기하던 비서실장이 급하게 노크를 하고 들어서며 조 회장에게 묵례를 했다.

"회장님! 아가씨입니다."

"뭐? 구치소에 있는 세연이가 어떻게 전화를 해?"

"아가씨 맞습니다."

"…이리 주게."

의외라는 표정으로 변한 조 회장이 전화를 받았다.

―아빠, 저예요.

"어떻게 전화했어?"

구치소에 있는 조세연이 전화를 했다는 말에 강용훈 이사가 찰나지만 인상을 찡그렸다.

―박동철 검사가 왔어요. 박동철 검사가 합의를 보지 말라고 하네요. 숨겨진 다른 실체가 있다고.

"그건 또 무슨 소리야?"

―합의 보지 마세요. 저도 좀 이상한 부분이 많고요.

"박동철 검사, 옆에 있나?"

―예.

"바꿔라."

"네, 박동철입니다."
조세연이 내게 핸드폰을 내밀었다.
―무슨 일입니까?
"단도직입적으로 말씀드리겠습니다. 이번 사건은 면세점 사업권을 놓고 두선 전략기획실 실장인 차시연 실장이 꾸민, 즉 처음부터 계획된 일입니다."
내 말에 가만히 나를 보고 있던 조세연도 놀랐고, 조 회장도 아무 말이 없는 것을 보니 놀란 모양이다.
―그, 그게 무슨 소리요?
"말씀 그대로입니다."
―확실합니까?
"검찰도 동영상을 복원시킬 기술이 있습니다. 확실합니다."
정당한 법으로 안 된다면 편법을 이용할 생각이다.
"한번 확인해 보십시오. 저는 사건의 수사를 당분간 못합니다."
―외압이 있다는 겁니까?
"…다른 사건들을 꽤 많이 할당 받았습니다. 외압이라고 할 수는 없을 겁니다."
내가 한신그룹을 돕는 이유는 괘씸하기 때문이다. 그리고 이제부터는 고래들이 싸울 차례라는 생각이 들었다.
―…알겠소. 이번 일은 내가 결코 잊지 않겠소.
"잊으십시오. 검사가 재벌과 연결되어서 좋을 것 없습니다. 저를 모르고 지내시는 것이 좋을 겁니다."

내가 한신그룹에 도움을 줬다고 해서 한신에게 좋은 감정이 있는 것은 결코 아니다.

"그러니 제가 수사할 수 있게 합의만 보지 마십시오."

—…무슨 말인지 알겠소. 끊겠습니다.

뚝!

그렇게 통화가 끝났다.

"여기, 지낼 만합니까?"

나는 핸드폰을 주머니에 넣으면서 조세연에게 물었다.

"이제는 지낼 만할 것 같아요."

그녀의 눈에는 독기 비슷한 것이 감돌았다.

"꽤 오래 걸릴 수도 있습니다."

"그런데 왜 도와주세요?"

"제가 담당하는 사건을 명확하게 파헤쳐서 수사하고 싶은 것뿐입니다. 괘씸한 것도 있고."

나는 지검장을 떠올렸다.

"강 이사!"

"예 회장님!"

박동철과 통화를 끝낸 조 회장이 법무이사 강용훈을 불렀다. 그리고 이어지는 조 회장의 말에 강용훈은 황당한 표정을 금치 못했다.

"합의하지 않을 생각이네. 그렇게 알고 피해자에게 전해."

"예, 회장님!"

강용훈은 묵례를 하고 돌아서서 회장실 밖으로 나갔다.

"기획이사! 세연이 관련 동영상을 다시 한 번 판독해. 그리고 보니 나도 그 동영상을 한 번도 안 봤군. 다시 확인해서 뭐든 찾아내!"

"예, 알겠습니다."

"검찰도 찾은 것이 있다는데 우리가 못 찾을 것은 없지."

조 회장의 말에 기획이사가 다소 당황스러운 표정을 지었다.

"예, 알겠습니다. 철저하게 확인해서 보고 드리겠습니다."

강용훈은 회장실 복도를 나오면서 장미란에게 전화를 걸었다.

"장미란 씨죠?"

장미란이 담담하게 답했다. 사실 장미란은 강용훈이 합의를 보자고 몇 번이나 전화를 하고 찾아왔기에 강용훈 이사의 전화번호를 기억하고 있었기에 다짜고짜 본론으로 들어갔다.

—예, 합의해 드릴게요. 10억 입금해 주세요.

"아뇨, 합의하시지 않겠답니다."

착잡한 말투로 강용훈 이사가 장미란에게 말했다. 딱 한 시간 전까지만 해도 합의하자며 애걸복걸 매달렸는데, 갑자기 합의하지 않겠다고 하니 장미란은 당황스러웠다.

"회장님께서 그 어떤 합의도 않겠다고 하십니다. 끊겠습니다."

강용훈 이사는 더 이상 장미란의 말을 듣지 않고 전화를 끊었다. 그러고는 또 어디론가 전화를 걸었다.

"합의는 없을 겁니다."

—왜?

핸드폰 밖으로 무거운 중저음이 들렸다.

"구치소에서 전화가 왔습니다. 합의를 하지 말라고 조세연이 조회장에게 전화로 말했습니다."

—조세연이? 접견 변호사도 없는데 어떻게?

"그러니까요. 누굴까요, 핸드폰을 건네준 사람이?"

강용훈 이사는 인상을 찡그렸다.

*　　　　*　　　　*

"오셨습니까, 검사님!"

시체 두 구가 발견된 서울 인근 야산에 먼저 도착한 문 수사관과 마 수사관이 나를 보자 다가왔다. 마 수사관은 처음 지검장이 조세연 사건을 끌로 파라고 해서 지원이 됐다.

"어떻습니까?"

"사망 추정 시간은 이틀 정도 된 것 같습니다."

문 수사관이 짧게 말했다.

"그럼 암매장이 된 것도 그 시간이겠군요. 증거가 될 만한 것은 찾으셨습니까?"

"지금까지 발견된 것은 없습니다. 담배꽁초 같은 것도 없습니다. 깨끗하게 치운 것 같습니다."

내가 담배꽁초 비슷한 거라도 찾아보라고 했기에 문 수사관은 그것부터 찾은 것 같다. 나는 알겠다고 대답한 후 구덩이 쪽으로 다가갔다. 사건 현장은 보존되어 있고, 국과수 수사관들이 나를 기다리고 있었다.

"박동철 검사입니다."

"국과수 한용덕입니다."

"특이한 경우네요."

나는 구덩이 속 시체들을 보며 말했다.

"그렇습니다. 캐리어에서 중년 남자의 시체가 나왔고, 미성년자로 추정되는 여자의 시체는 그 위에 던져진 것처럼 암매장이 됐습니다."

"그럼 두 시신의 사망 시간이 다르겠군요?"

"그런 것 같습니다. 지금까지 확인한 것으로는 남자는 집단 폭행에 의한 사망으로 보이고, 여자는 목이 졸려서 사망한 것 같습니다. 물론 더 정확한 것은 부검을 해봐야 알겠지만 말입니다."

한용덕 국과수 수사관의 말에 나는 고개만 끄덕였다.

이런 분야는 한용덕 수사관이 나보다 한 수 위다.

"왜 이렇게 됐을까요? 두 구의 시체 사망 시간이 다르고, 한 구는 가방에 넣어져 왔습니다. 이건 다시 말해 남자를 죽인 놈들은 저 중년 남자를 이곳으로 암매장을 하러 왔다는 거잖습니까? 그럼 저 여자 시체는 무엇을 의미하는 걸까요? 여기 오기 전까지는 공범일 수도 있겠다는 생각이 들었어요. 그게 아니면 우연하게 목격했거나요."

"집단 폭행에 의한 사망 가능성을 말씀드린 것은 남자 시체의 몸에 심한 타박상 흔적이 많아서입니다."

"그러니까요. 그러니 암매장을 한 놈들은 다수라는 가정을 할 수 있습니다. 그렇다면 여자가 공범일까요, 아니면 우연히 암매장 현장을 봤다가 발각되어서 저렇게 살해당했을까요?"

이곳에서 살인을 당하지 않았다면 트렁크가 두 개가 되어야 한다. 그러니 공범이든 목격자든 둘 중 하나다. 그런데 공범이라면 왜 죽였을까 하는 의문이 들었다.

"그리고 제 추측인데 정면에서 목이 졸린 것 같네요. 아닙니까?"

내 물음에 한용덕가 놀란 표정으로 나를 봤다.

"…관찰력이 뛰어나시네요."

목을 졸라본 사람만 안다. 양쪽 목에 균등한 멍 자국이 있는 것을 보니 정면에서 힘껏 눌렀을 것이다. 그리고 나도 이렇게 목을 조른 적이 꽤 있다. 물론 회귀하기 전의 삶에서 한 것이다.

"추측입니다. 하여튼 정확한 것은 부검을 해보면 알겠죠?"

"예, 검사님."

그렇게 두 구의 시체는 국립과학수사원으로 옮겨졌다.

"사망자들의 신원은 확인이 됐습니까?"

나는 문 수사관에게 물었다.

"두 시체 다 신원을 확인할 만한 것은 가지고 있지 않았습니다."

그럴 것이다. 신원이 확인할 수 없어야 발견되어도 찾기가 더 어려울 것이고, 범인을 찾아낼 확률이 낮다.

'이럴 줄 알았어.'

이건 쉽게 해결될 사건이 아니었다.

"우선 실종자 명단부터 확인하세요. 제가 보기에 사망한 여자는 미성년자입니다. 실종이 되었으면 신고가 되었을 겁니다."

내 말에 수사관들이 고개를 끄덕였다.

"예, 알겠습니다, 검사……."

"쉿, 잠시만 조용히 해요."

"예?"

"조용히!"

내 말에 주변이 조용해졌고, 어디선가 핸드폰 소리가 울렸다.

따르릉~ 따르릉~

"누구 전화입니까?"

내 말에 현장에 있는 사람들이 서로의 얼굴을 봤다.

"전화 온 사람 없습니까?"

미약하게 들리는 핸드폰 소리는 더 이상 울리지 않았다.

"모두 본인 핸드폰을 확인해 보세요."

내 지시에 모두가 핸드폰을 확인했다.

"저는 아닙니다."

"저도요."

스치듯 핸드폰 소리를 들은 것 같다.

'분명 핸드폰 소리를 들었는데.'

—전원이 꺼져 소리샘으로 연결됩니다.

"으음……."

그 시각, 장미란은 벨소리가 울리다가 전원이 꺼져 소리샘으로 연결된다는 소리를 듣고 인상을 찡그렸다.

"도대체 이 망한 년은 어디로 간 거야!"

그리고 차시연과 헤어지고 집으로 돌아온 장미란은 엉망진창이 된 집을 보고 기겁했다.

"이, 이게 어떻게 된 거야?"

장미란은 기겁하며 급하게 고개를 돌려 김치냉장고를 봤다. 이것저것 아무렇지 않게 쌓아놓은 물건은 그대로였다.

"후우!"

긴 한숨과 함께 장미란은 그 자리에 주저앉았다.

"왜 그러십니까, 검사님?"

그때 시신을 수습해서 내려가던 국과수 직원 중 한 명이 전화 통화하는 모습이 보였다.

"…아무것도 아닙니다."

저 핸드폰 벨 소리에 내가 민감하게 반응한 것 같다.

"이번 사건은 미궁에 빠지겠네요. 우선 이곳으로 오는 모든 도로의 CCTV를 확인하세요."

요즘 들어 수사의 첫 시작은 CCTV의 확인이다. 그만큼 대한민국에는 CCTV가 많이 설치되어 있다. 물론 CCTV로 찍히는 화면은 많고 인원이 한정되어 있으니 확인할 수 있는 것은 많지 않고 확인하기도 어렵다. 하지만 이렇게 아무것도 확인할 수 없을 때 우리가 매달릴 수밖에 없는 것은 CCTV뿐이다.

"검사님! …따로 드릴 말씀이 있습니다."

그때 조명득이 다른 사람들을 보며 조심스레 말했고, 조명득과 나는 사람들이 없는 곳으로 갔다.

"뭔데?"

"아무것도 없다네."

장미란의 집을 뒤진 모양이다.

"다른 건?"

"장미란이 오늘 청담동에 있는 고급 피부 관리실에 갔다네."

"고급 피부 관리실이라 확인해 보면 알겠지. 다른 것은?"

"나오는 것이 없어."

"한 수사관님에 대한 일은?"

"양아치 넷이 용의자로 판단되는데 확인이 되지 않아."

"어떻게든 찾아."

결국 모든 것이 다 원점이다. 그 사실이 무척이나 답답했다.

나는 암매장된 현장에서 나와 장미란이 갔다는 고급 피부 관리실로 향했다.

"서울지검 박동철 검사입니다."

내 말에 피부 관리실 직원이 놀란 표정을 지었다.

"고객 명단 좀 볼 수 있을까요?"

"자, 잠시만요."

고급 피부 관리실 데스크에서 고객 관리철을 꺼내 내게 내밀었다.

"잠시만요!"

그때 정장 차림의 여자가 내게 다가왔다.

"검사님이시라고요? 영장 있으세요?"

요즘은 개나 소나 다 영장 타령이다.

"영장은 없습니다."

"그럼 고객 명단을 보여드릴 수가 없겠네요."

정장을 입은 여자가 내게 말하고는 차가운 시선으로 데스크에 서 있는 여자를 째려봤다.

"VIP 고객님들 신상 정보에 대해서는 보안이라는 것을 누누이 말했을 텐데요."

어투가 무척이나 차가웠다.

"죄송합니다, 실장님!"

"앞으로 주의하세요."

여자를 질책하고 실장이라는 여자가 나를 보더니 담담한 어투로 말했다.

"저희도 여기에 밥그릇이 걸려 있는 문제라 공개해 드리지 못하는 사정을 이해해 주셨으면 좋겠습니다. 저희 고객님들은 신분이 노출되시는 것을 극도로 꺼리시거든요."

"그럴 수도 있겠군요. 이런 곳에서 피부 관리를 받으려면 얼마씩 하죠? 엄청 비싸 보이는데?"

"패키지에 따라서 다르죠."

"구체적으로 알 수 있을까요? 그것도 영장이 있어야 합니까?"

내 이죽거림에 실장이 나를 보며 미소를 보였다.

"박동철 검사님이시죠?"

나를 아는 모양이다.

"예, 어떻게 아시죠?"

"뉴스에서 봤어요."

몇 번 뉴스에 얼굴이 팔린 적이 있다.

"아, 그러시군요. 설명해 주시기 어려운가요?"

"아닙니다. 제 사무실로 가시죠."

이곳에서 이야기하기는 그런 모양이다. 내 신분이 검사니까.

"그러죠."

그렇게 나와 실장은 조용한 사무실로 자리를 옮겼다.

"VIP만 상대하면 운영하기 쉽지 않죠."

"고급이라고 해서 회원제로 운영하는 줄 알고 왔는데요?"

"그건 아니고요, 1, 2층은 비회원도 이용할 수 있죠. 하지만 3층은 VIP 전용입니다."

"여기서 피부 관리를 받으려면 얼마나 합니까?"

"패키지에 따라서 다른데, 일반적인 피부 관리는 10회에 200만

원부터 해요."

10회에 200만 원이면 결코 작은 돈은 아니다.

하지만 평범한 사람들이 못 받을 금액도 아니었다.

"그렇군요. 그렇게 비싸지는 않군요."

나는 실망스러운 표정을 지어 보였다.

"뭐가 그렇게 궁금하세요?"

실장이 묘한 미소를 보였다.

"여기 회원 중에 장미란이라는 분이 계신지 궁금해서요."

"있는 것을 알고 오시지 않았나요?"

"예, 알고 왔습니다."

"오늘 오셨어요."

"기억하시네요. 회원이 많을 텐데."

"고객님을 기억 못하면 피부 관리실에서 실장 일 못하죠."

다시 원점이다. 내가 장미란이 이곳에 왔다는 것으로 알고자 한 것은 돈 씀씀이가 궁금해서였다. 그런데 거금이기는 하지만 이용하지 못할 정도로 거금은 아니었다. 그래서 원점인 것이다.

'미치겠네.'

그렇게 또 하루를 허비했다.

조명득과 나는 답답한 마음에 소주 한잔을 걸치고 있다.

"후우… 뭐 하나 걸리는 게 없네."

나는 소주를 들이켜며 중얼거렸다.

"좀 기다려 봐라. 뭐가 나와도 나올 거다."

"뭐?"

"좀 어질러 놓으라고 했거든."

장미란의 집을 뒤졌는데 돈은 찾지 못했다고 조명득에게 보고를 받은 상태이다. 그런데 조명득은 기다리라고 말했다. 문득 조명득이 따로 실행한 게 있을 거라는 생각이 들었다.

"설치했어?"

"물론이지. 뭔가 있을 거라며? 그런데 없어. 그럼 없든가 못 찾은 거겠지. 그래서 어질러 놨다."

"잘했다."

물론 이것도 불법이다. 가택 침입에 불법 촬영 장비 설치니까. 하지만 옳은 방법으로 수사를 하기에는 너무 많은 것이 걸려 있었다. 물론 조명득이 획득한 정보를 증거로 쓸 수는 없다. 하지만 압박할 수 있는 수단으로 쓸 수는 있을 것이다.

"그건 그렇고, 부검 결과가 나올 때까지 할 수 있는 것이 없네."

"넋을 놓고 있을 수는 없잖아."

"그렇지. 내일 장미란을 다시 송환할 생각이다."

"지검장이 난리를 치겠네."

"지검장하고 영장 판사에 대해서 알아낸 것 없어?"

"있지."

조명득이 처음으로 나를 보며 씩 웃었고, 나는 인상을 찡그렸다.

"웃지 말자. 한 수사관님 깨어나실 때까지."

"그러네."

조명득이 다시 인상을 찡그리며 소주를 들이켜곤 말을 이었다.

"영장 판사가 그러는 것은 당연한 거다. 두선그룹 비공식 손녀사위였어."

"그건 뭔 소리야?"

"두선그룹 차선명 회장에게는 딸이 셋이 있는데, 그중 한 명이 사생아야."

"설마 그 딸의 남편이 영장 판사라는 거야?"

"맞아."

그제야 영장 판사가 왜 그렇게 영장을 막무가내로 기각했는지 이해가 됐다. 게다가 무턱대고 기각한 것은 아니다. 따지고 든다면 증거불충분으로 늘어질 수 있는 증거들이기도 했다.

"그럼 확실한 증거가 아니면 기대할 수가 없었겠군."

그래도 나를 많이 이해해 준 선배였는데 가족의 일이라 어쩔 수 없었던 것 같다.

"그럼 지검장은?"

지검장만 떠올리면 화가 치민다.

"빚이 20억쯤 있어."

"…주식으로 날렸군."

"어떻게 알았어?"

"주식 이야기를 하더라고."

"다모아 통신이라고 있는데……."

조명득이 다시 소주를 따르고 나서 마셨다. 다모아 통신이라면 이해가 된다. 원래 다모아 통신은 인터넷 전화 판매를 하던 코스닥 기업이었다. 물론 내가 알고 있는 사항은 작전이 붙은 기업이고, 1만 원짜리 주식이 30만 원까지 올랐다가 지금은 연속 하한가를 기록하고 있다. 그래서 지금은 팔고 싶어도 팔 수가 없는 주식이 됐다.

'돈에 무너진 이유가 있었네.'

10억쯤 날렸으면 바로 검사 옷을 벗고 변호사로 전업했을 것이다. 그랬다면 전관예우가 있으니 1~2년 안에는 복구했을 것이다. 하지만 20억은 결코 적은 돈이 아니다. 그러니 저러고 있는 것이다. 그게 아니면 차시연의 계획이 오래전부터 세워진 계획이란 것이다.

'이번 인사발령에도 그만두지 않은 것은……'

아마도 이번 사건 때문일지도 모른다는 생각이 들었다.

"어떻게 할까?"

"그냥 둬. 흘릴 수 있는 정보가 아니잖아."

불법적으로 수집한 정보이니 어떻게든 문제가 될 수 있었다. 그러니 그냥 두는 것이 좋다는 생각이 들었다. 잘못하면 내 친구 조명득이 다칠 수도 있는 일이니까.

"그래도 슬쩍 흘리면 지검장은 아웃이다."

"그래서 누가 줬는데?"

이미 어느 정도의 돈은 받았을 것이다. 그러니 저렇게 길길이 날뛰는 것이고.

"5촌 당숙!"

"우선은 그냥 두고 보자."

"알기는 알겠는데 나 때문인가?"

조명득이 나를 빤히 봤다.

"…한 수사관님 저렇게 되시고 느끼는 것이 많네."

"조심할게."

"그래야지."

나는 다시 씁쓸하게 소주를 마셨다.

"그건 그렇고, 우선 그 양아치들 신병부터 확보해."

"공식적으로, 아니면 비공식적으로?"

조명득의 물음에 나는 조명득을 잠시 봤다.

"우선 공식적으로."

놈들이라는 확신은 없으니까.

"확인이 되면……"

조명득의 물음에 나도 모르게 지그시 입술을 깨물었다.

"우선 술이나 마시자."

*　　　*　　　*

한용덕 국과수 수사관은 부검의인 이수정을 찬찬히 보고 있었다. 이수정의 앞에는 두 구의 시체가 하얀 시트를 목까지 덮고 있었다.

"부검 다 끝났습니까, 이 박사님?"

한용덕 수사관이 부검의에게 물었다.

"끝났네요. 예상하신 그대로 남자 사체는 집단 폭행에 의한 사망이 맞고요, 사망 추정 시간은 72시간 전이에요."

"그리고요?"

한용덕은 남자보다 장미희의 시체가 더 신경에 쓰였다.

"사망 직전 섹스를 한 흔적이 있어요. 반항을 한 흔적이 있지만 강간은 아닌 것 같아요. 아마 관계 중에 목이 졸려서 죽었을 거예요."

여자지만 부검의는 차분하게 대답했다.

"혹시 정액, 저 남자의 것입니까?"

한용덕 수사관이 혹시나 해서 물었다.

"그건 아니고요, 제3자의 정액이 나왔어요. 그리고 손톱에서도 정액에서 나온 DNA와 동일한 DNA가 나왔고요."

"관계하는 도중에 그대로 목을 졸라 죽였다는 거네요. 반항한 흔적이 적었다고 하니 그때 저항했을 거고. 그런데 보통 강간이면 흔적이 강렬하게 남지 않습니까?"

"예, 그래서 강간은 아닌 것 같아요."

"그럼 면식범이라는 말인데……."

한용덕 수사관이 죽은 장미희를 봤다.

"공범이었던 것 같아요."

"그런데 왜 죽였을까요?"

"저야 잘 모르죠. 여기요."

이수정은 부검 결과서를 한용덕 국과수 수사관에게 내밀었다.

"예, 박동철 검사가 눈이 빠져라 기다리고 있을 겁니다."

"그 사람 성격은 유명하죠."

살짝 미소를 보이며 부검의가 말했다. 그만큼 박동철은 유명했다. 국립과학수사원에 의뢰하는 것도 많고.

"저… 실종 신고 하려고 왔는데요."

그 시각, 장미란은 자신의 집에 도둑이 들어서 불안해했다. 바로 이사를 하고 싶었지만, 가출한 동생인 장미희가 돌아오지 않고 있기에 이사도 가지 못하고 있었다.

"실종요? 누가 실종됐다는 거죠?"

"제 동생이요."

"사진 있습니까?"

장미란은 사진 한 장을 조심히 경찰에게 내밀었고, 경찰관은 사진을 유심히 봤다.

"가출 아닙니까? 요즘 가출 청소년들이 많거든요."

"그건 모르겠는데 며칠째 집에 들어오지 않고 있어요."

성인이라면 가출이라 생각했을 것이다. 하지만 장미희는 미성년자였고, 실종 신고 처리가 됐다. 그때 마 수사관이 경찰서로 들어섰다.

"서울지검 마동욱 수사관입니다."

마 수사관이 자신의 신분을 밝히자 경찰들이 살짝 긴장해 마 수사관을 봤다.

"무슨 일이시죠?"

"협조 공문을 이미 보냈는데."

"아~ 박동철 검사님이 보낸 협조 공문 말씀이시죠?"

박동철은 경찰에게 협조 공문을 보낼 때도 무척이나 친절했고, 다른 검사에 비해 경찰의 협조가 잘되는 편이었다. 사실 따지고 본다면 경찰과 검찰은 엄연히 분리된 사법기관이다. 그런데 대다수의 검사가 경찰을 자신들의 아래에 있다고 생각하고 권위적으로 움직였다. 물론 일선 경찰들에게 그렇게 대하는 거지만 말이다. 그에 반해 박동철은 조명득 때문에라도 경찰들에게 친절했고, 경찰들도 자신의 수사관을 대하듯 대했는데 그게 소문이 쫙 퍼진 상태였다.

"예, 맞습니다."

"여기 있습니다. 오늘까지 접수된 실종자 명단입니다."

경찰서 경사가 바로 미리 준비해 놓은 실종자 명단과 사진을 마 수사관에게 내밀었다.

"그런데 실종자 명단은 왜 필요하십니까?"

경사가 궁금한 표정으로 물었다.

"뉴스 보셨죠?"

"예, 그 암매장 사건과 관련이 있습니까?"

"예, 한 구의 시체가 미성년자인 것 같아서 실종자를 확인하고 있습니다."

검사가 경찰에게 친절하기에 마 수사관도 경찰에 친절했다. 물론 협조를 받는 입장이니 그래야 하겠지만 말이다.

"경사님! 실종자 한 명이 더 있습니다."

"그래? 가지고 와."

그때 장미란에게 사진을 받고 장미희를 실종자로 접수한 순경이 경사를 불렀다. 그리고 경사의 말에 순경이 사진을 바로 가져다 줬고, 장미란은 마 수사관을 봤다. 물론 마 수사관도 장미란을 봤다.

"어? 장미란 씨, 여기는 무슨 일이십니까?"

마 수사관이 장미란에게 알은척을 하니 순경이 그를 봤다.

"동생 분 실종 신고를 하신 분입니다."

"사진은 여기 있습니다."

조금 전까지 암매장된 장미희의 사진과 실종이나 가출 신고가 된 미성년자의 사진을 대조하던 마 수사관이 경사에게서 받아 든 사진을 보며 인상을 찡그렸다.

"으음……."

"왜 그러시죠?"

장미란이 마 수사관의 표정을 보고 물었다.

"…아무것도 아닙니다."

순간 마 수사관은 지금 말하면 안 될 것 같다는 생각이 들어 아무것도 아니라고 말했다.

'이건 뭐지?'

자신도 모르게 지그시 입술을 깨무는 마 수사관이다. 그리고 그런 마 수사관의 표정을 본 장미란은 불안감에 휩싸였다.

"장미란 씨, 오늘 검찰 출두 요청 받으셨죠?"

"예."

"같이 가시겠습니까?"

"같이요?"

"예, 검사님을 만나 뵈어야 할 것 같습니다."

"왜요? 그 사건 수사에 대해서는 다 말씀을 드렸는데요."

참고인 조사 요청이기 때문에 장미란이 요청을 거부하면 그만이다.

"…중요한 일이라 가서서 말씀을 드리겠습니다."

마 수사관의 말에 장미란은 마 수사관을 뚫어지게 봤다.

*　　　　*　　　　*

"으음……."

나도 모르게 마 수사관이 내민 두 장의 사진을 보고 신음 소리를 토해냈다. 미궁에 빠져 있던 여자 시체의 신원이 밝혀지는 순간이다. 그것도 아주 당황스러운 방향이었다.

"…장미란 씨는요?"

"조사실에 있습니다."

"예, 충격이 클 것 같아서요. 그리고 오늘 검사님 조사도 있어서 말을 못했습니다."

마 수사관의 말에 나는 고개를 끄덕였다.

"…알겠습니다. 차 사무관!"

"예, 검사님."

"장미희 씨 핸드폰 통화 내역 요청하시고요, 핸드폰 메시지 열람 요청하세요."

보통 이럴 경우에는 핸드폰에서 많은 답이 나온다.

"예, 검사님. 그리고 부검 결과가 나왔습니다."

차 사무관이 조심스럽게 내게 부검 결과서를 내밀었고, 나는 바로 부검 결과서를 확인했다.

"피해자인 장미희 양의 몸에서 가해자의 것으로 추정되는 정액과 손톱 밑에서도 동일 DNA가 나왔네요."

막혀 있던 것이 순식간에 풀리는 순간이다.

"범죄자 DNA를 채취해놓은 기록이 있을 겁니다. 확인하세요."

"예, 검사님."

전과가 있는 범죄자라면, 그리고 강간 관련 범죄 혐의가 있는 자라면 확보된 DNA 정보가 있을 것이다.

"그리고 한 수사관님 관련 요청 검사서도 나왔습니다."

같이 온 모양이다.

"주세요."

나는 한 수사관님을 찍은 보도블록 조각을 국립과학수사원에 검사 의뢰했다. 그 이외의 다른 정보가 없기에 혹시나 해서 보도블록 조각을 조사하기로 했다. 한 수사관님의 후두부를 찍을 때 가해자의 손에도 충격이 있었을 거라고 판단했고, 지문이나 상처에 의한 DNA가 남아 있을지도 모른다는 생각에 의뢰했는데 그것이 지금 나온 것이다.

"같이 확인해 보세요."

"예, 검사님!"

"시신의 신원은 한 명 확인된 거네요."

다소 안타까운 순간이다. 어찌 되었던 장미희는 미성년자니까.

"저는 장미란 참고인 심문 조사하러 갑니다."

"예."

그리고 장미희의 사망 사실을 통보해야 하는 꼴이 되어버렸다.

'어쩌나?'

복원된 녹음 영상을 먼저 공개하고 압박한 다음 공개를 할 것인가, 아니면 먼저 동생의 사망 사실을 알려야 할지가 고민스러웠다.

'…동생이 죽었어.'

나는 못된 생각을 버렸다.

*　　　*　　　*

"뭐? 박동철이 또 장미란을 참고인으로 소환했다고?"

평검사의 보고 아닌 보고를 받은 지검장은 자신도 모르게 버럭 소리를 질렀다.

"예, 지검장님!"

"그 인간은 왜 말귀를 그렇게 못 알아듣는 거야!"

"…그러게 말입니다."

평검사이기에 지검장의 눈치를 볼 수밖에 없었다.

"이제 정말 막가자는 거지? 위계도 없고 질서도 없는 놈!"

바드득!

지검장은 박동철의 얼굴을 떠올리며 이빨을 갈았다.

*　　　　　*　　　　　*

장미란은 불안한 눈빛으로 조사실로 들어오는 나를 봤다.

"많이 기다리셨죠? 죄송합니다."

나는 담담히 말하며 자리에 앉았다.

"왜 또 저를……."

"…원래는 수사할 일이 있어서 요청을 드린 건데, 다른 일에 대해 통보부터 드려야 할 것 같습니다."

"예?"

장미란은 불안한 눈빛으로 나를 봤다.

"장미희 양이 동생이시죠?"

"그, 그런데요?"

"지난 14일 경에 살해되어 서울 인근 야산에 암매장된 것이 발견되었습니다."

내 말에 장미란의 눈동자가 파르르 떨렸다.

그리고 온몸을 부르르 떨기 시작했다.

"무, 무슨 말씀이죠?"

"장미희 양이 살해되었습니다."

"아, 아니죠? 잘, 잘못… 잘못 아신 거죠?"

"…죄송합니다. 원래는 이런 일로 모신 것이 아닌데……."

"아니죠? 아니에요! 아니라고 말해줘요! 흑흑흑!"

장미란은 동생의 죽음에 대한 내 통보를 부정하며 하염없이 오열하기 시작했다.

"아니에요! 아니라고요!"

절규에 가까운 울부짖음이다.

"범인은 제가 꼭 잡겠습니다."

"흑흑흑!"

아마 이 순간 장미란은 내가 하는 그 어떤 위로도 들리지 않을 것이다. 내게 똑같은 일이 일어났다면 나도 장미란과 똑같을 거니까.

"미희야! 흑흑흑!"

하염없이 서럽게 우는 여자를 마주 보고 있어야 한다는 것은 괴로운 일이다. 그리고 내가 아무것도 해줄 수 없다는 것에 영문을 알 수 없는 좌절감마저 들었다.

"…제가 죄를 지어서 그래요. 제가 죄를 지어서 미희가 죗값을 저 대신 받은 거예요. 흑흑흑!"

순간 장미란에게 심경의 변화가 생긴 것 같다.

충격이 클 것이다. 그리고 그 충격이 모든 사건의 증거가 되는 자백이 될 것이다.

'…오늘은 아무것도 추궁하지 말자.'

그저 내 앞에 있는 여자는 동생을 잃은 언니니까.

제5장
검거 작전

국립과학수사원 영상 복원 연구원이 손쉽게 복원할 수 있는 영상이었기에 한신그룹도 조세연 영상을 금세 복원할 수 있었다.

"…이게 사실이란 말이지? 결국 노린 건 면세점 사업권이군."

조 회장은 차가운 눈빛으로 기획이사와 보안실장을 노려봤다.

"그렇습니다, 회장님. 아가씨를 이용해서 그룹 이미지를 실추시키고 면세점 사업권을 획득하려는 치졸한 술수인 것 같습니다."

"같은 것이 아니라 사실이라는 거잖아! 내 딸이 지금 치졸한 방법에 당했다는 거잖아!"

"예, 회장님!"

"후우, 그럼 이제 어떻게 해야 할까?"

조 회장이 아무 말도 못하고 있는 강용훈 이사를 봤다.

"제 짧은 생각으로는 법적 조치를 밟는 것보다 이 동영상으로 두선그룹을 압박하시는 것이 좋을 것 같습니다."

"세연이는 그냥 죽일 년으로 두고?"

"죄송합니다. 하지만 이 영상이 공개되어도 변할 것은 없습니다. 이미 면세점 사업권은 두선그룹으로 넘어갔다는 정보가 들어왔습니다. 아마 두선그룹에서 박 의원을 포섭한 것 같습니다."

강용훈이 말한 박 의원은 야당 부대표인 박찬욱 의원을 뜻했다.

"면세점 사업권도 잃었다는 말이지? 그런데 아무것도 밝히지 말고, 매정한 애비가 되어서, 다른 이익을 취해라?"

"…죄송합니다, 회장님!"

"강용훈 씨!"

조 회장이 강용훈에게 씨라는 호칭으로 불렀고, 강용훈이 놀란 눈으로 조 회장을 봤다.

"당신은 해고야! 나는 비정한 애비까지 될 생각은 없어. 내가 면세점 사업권을 잃는다고 해도 내 딸이 함정에 빠졌다는 것은 밝혀야겠어. 나가시게. 당장 나가!"

분노를 참지 못한 조 회장이 버럭 소리를 질렀고, 강용훈은 회장실을 나갈 수밖에 없었다.

"그게 사실이지?"

조 회장이 보안실장을 봤다.

"예, 강용훈의 계좌로 거액이 입금된 것을 확인했습니다."

물론 이것도 불법적인 행위로 얻은 정보일 것이다.

"저 망할 놈이 저지른 범죄를 모조리 넘겨. 배임부터 횡령까지."

영상 판독 보고를 받기 전 기획이사는 강용훈에 대해 따로 보고했다. 그렇기에 이런 조치를 내린 것이다.

"이제 어떻게 하시겠습니까?"

"내가 본 이 영상 그대로 TYN에 넘겨."

TYN은 자극적인 소재를 주로 다루는 뉴스를 진행하는 케이블 방송이다.

"회장님, 그렇게 되면……."

기획이사가 망설이다가 조 회장에게 말했다.

"같이 죽는 거지. …그리고 아무런 이익도 없겠지. 하지만 딸을 지킨 아비는 될 거네. 나도 아비라네."

"알겠습니다."

"또 모르지. 이번 사건을 통해 우리 그룹에게 동정표가 쏠릴지."

"기대는 하시지 않는 것이……."

"그렇겠지. 하지만 우리보다 두선이 더 큰 타격을 입을 거야. 장기적으로 보면 나쁠 게 없어."

두선과 한신그룹은 거의 대부분의 사업 분야가 겹쳤다. 그래서 장기적으로 그룹 이미지가 실추되면 이익이라는 생각을 하고 있는 조 회장이다. 그리고 딸의 결백 아닌 결백을 밝혀주고 싶었다.

그리고 기획이사는 조 회장을 물끄러미 보며 입을 열었다.

"그러시다면 회장님, 그런 결심을 하셨다면 세연 아가씨의 병도 공개하시는 것이 어떻겠습니까?"

"뭐? 내 딸에게 병이 있어?"

조 회장은 처음 듣는 소리인 듯 깜짝 놀라며 되물었다.

"주치의에게 들으니 세연 아가씨에게 월경 전 증후군이 있다고 합니다만… 사실상 조울증에 가깝다고 합니다."

"허… 내가 딸의 병도 모르고 있는 무정한 애비였군. 그렇게 하게나. 아픈 애를 이용한 차시연을 매장시켜야겠어."

조 회장은 결정을 내렸다. 사실 조 회장이 복원한 영상으로 두선그룹을 압박해 빅딜을 했다면 엄청난 이익을 얻을 수도 있었다. 하지만 조 회장은 그룹의 이익보다 딸을 택했다. 물론 그가 딸을 진정으로 사랑하는 아빠는 아니었다. 장기적으로 봤을 때 두선그룹에게 범죄 그룹 이미지를 심어주는 것이 더 큰 이익이라는 생각을 했기에 이런 결정을 내린 것이고, 차시연이 괘씸한 것도 있었다.

"베이커리 구더기 사건에 대한 보복을 이렇게 하는군."

그 사건을 지시한 것은 다름 아닌 조 회장이었다.

"예, 그런 것 같습니다."

"서로가 완벽하게 선을 넘었으니 살아남는 자가 위너겠지."

조 회장은 지그시 입술을 깨물었다.

*　　　　*　　　　*

"돌아가셔도 좋습니다."

겨우 울부짖음이 멈춘 장미란에게 돌아가도 좋다고 말하자 장미란이 나를 빤히 봤다.

"저를 부르신 이유가 따로 있으시죠?"

"예, 하지만 오늘은… 아닙니다."

내 말에 장미란이 지그시 입술을 깨물더니 잠시 후 나를 불렀다.

"검사님, 제 죄목이 뭐죠?"

동생의 죽음에 심경의 변화가 큰 것 같다.

"무슨 말씀이시죠?"

"다 아시고 부른 거 아닌가요?"

"어느 정도 파악은 됐습니다."

"…저 때문이에요. 제가 못된 짓을 해서 그 죗값을 죄도 없는 미희가 받은 거예요."

충격이 큰 것 같다. 아니, 나라고 해도 충격이 컸을 것이다. 장미란과 장미희는 고아다. 서로가 서로에게 유일한 혈육이고, 그런 면에서 장미란에게 장미희는 소중한 가족이었을 것이다. 그런데 그런 가족이 죽었다. 누구보다 아꼈을 가족이 죽었으니 세상 모든 것을 잃은 듯한 충격을 받았을 것이다.

"…지금 장미란 씨가 말하는 모든 내용은 법정에서 불리하게 작용할 수도 있습니다."

나는 검사라는 것을 잊고 마치 변호사처럼 말했다.

"…이제 상관없어요. 미희한테 좋은 거 주고, 좋은 대학에 보내주려고 그랬던 건데 이제는 다 소용없게 됐어요, 검사님! 흑흑!"

다시 장미란이 어깨를 들썩이며 울기 시작했다.

"다… 다 조작된 사건이에요, 다!"

드디어 진실이 공개되는 순간이다. 동생의 죽음에 모든 것을 체념한 듯 장미란이 이야기를 시작했다.

"…지금부터 진술 내용을 녹음해도 되겠습니까?"

내 물음에 장미란이 나를 봤다.

"어떤 강요나 강압도 없었다는 것을 인정하십니까?"

혹시나 해서 몇 가지 사항을 더 말했지만 그전부터 녹음은 되고 있었다.

"지금부터는 모든 진술 내용이 녹음됩니다. 그리고 그 어떤 강압도 강요도 없다는 것을 인정하십니까?"

나는 다시 한 번 장미란에게 물었다.

"…예, 검사님! 제 스스로 모든 것을 자백하는 거예요."

그렇게 모든 진실이 녹음됐다. 그리고 이건 완벽한 증거가 된다.

모든 녹음을 마쳤을 때, 지검장이 조사실 벌컥 문을 열고 들어섰다.

"박동철 검사! 지금 참고인한테 무슨 짓을 하는 겁니까!"

미쳤다는 생각이 들었다. 아무리 뇌물을 받고 경제적으로 궁지에 몰렸다고 해도 지검장이 이렇게 나올 줄은 몰랐다. 그만큼 장미란이 이번 사건에 핵심적인 위치에 있다는 반증일 것이다.

"지금 뭐 하시는 겁니까, 지검장님?"

"그건 내가 묻고 있습니다. 참고인에게 어떤 위협을 했기에 저렇게 우시는 겁니까?"

"얼마나 받으셨기에 이러시는 겁니까?"

내 말에 지검장이 분노한 눈빛으로 내 멱살을 잡았다.

"너, 지금 뭐라고 했어?"

"다 끝났습니다. 이 멱살 놓으십시오."

내 말에 지검장이 조사실을 둘러보고는 눈동자를 파르르 떨었다.

"이번 일은 검찰 내사과에서 충분히 해명하셔야 할 것입니다."

"뭐, 뭐라는 거야!"

"놓으라고 했습니다. 증거 원하셨죠? 그 증거, 여기 있습니다."

나는 바로 녹음기를 돌려 지검장의 앞에 틀었다.

―지금부터는 모든 진술 내용이 녹음됩니다. 그리고 그 어떤 강압도 강요도 없다는 것을 인정하십니까?

녹음 내용이 흐르자 지검장의 눈동자가 지진을 일으켰다.

―차시연 실장이 저를 찾아와서 조세연 씨에 대해 말했어요. 그리고 흥분시키고 뺨을 맞게 되면 2억을 준다고 했어요.

―그래서 2억을 받으셨습니까?

―예, 한동안 은행에 넣지 말라고 해서 김치냉장고 속 김치 통에 비닐 팩에 넣어서 보관하고 있어요.

녹음 내용이 들리자 지검장은 손에 힘이 빠졌는지 스르륵 멱살을 잡은 손을 내려놓았다.

―그 동영상을 촬영한 사람은 누굽니까?

―차시연 실장이 직접 했어요.

이 증언으로 인해 차시연 실장은 공범이 되는 것이다.

―조세연 씨는 차시연 실장을 못 봤다고 하던데요?

―극도로 흥분한 상태라 못 본 것 같아요. 처음에는 안 그랬는데, 흥분하기 시작하더니 통제가 안 되는 것 같았어요. 마치… 병이 있는 사람처럼 보였어요.

―다시 한 번 묻겠습니다. 인터넷에 뜬 영상이 모두 사전에 계획된 철저하게 꾸며진 영상이라는 거죠?

―예.

"이거면 증거로 충분하십니까, 지검장님? 그럼 저는 다시 영장 청구하겠습니다."

"그, 그렇게 하게."

지검장의 목소리가 떨리고 있다. 그리고 나는 지검장을 노려보며 핸드폰을 꺼냈다.

―예, 검사님!

"지금 당장 장미란 씨의 거주지로 가서 김치냉장고째 들고 검찰청으로 오세요!"

─예? 무슨 말씀이십니까, 검사님?

문 수사관이 당황해하며 내게 되물었다. 사실 내가 이렇게 하는 것은 지검장이 혹시나 포기하지 못하고 두선그룹에 전화해서 장미란의 집 김치냉장고 속에 있는 돈을 빼돌릴지도 모른다는 생각이 들었기 때문이다. 이제 지검장이 기댈 언덕은 두선그룹밖에 없을 테니까.

'너는 반드시 내가 옷을 벗긴다.'

아마 그렇게 되면 난 또 한 번 모난 돌이 될 것이다. 직속상관도 옷을 벗긴 검사니까. 이번 일로 철저하게 법조계의 왕따가 될 것이 분명했다. 하지만 진실을 밝히는 일이기에 감수할 참이다.

─그리고 수색영장도 없습니다.

"장미란 씨가 동의했습니다. 장미란 씨, 다시 녹음하겠습니다. 장미란 씨 댁으로 가서 대가로 받은 자금을 회수해도 되겠습니까?"

"…예, 검사님."

장미란은 이 순간 모든 것을 포기한 눈빛을 지었다.

'구속시켜야겠네.'

도주의 우려가 있어서 이런 생각을 한 것이 아니다. 모든 것을 잃은 그녀가 자살을 할지도 모른다는 생각이 문득 들었다.

─예, 알겠습니다, 검사님.

"그리고 이왕 이렇게 된 거, 검찰청으로 출입 기자들 다 부르세요. 퍼포먼스 제대로 한번 해야겠습니다."

─그건 좀 어려울 것 같습니다. 대한민국 기자란 기자들은 죄다 두선그룹으로 달려갔습니다. 지금 조세연 동영상이 떴는데, 복원된

동영상입니다. 검사님이 가지고 계신 동영상을 케이블 뉴스에서 확보한 것 같습니다. 그리고 동영상을 제공한 곳이 한신그룹이랍니다.

드디어 움직인 것이다. 사실 나는 조 회장에게 그 사실을 알려주면서 혹시나 매정한 아버지로 남고 이익을 취할지도 모른다는 생각을 했다. 그런데 조 회장은 아버지를 선택한 것 같다. 물론 장기적으로 따진다면 이렇게 공개를 하고 법적 대응을 하는 것이 더 이익이겠지만 말이다. 문 수사관의 목소리가 핸드폰을 넘어 들렸는지 지검장의 눈동자가 파르르 떨리고 있다.

"흠… 그렇습니까? 그래도 불러보세요. 몇 명은 모일 겁니다."

—예, 검사님!

통화가 끝났고, 나는 넋이 나간 지검장을 봤다.

"계속 여기 계실 겁니까? 가십시오. 곧 내사과에서 찾아뵐 겁니다."

결코 이죽거리는 것이 아니다. 돈이 악마다. 주식 투자 실패로 궁지에 몰렸고, 간단한 청탁이기에 응했을 것이다. 사건의 실체를 모른다면 간단한 사건이었으니까.

"난… 나는 정말… 정말 몰랐네."

"그래도 달라지는 것은 없습니다. 죄송합니다, 지검장님."

나는 짧게 지검장에게 묵례를 하고 돌아섰다.

"장미란 씨는… 바로 구속되실 겁니다."

"…예."

장미란은 모든 것을 자포자기한 듯 미약한 소리로 대답했고, 그렇게 장미란은 조사실에서 바로 구속됐다. 나는 장미란의 녹음 내용을 가지고 각종 영장을 신청했고, 영장 심사 판사는 완벽한 증거에 어쩔 수 없이 내가 요구한 모든 영장을 승인했다.

                              *   *   *

"이러시면 안 됩니다."

두선그룹 전략기획실 문 앞에서 차시연의 비서가 나를 막아섰다.

"이러시면 공무집행방해입니다."

처음에는 비서가 막았는데 어느 순간 두선그룹 보안 직원들이
달려와 내 앞을 막았다.

"못 들어가십니다."

건장한 보안 직원이 나를 막아서며 말했다.

"이러시면 공무집행방해라고 말씀드렸습니다."

체포영장을 가지고 왔는데도 이러는 것을 보니 돈이 대단하기는
대단한 모양이다.

"비키십시오!"

마 수사관이 보안 직원을 밀치며 말했다.

"못 비킵니다!"

"마지막 경고입니다. 이러시면 공무집행방해죄로 체포됩니다."

나는 마지막으로 경고했다.

"…죄송합니다, 검사님. 저희 하는 일이 이렇습니다."

보안팀장쯤 되어 보이는 남자가 내게 어쩔 수 없다는 표정을 지
어 보이며 말했다.

"…그렇죠. 밥줄이니까. 그럼 저는 뚫고 갑니다!"

나는 말을 마치자마자 앞으로 나섰고, 겁도 없이 보안 직원들이
내 앞을 막아섰다. 내가 앞을 막아선 사람의 어깨를 잡아당기는 것

과 동시에 보안 직원이 나를 향해 손을 뻗었다. 차마 검사이기에 주먹으로 치지는 못하고 뿌리치려고 이러는 것이다.

파파팍!

나는 내게 팔을 뻗은 보안 직원의 가슴을 손으로 밀쳤다.

"윽!"

비명이 터졌다.

"모두 체포하세요!"

나는 다시 한 번 버럭 소리를 질렀다. 최후통첩은 끝났다. 그와 동시에 마 수사관을 위시하여 다른 수사관들도 보안 직원들에게 달려들었다. 물론 큰 반항은 없었다. 저들도 최대한 막았다는 것만 어필할 뿐이다. 목구멍이 포도청이기 때문이다.

벌컥!

곧 인간 바리케이드가 치워졌고, 나는 바로 문을 벌컥 열고 안으로 들어갔다. 전략기획실 안에는 차시연이 지그시 나를 보며 입술을 깨물고 있었다.

"차시연 씨 맞으시죠?"

"그, 그런데요."

이 반응은 이미 뜨거워진 인터넷을 봤다는 의미이다.

"차시연 씨, 폭행 피해 청부 및 조세연 씨에 대한 명예훼손 혐의로 긴급 구속합니다."

그리고 나는 입 아프게 말해줘야 하는 미란다 원칙을 차시연을 보며 말했다. 그때, 두선그룹의 법무팀 변호사쯤으로 보이는 남자가 달려와 내 앞을 막아섰다.

"체포영장 있으십니까?"

"있으니까 이러는 거지!"

나도 모르게 버럭 소리를 질렀다. 벌써 몇 번째 말했다. 구속영장 가지고 왔다고.

"여기, 보이죠? 당장 비키십시오."

내 말에 변호사가 어쩔 수 없다는 표정으로 살짝 비켜섰다. 그리고 나는 차시연의 손목에 수갑을 채웠다.

"반항 및 도주의 위험이 없는데 이렇게까지 하실 필요가 있으십니까?"

"예, 있습니다."

내가 막무가내로 나가자 변호사는 할 말이 없다는 듯 인상을 찡그렸다.

"이건 인권 문제로 비화될 수 있습니다."

"없을 것 같은데요? 피의자의 심리 상태가 자해를 할 것 같아서 안전 차원에서 조치했습니다. 이의 있습니까?"

수갑을 채우는 이유 중에 도주 및 반항을 우려해서 채우는 경우도 있지만, 피의자가 자해를 할 수 있다고 판단했을 때도 수갑을 채울 수 있었다.

"…그런 규정도 있습니까?"

변호사가 인상을 찡그리며 내게 물었다.

"연수원 실업계 나오셨어요? 형법도 모르시고."

물론 형법에 있는 사항은 아니다.

"뭐, 뭐라고요?"

"비키십시오. 나중에 변호는 재판장에서 하시고요."

"그런데 왜 구속 수사를 하시는 겁니까?"

"도주 우려가 있어서요."

"저희 의뢰인은 도주하지 않습니다."

"법은 공평해야 하잖습니까? 차시연 씨의 음모에 빠진 조세연 씨도 구속됐습니다. 무슨 말인지 아시겠죠?"

막무가내로 나가면 도리어 할 말이 없어진다.

"그, 그게……"

변호사는 더는 말을 못하고 차시연을 봤다.

"됐어요."

"…예, 아가씨!"

그렇게 차시연은 자신의 사무실에서 검거됐다. 그리고 그 상태로 수갑을 차고 기자들이 벌떼처럼 모여 있는 두선그룹 건물 앞으로 죄인처럼, 아니, 죄인으로 끌려 나왔다.

찰칵! 찰칵!

요란하게 카메라 셔터가 터졌다. 보통 이런 경우는 바로 피의자를 차에 태우는데, 나는 차세연이 한 짓이 괘씸해서 잠시 멈췄다. 그럼 기자들은 벌떼처럼 모여든다.

"차시연 씨, 조세연 씨의 폭력 사건이 모두 차시연 씨의 조작에 의해서 이뤄졌다는 것이 사실입니까?"

"……"

차시연은 아무 말도 못했다.

"비키십시오!"

마 수사관이 비키라고 소리쳤지만, 적극적으로 둘러싼 기자들을 뚫고 나가지는 않았다. 내가 잠시 멈춘 의도를 알아채고 일부러 보여주기 식으로 헤치고 나가는 것처럼 행동만 한 것이다.

"면세점 사업권을 노리고 저지른 범죄라는 이야기가 있는데 사실입니까?"

"정말 면세점 사업권 때문에 이런 일을 저지른 겁니까?"

"동영상 원본이 떴는데, 웃고 계신 여자가 차시연 씨 맞습니까?"

"비켜주세요!"

마 수사관이 다시 비키라고 했다. 그리고 나는 앞으로 나섰다. 그때 한 기자가 내 앞까지 막았다.

"박동철 검사님, 놀랍게도 단순 폭행 사건의 실체를 파악하셨는데 소감이 어떻습니까?"

"예? 소감요?"

"예, 진실이 묻힐 뻔한 사건이잖습니까?"

"저는 그런 것은 모르겠습니다. 검사는 사건만 해결합니다. 비켜주십시오. 체포할 사람이 많습니다."

내 말에 기자들이 비켜서기 시작했고, 차시연은 지그시 입술을 깨물었다.

*　　　*　　　*

픽!

차선명 회장이 자신 앞에 죽을죄를 지은 것처럼 고개를 숙이고 있는 부회장을 향해 자신의 명패를 던졌다.

"으윽!"

부회장은 피하지 못하고 그대로 맞아야 했다.

"도대체 일을 어떻게 처리하는 거야!"

쩌렁쩌렁한 고함 소리가 회장실 밖까지 들렸다.

"…죄송합니다, 아버님!"

"이러고도 네가 그룹 승계를 받을 수 있을 것 같아?"

"죄송합니다, 아버님! 어떻게든 수습하겠습니다!"

"수습? 지금 수습이라고! 누가 너에게 그런 기회를 줄 것 같아!"

차선명 회장의 말에 부회장이 지그시 입술을 깨물었다.

"김 실장!"

그때 옆에서 아무 말도 못하고 차선명 회장의 눈치만 보던 비서실장을 차선명 회장이 불렀다.

"예, 회장님!"

"부회장을 지금 즉시 멕시코 지사장으로 발령 내!"

차선명 회장의 말에 부회장이 기겁한 표정을 지었다.

"아, 아버님!"

"왜, 싫어?"

"그, 그게 아니라……."

"그럼 모든 자리에서 물러나!"

벌써 이번 사건의 수습을 시작한 차선명 회장이었다.

"…제가 어떻게든 수습하겠습니다."

"벌써 내가 수습하고 있잖아! 그런데 뭔 놈의 수습을 한다고 지랄이야!"

차선명 회장의 말에 부회장이 지그시 입술을 깨물었다.

"지금 당장 출국해. 알았어?"

"예, 아버님!"

"지금 당장이라고 했어, 당장!"

"…죄송합니다."

출국 심사 서류를 확인하던 공항 직원이 마치 죽을죄를 지은 것처럼 죄송하다고 머리를 숙였다.

"왜 그러십니까?"

두선그룹 부회장, 아니, 이제는 멕시코 지사장으로 출국하고 있는 부회장의 비서가 되물었다.

"…출국 금지되셨습니다."

"뭐라고요?"

황당한 표정을 지어 보이는 비서였다.

"죄송합니다."

박동철은 차시연만으로 만족하지 않았다. 이번 사건은 면세점 사업권을 두고 벌어진 일이고, 그렇기에 최대한 차시연의 부친인 부회장도 연관이 있다고 생각하고 출국 금지 요청을 했다. 영장 판사는 지은 죄가 있기에 아무 말도 못하고 승인해 줬다.

"부, 부회장님……."

비서가 지사장의 눈치를 봤다.

"으음… 돌아가야지."

졸지에 멕시코 지사장이 된 부회장이 돌아섰다.

찰칵! 찰칵

그와 동시에 여기저기에서 카메라 셔터가 요란하게 터졌고, 멕시코 지사장이 인상을 찡그렸다.

"차두환 부회장님, 갑작스럽게 출국하시는 이유가 무엇입니까?"

기자들의 질문이 쏟아졌다.

"이번 사건의 배후에 차두환 부회장님이 계시다는 이야기가 있습니다. 사실입니까?"

"정말 면세점 재입찰 때문에 사건을 조작하신 겁니까?"

"비키십시오! 비키세요!"

비서가 둘러싼 기자들을 뿌리치며 길을 열기 위해 안간힘을 썼다.

"비켜주십시오! 검찰입니다! 비켜주십시오!"

문 수사관이 기자들에게 소리를 치며 앞으로 나왔다.

"안녕하십니까? 서울지검 형사7부 소속 수사관입니다."

문 수사관이 자신의 신분증을 정중하게 보여줬다.

"그런데요?"

멕시코 지사장은 인상을 찡그렸고, 비서는 이 상황이 모두 자신의 죄라고 여기는 듯 표정이 굳어졌다.

"차두환 회장님, 조세연 씨 폭행 동영상 조장 사건에 참고인인 자격으로 검찰청 출두를 요청합니다. 현재 상황은 임의동행 요청입니다."

"으음……."

멕시코 지사장이 신음을 토해냈다.

"검찰청 임의동행이래?"

기자들은 난리가 났다.

"와~ 요즘 검찰, 일 제대로 하네. 재벌 부회장에게 임의동행 요청을 다 하고……."

대한민국 역사상 재벌이 참고인으로 임의동행을 한 적은 단 한 번도 없었다.

"형사7부면 박동철 검사지?"

"그렇지. 역시 불도저라니까!"

"그런데 이래도 되나? 이러다가 역풍 맞는 거 아냐?"

"역풍?"

"그래도 재벌이잖아!"

도리어 기자들이 박동철을 걱정해 줬다.

"…그러게."

박동철 검사를 걱정하면서 수군거리는 기자들을 문 수사관이 힐끗 보고 차두환 멕시코 지사장을 봤다.

"임의동행에 응하시겠습니까?"

"거절하겠소. 뭐 하는 거야, 비키지 않고?"

물론 박동철은 임의동행을 거절할 거라고 예상했다. 그래서 문 수사관을 보낸 것이다. 문 수사관의 역할은 한마디로 압박용이었다. 더는 검찰에 까불지 말라는 압박용으로 쓰인 것이다.

하지만 일이 다른 방향으로 바뀌었다. 바리케이드처럼 자신을 둘러싼 기자들의 압박을 참지 못하고 차두환이 폭발한 것이다. 자신을 둘러싼 기자들을 힘껏 밀쳤는데, 그와 동시에 한 기자가 미끄러져 쓰러지며 바닥에 머리를 찧었다.

"으악!"

비명 소리가 요란했다. 그와 동시에 여기저기에서 다시 요란할 정도로 카메라 셔터가 터졌다.

"으으윽……!"

바닥에 쓰러진 기자가 신음 소리를 토해내더니 머리에 만지며 일어났다. 그런데 그의 손에 뜨거운 뭔가가 묻어 있다.

"피, 피!"

"괜찮습니까?"

문 수사관이 쓰러진 기자에게 물었다.

"수, 수사관님, 이거 폭행 맞죠?"

"예?"

도리어 문 수사관이 당황한 표정을 지어 보였다.

돌발 상황이 일어난 것이다.

―무조건 대차게 나가세요!

그때 박동철이 자신에게 한 말이 떠올랐다.

"하, 씨… 지금 제 머리에서 피가 나잖습니까!"

머리에 피가 흐르는 기자도 꼴통 기질이 있는지 차두환 멕시코 지사장을 노려보며 소리를 질렀다.

"아, 예, 피가 나고 있습니다."

"이러면 폭행이죠?"

"그렇습니다. 원칙적으로 보면 폭행이죠."

"그럼 저 사람, 현행범인 거죠?"

순간 상황이 황당하게 변했다.

"…그러네요."

"제가 검찰에 저 폭행범을 고발하겠습니다!"

기자가 버럭 소리를 지르자 차두환 멕시코 지사장도, 비서도, 차두환 멕시코 지사장에게 임의동행을 요청한 문 수사관도 멍한 표정을 지었다. 잠시 후, 문 수사관이 정신을 차리고 차두환 멕시코 지사장 앞에 섰다.

"일이 이상하게 되었습니다. 이젠 참고인으로 임의동행이 아니라 폭행에 관한 법률 위반 현행범으로 체포되셨습니다. 당신은 묵비권을 행사할 수 있고, 변호사를 선임할 수 있으며, 앞으로 하시는 말씀이나 행동은 법정에서 불리하게 작용할 수도 있습니다. 가시죠."

"왜 수갑을 안 채웁니까!"

머리에 피가 흐르는 기자가 문 수사관에게 따지듯 말했다.

"…네?"

"왜 현행범에게 수갑을 안 채우는 겁니까? 제 머리에 묻은 피 안 보이세요? 저렇게 폭력적인 범인에게 왜 수갑을 안 채우는 거죠!"

기자의 외침과 함께 다른 기자들과 카메라맨들은 문 수사관에게 수갑을 채우라는 무언의 압력을 가하면서 바로 사진 찍을 준비를 했다.

―무조건 대차게 나가세요!

다시 한 번 박동철 검사의 지시가 떠올랐고, 문 수사관은 인상을 찡그렸다.

'…그래도 이건 아니다.'

결국 간이 작은 문 수사관은 차두환 멕시코 지사장의 손목에 수갑을 채우지 못했다. 하지만 결국 검찰청까지 차두환 멕시코 지사장을 데리고는 왔다.

물론 폭행 현행범이니까. 이 세상엔 꼴통이 참 많다는 것을 알게 된 문 수사관이다. 그리고 졸지에 두선그룹은 부녀가 동시에 검찰청 조사실로 잡혀온 최초의 재벌이 됐다.

＊　　　　＊　　　　＊

차시연은 조세연과 똑같이 구치소 수감복으로 갈아입고 내 앞에 앉아 있다. 꼭 깨문 입술이 모든 것을 포기한 것처럼 보였지만, 또 어떤 면에서는 앞으로 진행될 일을 생각하는 것처럼도 보였다.

"모두 시인하신다는 겁니까?"

의외로 차시연은 자신의 죄를 시인했다.

"예, 시인합니다."

이건 자신이 모두 뒤집어쓰고 사건을 마무리하려는 속셈처럼 보였다. 물론 증거가 없으니까 밝혀낼 수 있는 것은 없다. 또한 다른 방에서 나를 기다리고 있는 차두환을 엮을 방법 역시 없다.

"제가 조사한 것으로는 부친이신 차두환 씨가 이번 사건에 대한 보고를 받은 걸로 알고 있습니다."

내 말에 차시연이 나를 쩌려봤다.

"증거 있으세요?"

도도한 눈빛이다.

'하… 확 아가리를 찢어버리고 싶네.'

그래도 조세연은 재벌 딸이지만 백치미도 있고 피해자라는 생각이 들어서 가증스럽지는 않았는데, 차시연은 가증스럽기까지 했다.

"정황 증거는 있습니다."

내 말에 차시연이 피식 웃었다.

"그럼 증거를 가지고 오세요. 이번처럼."

"좋습니다."

더 입씨름을 해도 얻을 것이 없을 것 같았다.

"왜 그랬습니까?"

"복수라고 해두죠."

"복수요?"

"당한 만큼 돌려주고 싶었거든요."

베이커리 구더기 사건을 말하는 것 같다.

"베이커리 구더기 사건을 말하시는 모양이군요."

"아시네요."

"하지만 그 사건은 오해인 것으로 밝혀졌습니다."

"그런가요?"

차시연이 나를 보며 피식 웃다가 나를 뚫어지게 봤다.

"세연이는 운이 좋았고, 저는 운이 없었네요. 그때 박동철 검사님
이 그 사건을 담당했으면 모든 것이 달라졌을 겁니다."

차시연이 의미심장한 말을 했다. 사실 나는 베이커리 사건도 확
인해 봤다. 확실히 그 사건은 의심스러운 부분이 많았는데도 신속
애매하게 사건이 종결됐다.

"어찌 되었던 지은 죄는 달라지지 않습니다."

"그렇죠. 모두 제가 꾸민 일입니다. 그룹과는 아무런 상관이 없
습니다."

독박을 쓰겠다는 것이다. 물론 이렇게 독박을 쓴다고 해도 두선
그룹의 실추된 이미지는 변하지 않겠지만 말이다. 사실 국민들은
자신이 보고 싶은 것만 보는 경향이 있다. 그리고 이 사건도 결국
재벌들의 추잡한 싸움만 눈에 보일 것이다. 나도 그랬으니까.

"정말 차두환 씨는 어떠한 연관도 없다는 겁니까?"

"있다고 판단하시면 밝혀내세요. 이번처럼 말이죠."

"알겠습니다."

아무리 뒤져도 증거는 나오지 않을 것이다.

그렇다면 포기하는 것이 빠르다.

'언젠가는 제대로 한번 걸리겠지.'

그때 응징하면 된다. 그리고 사실 나는 이번 사건을 최대한 빨리 마무리하고 싶었다.

그리고 한 수사관을 그렇게 만든 양아치와 장미희를 암매장한 용의자를 찾고 싶은 마음이 굴뚝같았다. 또한 차시연이 이렇게 다 시인하니 더 할 말도 없었다. 말 그대로 수사를 종결해야 할 시점이었다.

"고생하셨습니다. 그리고 이제는 더 고생하시게 될 겁니다."

내 말에 차시연이 지그시 입술을 깨물었다.

그렇게 피의자 심문은 어이가 없게 끝이 났다.

모든 것을 자백해 버리니 더 조사할 것이 없었다.

＊　　　＊　　　＊

구치소 앞에서 드라마의 한 장면과 같은 모습이 지금 펼쳐지고 있었다. 구속 상태가 해제가 된 조세연이 구치소에서 나오고, 차시연이 구치소 수감복을 입고 차에서 내리고 있다. 차에서 내리는 차시연을 보고 조세연이 걸어가 그 앞에 섰다.

"꼴좋네."

조세연의 말에 차시연은 미소를 보였다.

"너는 운이 좋은 거지."

"운?"

"너는 좋은 검사를 만났으니까. 나도 그때 좋은 검사를 만났다면 이렇게 되지는 않았을 테니까."

"그건 오해라니까!"

조세연이 자신도 모르게 소리를 질렀다.

"오해? 너는 오해일지 모르지. 그래, 멍청하니까 그런 일을 꾸미지도 못했겠지. 하지만 네 아버지는?"

"…뭐?"

"세상에 그냥 일어나는 일은 없어."

"아, 아니라고!"

"그래, 이번에는 네가 이겼어. 좋은 검사 만나서."

차시연은 그렇게 말하고 구치소로 들어갔다.

*　　　　*　　　　*

한신그룹도 두선그룹도 마지막 끈을 놓지 못하고 면세점 사업권 발표장에 왔다.

"서울 면세점 확정 사업자는 한국백화점으로 결정되었습니다."

의외의 결과가 발표가 나왔다. 한신그룹은 예상했다는 표정을 지어 보였고, 두선그룹은 마지막에 초를 쳤다는 생각으로 표정을 구겼다. 한국백화점은 한국자동차 그룹 계열의 백화점이었고, 어부지리로 면세점 사업권을 확보했다.

그리고 한국백화점 역시 한국종합병원처럼 그룹 회장이 정소연의 몫으로 지분을 조금씩 양도하고 있는 계열사였다.

결국 정소연이 어부지리를 한 것이다.

"…예상은 했지만 충격이 크군요."

한신해운 기획이사가 인상을 찡그렸다. 그리고 아무 말도 없이 퇴장하고 있는 두선그룹 측 인물을 노려봤다.

"저기는 더할 겁니다."

기획이사의 비서가 조용히 말했다.

"그렇겠지."

"예, 주가가 10퍼센트 이상 하락했으니까요."

대기업이 10퍼센트 이상의 주가가 하루 만에 떨어졌다는 것은 충격 그 자체다.

"들리는 소문으로는 회장 해임 임시주총이 열릴지도 모른답니다."

"정확한 팩트인가?"

"아직은 첩보입니다."

"그럼 헛소문이군."

기획이사가 피식 웃었다.

"차씨 일가만 또 횡재하겠군."

"예?"

비서는 무슨 말인지 이해하지 못했다는 표정으로 되물었다.

"돈 있으면 두선그룹 주식이나 사. 금방 회복할 테니까."

"저, 정말입니까, 이사님?"

"대한민국에서 재벌가는 절대 무너지지 않아. 아마 주식 방어 차원이라고 떠벌리면서 차씨 일가는 주식을 매수할 거야. 그리고 곧 회복하겠지. 그게 대한민국 불멸의 재벌들이지."

기획이사도 씁쓸한 표정을 지어 보였다. 어쩌면 기획이사가 한 말이 현실일 것이다.

"그런가요?"

"다만 너무 많이 투자는 하지 말고."

"예, 이사님. 감사합니다."

"정말 사게?"

"이사님이 사라면 사야죠."

비서의 말에 기획이사가 피식 웃었다.

"재벌은 우리랑 완벽하게 다른 세상에 사는 사람들이야."

기획이사도 따지고 본다면 엄청나게 높은 직위이고, 아무나 달 수 없는 직책이다. 그런 그가 느끼기에도 한국의 재벌들은 다른 세상을 사는 사람들이었다.

박동철은 그런 사람들을 철저하게 수사해서 지은 죄에 대한 죗 값을 톡톡히 받아내고 있었다.

*   *   *

한 수사관이 인공호흡기로 겨우 목숨을 이어가고 있는 상황에 조심스럽게 특실 문이 열렸다. 문을 열고 들어온 사람은 한 수사관의 아내로, 침대에 각종 장비를 차고 누워 있는 한 수사관을 보더니 손으로 입을 막고 오열하며 눈물을 흘렸다.

"여, 여보!"

"아빠!"

그렇게 한 수사관의 가족들이 귀국했다. 한 수사관에게 아무 일도 없었다면 서로 부둥켜안고 좋아했을 순간이지만, 한 수사관은 침대에 누워 귀국한 가족들을 반겨줄 수가 없었다.

"진정하십시오."

의사가 다가와 한 수사관의 아내를 진정시켰다.

"어, 어떤 상태입니까?"

"현재까지는 의식불명 상태입니다."

"식물인간이라는 건가요? 우리 애기 아빠가?"

한 수사관의 아내는 현기증을 느꼈다. 하지만 옆에 두 아들이 있기에 애써 입술을 깨물며 참아냈다.

"…정확히는 식물인간 상태는 아닙니다. 하지만 의식불명 상태인 것은 확실합니다."

"그럼 의식만 돌아오면 되, 되는 거죠?"

한 수사관의 아내는 의사에게 그렇다고 대답해 달라는 눈빛을 보냈다. 두 아들이 있기에 그런 눈빛을 보낸 것이다.

"…예, 결국 의식만 돌아오면 됩니다."

의사도 짐작했는지 한 수사관의 아내가 원하는 답을 해줬다. 하지만 한 수사관이 의식이 돌아올 확률은 기적이 일어날 확률과 같았다.

"예, 그런데 이런 특실을 누가……."

그리고 한 수사관의 아내는 현실적인 문제, 병원비를 걱정해야 했다.

"박동철 씨가 병원비 일체를 부담하신다고 했습니다."

"예?"

"검사님이라고 들었습니다."

"…그렇군요."

"엄마!"

그때 둘째아들이 한 수사관의 아내를 불렀다.

"의식이 없어도 발가락은 움직이는 거야?"

"뭐?"

둘째아들의 말에 한 수사관의 아내도 놀랐고 의사도 놀라 침대에 누워 있는 한 수사관을 살폈다.

놀랍게도 한 수사관의 발가락이 움직이고 있었다.

"이, 이게 어떻게 된 거죠?"

식물인간은 아니라고는 말했지만 식물인간 상태와 다름이 없다는 것을 한 수사관의 아내는 짐작하고 있었다.

"그, 그게… 잠시만요!"

의사는 바로 침대 옆 비상벨을 눌렀고, 3분이 지나지 않아 10여 명의 의료진이 들이닥쳤다.

"왜, 무슨 일이야!"

과장급 의사도 세 명이나 왔다.

이게 특실의 위력이고 또 돈의 힘일 것이다.

"환자의 발가락이 움직입니다!"

"뭐?"

"또 움직였어요!"

둘째아들이 다시 말했고, 의사가 한 수사관의 상태를 살폈다. 그때 의식불명이던 한 수사관의 눈꺼풀이 파르르 떨리더니 눈을 떴고, 초점이 맞지 않는 시선에 아내와 두 아들이 보였는지 미소를 머금었다.

깨어난 것이다.

기적이 일어난 것이다.

                    *   *   *

차두환이 검찰청 조사실에서 지그시 눈을 감고 앉아 있다.

내가 들어왔지만 그는 눈도 뜨지 않았다.

"저를 좀 보시겠습니까, 폭행 가해자 분?"

의외다. 차두환이 공항에서 폭행으로 검거되어 검찰청에 올 줄
은 나도 몰랐다.

"내 권리 중에 묵비권이 있다고 하던데, 맞소?"

"예."

"그럼 나는 변호사가 올 때까지 묵비권을 행사할 거요."

그리고 입을 꾹 닫았다.

"맞습니다. 차두환 피의자께서는 묵비권이 있습니다. 그리고 검
사에게는 범죄자를 추궁할 조사권이 있고요."

내가 범죄자라고 하자 지그시 눈을 감고 있던 차두환이 얼굴을
살짝 찡그렸다. 하지만 여전히 눈을 감고 묵비권을 행사하고 있다.

'딸년은 아가리를 찢어버리고 싶었는데, 애비는 눈깔의 먹물을
쪽 빨아버리고 싶네.'

나도 모르게 속으로 욱했다. 하지만 상대가 상대다 보니 참아야
했다.

"으음……."

참기 위해 길게 숨을 몰아쉬자 내 숨소리에 차두환의 입꼬리가
살짝 올라갔다.

"아쉽게 되셨습니다. 면세점 입찰에 두선그룹이 탈락했더군요."

내 말에 지그시 눈을 감고 있던 차두환이 눈을 번쩍 뜨고 질문을 던졌다.

"저, 정말인가?"

"반말은 삼가십시오. 저는 검사고, 차두환 씨는 범죄자이십니다."

내 이죽거림에 차두환이 나를 노려봤다.

"그 옷, 내가 반드시 벗길 거요."

차두환이 다짐을 하듯 말했다. 나를 그냥 일반 검사로 생각하는 모양이다.

틱!

나는 바로 밖으로 통하는 스피커 스위치를 껐다.

"차두환 씨!"

"내가 네 알량한 검사복을 꼭 벗길 것이다!"

"두선그룹에서 차씨 일가가 지분을 몇 퍼센트나 가지고 있습니까?"

"뭐?"

"제가 파악한 것으로는 7.56퍼센트로 알고 있습니다."

사실 재벌 일가의 지분 보유량은 극비 중의 극비다.

"아닙니까?"

내가 정확한 팩트를 가지고 말하자 차두환의 표정이 일그러졌다.

"너, 너, 도, 도대체 뭐야?"

놀란 것 같다. 하지만 아직 놀랄 일은 더 남아 있다.

"그룹 회장이신 차선명 씨가 3.4퍼센트를 보유하고 있고 차두환 씨가 1.5퍼센트 보유하고 계시죠?"

"무, 무슨 소리를 하는 거야!"

사실 국민연금공단이 차씨 일가보다 더 많은 지분을 보유하고 있었다. 그리고 그 지분은 철저하게 차씨의 우호 지분이 되어 있었다. 국민 돈으로 떵떵거리며 딴 세상 사람들처럼 살고 있는 재벌들인 것이다.

그리고 다른 그룹도 거의 비슷했다.

그러고 보면 국민연금공단의 주식 운영은 참 문제가 많았다. 연기금을 이용해 재벌들의 주식이 하락하면 총알받이로 주가 하락을 막아주니까.

"뭐, 그렇다는 겁니다. 제가 파악한 걸로는 그런 것 같다고요."

"너… 도대체 정체가 뭐야!"

"제가 아까도 말씀드리지 않았습니까? 당신은 범죄자고, 나는 검사라고. 그러니 말 함부로 하지 말라고."

나는 눈빛에 살기를 담아 매섭게 차두환을 노려봤다. 물론 죽일 수는 없겠지만 지금 당장 죽이겠다는 마음을 먹어야 눈빛에 살기를 담을 수 있다.

그리고 그런 살기는 느낄 수밖에 없다.

"……."

"다른 것은 말씀드리기 곤란하고, 엔 파이션 사모펀드 아시죠?"

내 입에서 사모펀드 이름이 나오자 차두환의 표정이 더 굳어졌다.

"그, 그런데요?"

"그렇다고요."

그저 씩 웃을 뿐이다. 사실 엔 파이션 사모펀드는 철저한 이익을 위해 움직이는 펀드이고, 공식적으로는 벨기에에 국적을 둔 펀드다.

물론 그 펀드의 지분을 비공식적으로 내가 45퍼센트 보유하고 있지만 말이다.

'그러고 보니 나도 대단해졌네.'

중국에 투자를 시작한 후로 내 자산은 기하급수적으로 상승했다. 짝퉁 핸드폰을 만드는 회사에 투자를 하고 대박이 났다. 물론 홍콩계 사모펀드로 위장해서 투자를 했지만 말이다.

'그러고 보니 나도 외환관리법에서는 깨끗하지 못하네.'

투자를 한 다음부터 법을 철저하게 지키면서 투자한다는 것은 결코 쉽지 않았다. 그래서 나는 어떤 면에서는 내 앞에 앉아 있는 차두환과 다를 것이 없었다.

"…당신, 정말 정체가 뭡니까?"

차두환이 나를 뚫어지게 보며 물었다.

"대한민국 검사입니다."

내 말에 차두환이 인상을 찡그렸다.

"다시 말씀드릴까요? 저는 대한민국 검사 박동철입니다."

제6장
세계 최초 왕따 검사

조세연 백화점 폭행 동영상 사건은 어느 정도 처리가 끝이 났다. 조세연에게 폭행을 유발하게 만든 차시연은 구치소로 직행했고, 도주의 우려가 없다고 강력하게 항의한 차두환은 변호사의 힘에 의해 구속 상태가 풀려 불구속 상태로 수사를 진행할 수밖에 없었다.

　심지어 그 불구속 상태도 쌍방 합의를 통해 사건이 종결됐다. 물론 인터넷은 난리가 났지만 말이다. 회장님 공항 폭행으로 인터넷을 뜨겁게 달궜고, 부녀가 단 하루 만에 실시간 검색어의 1, 2위를 차지하는 위엄을 달성했다. 그리고 재벌가를 구속시킨 나는 다시 한 번 뜨거운 이슈가 되어 열혈 검사 돈키호테라는 칭호를 또 하나 얻게 됐다.

　물론 이런 것은 중요치 않다. 내가 이렇게 예전과 다르게 사건을 대충 넘긴 것은 반드시 해결해야 할 일이 하나 남았기 때문이다. 그리고 지검장은 바로 사직서를 제출했고, 진행됐던 모든 내사가 멈췄다.

가재는 게 편이라는 말이 딱 맞는 말이다.

"젠장! 사법고시 한번 합격하면 평생동안 몇 번이나 면죄부를 받네……."

나는 지금 수사관들과 야외 흡연장에서 담배를 피우며 나도 모르게 투덜거렸다. 검사인 내가, 그리고 사법고시를 합격한 내가 검찰 수사관들과 담배를 피우며 이러고 있으니 일반 검사들은 이상하게 보기 시작했다. 아니, 정확히는 지검장을 사퇴시킨 이후로 검찰청 왕따 검사가 된 것 같다. 그리고 지금 사직서를 제출하고 검찰청에서 뭐 잘한 것도 없는데 환송까지 받으며 나서고 있는 전 지검장을 보니 배알이 꼴렸다.

죄는 그 무게만큼 벌을 받아야 하고 죗값은 내리는 비처럼 모두에게 공평하게 적용되어야 한다고 배웠는데 현실은 다르다는 것을 새삼 느꼈다.

"지검장님 가시나 봅니다."

지검장이 건물 밖으로 나왔는데도 내가 여기서 담배를 피우고 있는 것이 걱정되는지 문 수사관이 가보라는 투로 내게 말했다.

"전 지검장이죠."

"…그렇기는 하지만 그래도 가보셔야 하지 않겠습니까?"

"됐습니다."

"그러다가 왕따라도 당하면 어쩌려고 그러십니까?"

왕따? 맞다. 나는 세계 최초 왕따 검사가 됐다. 물론 그렇게 된 것은 사직서를 낸 전 지검장이 부장 검사들과의 송별회장에서 내가 지검장실에서 항명 아닌 항명을 했다고 고자질을 했기 때문이고, 그 자리에 영광스럽게 참석한 입 싼 몇 명의 평검사들이 서울지검에 소문을 쫙 냈기 때문이다.

정말 어이가 없게도 대학생이 중학생한테 맞았다고 고등학생 동생들에게 고자질을 한 꼴인데, 그것을 본 초딩들이 소문을 낸 꼴이다. 하여튼 그래서 항명 검사, 왕따 검사라는 수식어가 달렸다. 사실상 검찰청에서 말하는 돈키호테라는 칭호도 돌려 말하면 왕따라는 의미에 더 가까웠다.

"…지검장님께 개기셨다는 소문이 쫙 났습니다."

문 수사관은 내가 정말 걱정되는 모양이다.

"…욱해서요."

"그래도 검찰청도 직장인데 참으셨어야죠."

맞다. 검찰청도 직장이고, 검사도 직업이다. 4대보험 보장 받는 사회인이고, 내부 고발을 한 것과 다름없는 나는 직장 왕따가 된 것이다.

"왕따는 당하는 것이 아니라 스스로 이루는 겁니다."

아무 말도 없던 조명득이 나를 놀리듯 말했다.

"그럼 앞으로도 거룩하게 이루겠습니다."

"…그러다가 부러지십니다."

문 수사관이 꽉 막혔다는 듯 나를 보며 인상을 찡그렸다.

"옷 말고 더 벗겠습니까?"

"그럼 사회 정의 구현은 누가 하고요?"

그래도 문 수사관은 내가 사회 정의 구현에 일조를 한다고 생각하는 모양이다.

"저보다 유능한 검사들 많잖아요."

"하여튼 참 특이하십니다."

특이하다. 아니, 특이할 수밖에 없다. 다시 사는 인생이니 타협 없이 내 의지 그대로 살고 싶다.

"소문에는 두선그룹 법무팀으로 가신답니다."

조명득이 알아본 것을 내게 말해줬다.

"그래도 토사구팽은 안 당했네요."

"그렇죠."

절로 인상이 찡그려지는 순간이다. 그리고 잘한 것도 없는 놈은 검사들의 환송까지 받으며 검찰청을 떠나기 직전 검찰청을 둘러보다가 흡연실 앞에서 담배를 피우는 나를 봤는지 인상을 찡그렸다.

"에이, 카아악, 퉤!"

나는 바로 담배 때문에 목에 가래가 끼었다는 시늉을 하며 전 지검장을 노려봤다.

"검사님, 자중하십시오. 정말 왕따를 이룩하시려는 겁니까?"

문 수사관은 여전히 내가 걱정되는 모양이다.

"목에 가래가 끼어서 그런 건데 뭘 자중합니까?"

내 말에 문 수사관은 역시 별종이라는 눈으로 보고 전 지검장의 시선을 피했다.

"변호사 개업하면 잘 먹고 잘사시겠네. 두선기업 법무팀 임원 월급에 수임비에 난리가 나겠네. 쩝!"

역시 재수가 없다. 거기다가 내가 주식에 대해 해준 말이 있으니 그 말만 잘 들었다면 20억쯤은 만회할 수 있을 것이다.

'괜히 이야기해 줬어.'

그저 짜증스러운 순간이다. 그리고 내가 여전히 자신을 째려보고 있자 전 지검장은 인상을 찡그리며 고개를 돌렸다. 물론 자기가 지은 죄는 모르고 그저 내가 항명했다는 것에 나에 대한 감정이 좋지 않은 것이다. 그런데 참 아이러니한 것은 공식적으로 대놓고 다른 사람들 앞에서 개긴 적은 없다는 것이다. 나중에 안 사실이지만 이미 검찰청 감찰과에서는 내사를 진행하고 있었다. 그리고 이번 일을 통해 증거가 잡힌 건데 저런 반응이다.

내가 왕따를 당하는 것은 억울한 감도 없지 않다. 하지만 상관없다. 농담 삼아 왕따는 당하는 것이 아니라 스스로 이룩하는 것이라 말하는 것처럼 나도 이제 왕따의 길을 이룩해야겠다.

"잘들 계시게."

지검장은 그래도 자신을 배웅하기 위해 나온 검사들에게 고맙다는 표정을 지어 보였다.

"그동안 고생하셨습니다, 지검장님!"

"고생은 무슨……."

"앞으로는 잘되실 겁니다."

저것들이 하는 소리가 내 귀에까지 들렸다. 잘되실 겁니다. 재수는 없지만 한동안은 잘될 것이다. 망할 놈의 전관예우라는 것이 있어서 향후 1, 2년은 엄청난 수임비를 받으며 돈을 벌 것이다. 그래서 사람들이 사법고시에 목을 매고 로스쿨에 목을 매는 것이다.

"그래야지. 이만 가보겠네."

저렇게 끝을 내면 국민들 혈세로 연금까지 받아먹고 살 것이다.

'역시 가재는 게 편이다.'

정말 씁쓸한 순간이고 내가 본격적으로 검사들에게 왕따가 되는 순간이기도 했다. 하지만 그 왕따라는 것도 시간이 지나고 누가 힘이 있는지 알게 되는 순간 변하게 되어 있다. 그리고 나는 정도를 갈 것이고, 법을 집행할 것이다. 그럼 되는 것이다.

그렇게 전 지검장은 서울지검을 떠났다.

그때 전 지검장을 환송하던 부장 검사님이 담담한 표정으로 내쪽으로 걸어오셨다.

'또 훈계라도 하실 모양이네.'

훈계라면 들어드려야 한다.

선배님이시니까. 그리고 직속상관이니까.

"박동철이!"

부장 검사가 야외 흡연장까지 오자 조명득을 비롯한 수사관들이 눈치를 보더니 담배를 끄고 검찰청 건물로 들어갔고, 애매한 순간에 나만 남았다.

"예, 부장님!"

"담배 있냐?"

"끊지 않으셨습니까?"

"너 때문에 다시 피운다."

사실이다. 부장 검사는 담배를 끊었다. 그것도 끊은 지 3년이 지났다고 자랑하시기에 잘 알고 있다.

그런데 그 금연을 내가 꺾어버린 것이다.

"…죄송합니다."

"담배나 내놔라."

부장 검사의 말에 조심스럽게 담배를 내밀었다. 그리고 담배를 입에 문 부장 검사님에게 공손하게 두 손을 모아 불을 붙여드렸다.

"남산 위에 저 소나무 철갑을 두른 듯~"

부장 검사님이 갑자기 애국가를 불렀다.

"혼자 독야청청하면 비바람 맞고 결국 혼자 말라 뒤진다."

"…죄송합니다."

"저런 것이 불만이냐?"

"불만은 아니고, 내사까지 멈춘 것은 아닌 것 같습니다."

"털면 먼지 안 나오는 사람 없다. 먼지라는 것이 그렇잖아. 가만히 있어도 자신도 모르게 어깨 위에 내려앉는 거다."

"예, 자중하겠습니다."

"정치 안 하고 검사 오래할 생각이냐?"

"예."

"…자중하고 살자."

"예, 알겠습니다."

"자기 사람 챙기기라고 국민들이 욕하고 또 언론이 떠들겠지. 그런데 우리가 자기 사람이라도 안 챙기면 어쩌냐? 실수는 한 번이고, 20년 넘게 국가에 헌신하신 분이다. 실수만 보지 말자. 사정이 다 있다. 넌 다 좋은데 휘지를 않아. 그럼 결국 부러지지 않게 강해지거나 부러지거나 둘 중 하나다. 내가 보기에는 너, 검사 생활 오래 못한다. 검사 생활 오래하고 싶거든 지금보다 더 강해지든 아니면 잘 휘어지든 어떻게든 변해."

"예, 알겠습니다."

진심 어린 충고다. 하지만 나는 휘어지는 대나무보다 남산 위에 저 소나무가 되어서 번개를 맞고 타버린다 하더라도 꺾이지 않는 검사가 될 것이다.

검사는 가오 빼면 아무것도 없으니까.

하여튼 그렇게 전 지검장은 다른 검사들의 환송을 받으며 퇴직했고, 새로운 지검장이 왔지만 나를 철저하게 없는 사람 취급했다. 뭐 그렇다고 해서 사건 배정이 줄어든 것은 결코 아니니 새로운 지검장은 나 같은 존재가 그냥 꼴 보기 싫었나 보다.

"박동철 검사, 완전 찍혔어."

"…검사가 왕따를 당하네."

"지검장님 눈치 때문에 박 검사한테는 말도 못 걸겠네."

"뭐, 자초한 일이잖아."

여기까지가 내게 동정론을 보내는 검사들의 생각이다.

"잘났다고 설치더니 꼴좋다."

"그렇지. 이번 부부장 심사에도 좆 난 거지."

"평생 평검사나 하고 살아라."

"속이 다 시원하네. 왕따는 당하는 것이 아니라 스스로 이룩하는 거야. 쟤처럼!"

그리고 나를 시기하던 검사들과 검찰청 사람들의 반응은 이랬다. 물론 나는 관심도, 상관도 없다. 내가 해야 할 일 하고 살면 되니까.

'잘하면 다음 순환 보직 때 제주도에 처박히는 건 아닌지 몰라. 쩝!'

모든 사람이 다 그렇다. 꼴 보기 싫으면 눈앞에서 치울 생각을 하니까.

뭐 어디든 나는 상관없다.

'제주도면 회도 많이 먹고 좋지, 뭐.'

말이 씨가 될지는 모르겠지만 나는 어디든 상관없었다.

*　　　*　　　*

"위치 파악 아직 안 됐습니까?"

검사실로 돌아온 나는 4인조 양아치의 위치 파악에 대해 수사관들을 추궁했다.

"아직입니다."

"서울 지역에 CCTV가 3,000개가 넘습니다. 왜 못 찾습니까?"

말이 쉽지 3,000개의 CCTV를 확인하는 것도 결코 쉬운 일이 아니다.

"곧 찾을 수 있을 겁니다."

"예, 반드시 찾아야죠. 죄 지은 놈 편히 자게 하면 그게 직무유기입니다."

4인조 양아치만 나오면 내 신경이 곤두선다.

'반드시 잡는다.'

한 수사관님을 식물인간 상태로 만든 놈들을 반드시 찾아내어 응징할 것이다.

유령!

다시 한 번 내 안에서 꿈틀거리고 있다.

"검사님!"

그때 오 수사관이 문을 박차고 뛰어들면서 나를 불렀다.

"이 사무실에 자주 오시면 왕따 이룩하십니다."

"농담하실 때가 아닙니다! 하, 한, 한 수사관이!"

오 수사관의 말에 심장이 쿵 하고 내려앉는 기분이 들었다.

"하, 한 수사관님이 왜요?"

"한 수사관이!"

오 수사관이 모두의 시선을 받는 그 순간 말을 멈췄다.

"놀라지 마십시오."

"뭡니까?"

나도 모르게 지그시 입술이 깨물어졌다.

"한 수사관이 깨어났답니다!"

순간 다리의 힘이 쭉 풀렸다.

사실 나는 사망했다는 통보일까 봐 걱정됐다.

"…정말입니까?"

"예, 발가락도 움직이고 눈도 떴답니다! 가족들도 다 알아본답니다!"

"휴우……."

한 수사관도 눈을 떴으니 이제 놈들만 잡으면 된다.

"검사님, 여기!"

차 사무관이 내게 장미희의 통화 내역과 메시지 내용에 대한 서류를 내밀었다.

"이 간단한 것을 영장 받는 데 3일이나 걸렸네요."

법조계 왕따니까 앞으로는 뭐든 이렇게 힘들 것 같다. 대놓고 왕따라고 뭐라고 하지는 않는데, 이런 것만 봐도 지난날과 대우가 달랐다.

"확인해 봤어요?"

"예, 거기 형광펜으로 칠해놓은 부분이 좀 이상해요."

"어떤 면에서?"

"조건 만남을 한 남자들 같아요."

나는 바로 서류를 쭉 둘러봤다. 모두 15개의 전화번호가 체크되어 있었다.

"그중에 끝 번호 5882와 당일 세 번이나 통화했어요."

"이 중에 죽은 남자의 전화번호도 있습니까?"

"없어요."

장미희와 같이 암매장을 당한 남자의 신원도 파악됐다. 가족들에게 사망 사실을 알렸을 때 망연자실하는 모습이 아직도 눈에 선하다.

"5882는 전화를 받습니까?"

"받았다가 끊더라고요."

"핸드폰 위치 추적 신청 가능하죠?"

"영장이 필요한 것으로 알고 있습니다."

"차 사무관님의 능력을 보여주세요."

"예."

왕따인 내가 신청했다가는 또 며칠 걸릴 것이다. 긴급을 다투는 일이 아니면 괘씸죄에 걸려 이러는 것 같다. 그러니 검사 힘으로 안 된다면 사무관 힘으로라도 해야 한다. 검찰청 사무관은 또 사무관 나름의 파워가 따로 있으니까.

"범죄자들과 확보한 DNA 일치 여부는 어떻게 됐습니까?"

내 말에 문 수사관이 나를 봤다.

"동종 범죄자들 중에는 없습니다. 그리고 모든 범죄 혐의자들의

DNA와 일치하는 것도 없습니다."

이건 다시 말하면 흉악범이나 강간범과 같은 전과가 없는 놈들이라는 의미다.

"예, 알겠습니다."

만약 일치하는 동종 범죄자가 있었다면 검거 작전은 바로 진행됐을 것이다.

"그런데 검사님."

지원을 나온 오 수사관이 나를 불렀다.

"예, 오 수사관님."

"왜 사진도 확보했는데 수배자 명단에 올리지 않으십니까?"

당연한 질문이다.

사실 나는 유령을 생각했다. 그런데 지금 한 수사관님이 깨어났기에 그 마음이 수그러든 상태이다.

"깜빡했네요. 하하하! 제가 허당입니다."

"제가 바로 수배자 명단에 올리겠습니다."

사실 지금까지 4인조 양아치를 찾지 못한 이유 중 하나는 경찰의 협조를 받지 못한 면도 있다.

"예, 그렇게 하세요."

내 말에 조명득이 나를 잠시 보다가 살짝 미소를 보였다.

참 다행이라는 눈빛이다.

아마 조명득도 내 사나운 눈빛을 통해 함박눈이 내리던 그날이 떠오른 모양이다. 물론 나도 참 다행스럽다. 만약 내 몸 속에 꿈틀거리는 유령이 다시 튀어나왔다면 나는 또 살인자가 되었을 테니까.

"박 검!"

그때 학교 선배이신 한수선 여검사가 검사실로 들어서며 나를 불렀다.

"여기 오면 왕따 된다며?"

"알면서 왜 오셨습니까?"

장난기 다분한 한수선 검사는 특히 강간 사건과 가정 폭력 사건에 치를 떠는, 나 다음으로 이 서울지검에서 꼴통으로 통하는 열혈 여검사다.

"할 말이 있어서 왔지. 그런데 여기서는 안 되겠네. 옥상으로 와."

"오, 옥상이요?"

"왜, 옛날 생각나지? 나, 하이힐 신었다?"

한수선 검사는 나를 보며 씩 웃었다.

그리고 맞아본 사람만이 안다. 구두보다 하이힐로 조인트가 까이면 더 아프다는 것을.

"…예."

학교 선배이고 또 직장(?) 선배라 어쩔 수 없이 옥상으로 끌려갔다. 아마 검사실에 다른 사람들이 없었다면 여기서 거사를 치렀을 거다.

'뭐지?'

*　　　　　*　　　　　*

"이번 사건 잘 부탁합니다."

차선명 회장은 송도춘 전 지검장에게 하대를 하지 않고 존대하면서 사건을 잘 부탁한다고 말했다.

"송구하게 됐습니다. 일을 잘 마무리할 수 있었는데……."

"잘하려다가 그런 것이니 신경 쓰지 말고."

그리고 어느 순간 말을 놓는 차선명이다.

"예, 회장님!"

아마 전관예우와 그룹의 일을 돕다가 결국 이렇게 된 거라 보상 차원에서 두선그룹 법무팀으로 자리를 옮길 수 있었던 것 같다.

"재판은 최대한 빨리 진행되었으면 좋겠는데."

어떻게 되었던 자신의 손녀가 구치소에 있으니 재판이라도 빨리 해서 꺼내주고 싶은 모양이다. 사실 명예훼손으로 재판장에 선다면 집행유예가 나올 공산이 크니까.

"그렇게 되도록 준비하겠습니다."

"언제쯤 될 것 같나?"

"한 달 후에 첫 공판이 잡힐 겁니다."

"알았네."

사실 전 지검장인 송도춘의 자리는 원래 강용훈 이사가 내정되어 있는 자리였다. 하지만 강용훈 이사는 조 회장에 의해 배임과 횡령, 그리고 직무상 비밀 누설에 대한 죄목으로 민사와 형사재판이 걸렸고, 조 회장의 입김 때문인지 구속된 상태였다. 그래서 지검장 출신인 송도춘이 자리를 차지할 수 있었다.

"이번 사건을 담당한 검사가 박동철이라는 작자지?"

"그렇습니다."

"털어서 먼지 안 나오는 사람 없다는 것이 내 지론이야."

"예, 회장님."

"한번 털어봐."

그리고 또 하나 박동철에게 가장 감정이 좋지 않은 사람을 꼽으라면 누가 뭐라고 해도 전 지검장인 송도춘일 것이다. 그렇기 때문에 팽 당하지 않고 박동철을 잡는 매로 기용된 측면도 있었다.

"아마 제주도로 파견 형식으로 좌천될 겁니다."

"제주도?"

말이 씨가 된다는 말처럼 박동철은 사건 지원 검사로 제주도 파견이 예정되어 있었다.

그것을 박동철만 모르고 있었다.

"그렇습니다. 제가 거기까지 손쓰고 왔습니다."

송도춘은 살짝 미소를 머금었다.

"그럼 그 안에 얼마나 먼지가 있는지 털어. 알량한 검사복을 벗기면 일은 더 쉬워지니까."

한마디로 박동철을 그냥 두지 않겠다는 생각을 하는 것이다.

하지만 그는 모를 것이다.

박동철의 실체를, 그리고 그 실체가 드러나는 순간 무너져 내리는 것은 두선그룹 재벌가라는 것을.

"예, 알겠습니다."

꿩 잡는 매.

박동철을 잡는 것이 이제는 송도춘이 됐지만, 차선명은 잘못된 선택을 한 것이다. 닭 잡는 칼로 용을 잡으려고 하니 말이다.

"제가 끌로 파겠습니다. 이미 법조계에서는 그 망할 놈은 왕따입니다."

"왕따?"

"따돌림을 당하고 있다는 말씀입니다."

"그렇겠지. 설치는 놈들 중에 오래가는 놈 못 봤으니까."

어쩌면 차선명의 말이 인생의 진리일지도 모른다. 그렇게 박동철을 위협하고자 하는 적이 생기는 순간이었다.

*　　　*　　　*

빡!

"윽!"

맞아본 사람만이 안다. 그 어떤 것보다 하이힐로 걷어차이는 게 가장 아프다는 것을. 하이힐은 발 아프다고 잘 안 신는 선배인데, 오늘 하이힐을 신고 왔다는 것은 이 순간을 위해서일 것이다.

"너, 왜 맞는지 모르지?"

"예."

기분이 좀 더럽다.

가끔 이럴 때 왜 검사가 됐을까 하는 생각이 든다. 이러려고 사법고시 합격한 건 아닌데 이런 직장(?) 분위기가 싫다.

그럼 나는 어떠냐고?

1년 차나 2년 차는 나만 보면 설설 긴다.

나는 조인트 안 깐다. 그냥 곡괭이 자루로 갈긴다.

시원하고 화끈하게!

그다음에는 술을 산다. 아마 1, 2년차 검사들이 가장 싫어하는 검사가 나일지도 모른다. 이런 것이 직장 분위기이다.

"너, 제주도 갈 뻔했다."

한수선 선배의 뜬금없는 말에 나는 놀라 표정을 숨기지 못했다. 한마디로 말이 씨가 될 뻔했다.

"…예?"

"너는 네 잘난 맛에 꼴리는 대로 휘두르지만 선배들은 잘난 후배 둔 죄로 네 뒷감당한다."

"…무슨 말씀이십니까?"

나는 무거운 어투로 한수선에게 따지듯 물었다.

"눈 깔아 새끼야! 너는 1, 2년 차한테 항상 눈 깔라고 한다면서?"

"…죄송합니다."

나는 바로 눈을 깔았다.

"선배들이 이번에는 그냥 넘어가자고 했는데, 눈꼴 시려서 내가 총대 멨다. 그 정도의 자격은 있는 것 같기도 하고."

선배의 말을 들어보니 뭔가 있는 것 같다.

"무슨 말씀이십니까?"

"부장 검사님이 새로 오신 지검장님께 첫날부터 항명하셨다."

검사가 상급자에게 항명한다는 것은 배수의 진이다. 그리고 이게 검찰청 벽을 넘으면 사회적 파장을 일으키는 이슈가 된다.

아마 이번 일이 알려지면 난리가 날 것이다.

예전 평검사 항명 사건으로 난리가 난 것처럼 말이다.

"예?"

"남산 위에 저 소나무 철갑을 두른 듯~"

갑작스레 부장 검사님이 내 앞에서 담배를 피우면서 부르던 애국가가 떠올랐다.

"지검장이 제주도 중국 마피아 부두목 검거 지원 검사로 너를 찍으셨는데 그걸 부장님이 막았다고, 이 꼴통아!"

나도 모르게 어금니를 깨물었다. 결국 깝친 것은 난데 학교 후배 잘못 둔 선배들이 총대를 멘 것이다. 아마 고검장님도 몇 마디 거들었을 것 같다. 나한테 장어랑 염소를 얻어먹으신 죄로 말이다.

"앞으론 좀 적당히 하자."

"…죄송합니다."

"너 때문에 다시 담배도 피우신다더라. 폐암으로 뒤지시면 네가 부장님 가족 먹여 살릴래?"

"…죄송합니다."

내가 할 수 있는 것은 계속해서 죄송하다고 말하는 것뿐이었다.

"너는 벌써 검사 3년 차인데 왜 초심을 안 버리냐?"

어디든지 초심을 잃지 말자고 하는데, 검사들은 초심을 버리라고 한다. 의욕만 앞서서 설치지 말라는 말이다.

"그 역시 죄송합니다."

"다리 아파 죽겠는데 내가 너 조지려고 하이힐을 다 신고 왔다. 너 뒤치다꺼리 하시며 학연이 더럽다고 난리다."

우리 학교 선배들이 나를 챙기느라 힘드신 모양이다.

그래, 이런 것도 학연의 혜택일 것이다.

"좀 숙이고 살자. 안 그러면 내가 네 목을 부러뜨려 버릴지도 모르니까."

"예, 선배님!"

"자꾸 이러니까 노처녀 히스테리만 는다고 하잖아!"

"……"

"담배 있냐?"

한수선 선배는 나만큼 골초다. 노처녀가 할 일이 없으니 담배만 피우는 거다. 물론 노총각도 그렇지만.

"예."

"올려봐라."

나는 공손히 담배를 내밀었다. 그리고 최대한 공손하게 불을 붙여드렸고, 한수선 선배는 한 모금 빨아들이더니 길게 담배연기를 뿜어내었다.

"…그래서 내가 대신 가잖아."

결국 그렇게 된 것이다.

제주도로 삼합회의 부두목이 중국 공안의 눈을 피해 신분 세탁하여 잠입했다는 첩보가 있었다. 물론 검찰청 1급 대외비고, 그 사실을 알려준 것은 하데스이기도 한 조명득이다. 검찰청에서 찍힌 내가 그 일에 파견 식으로 가게 될 뻔한 거다. 좌천의 의미도 있고 징벌의 의미도 있는 조치인데, 그것을 부장 검사님께서 막은 것이다.

그리고 한수선 선배가 총대를 멨고.

"…왜 선배님께서?"

"노처녀라고 제주도 가서 남자나 꼬시라네. 쩝! 이거 성희롱이지?"

뭐라고 대답해야 할지 모르겠다. 하여튼 사고는 내가 치고 총대는 선배들이 멨다.

이래서 검사는 상명하복 할 수밖에 없다.

"그러면 언제 가십니까?"

"다음 달."

"다음 달이면 5일 정도 남았네요."

"그러네. 그래도 겨울 바다는 원 없이 보겠다. 그리고 거기가 교미도인데 나 혼자 가서 어떻게 남자를 꼬셔?"

퉁퉁거리기 시작했다.

"…그러게요."

제주도는 일명 교미도로 불린다. 신혼부부들의 신혼여행지고 요즘은 유요커들 때문에 난리가 난 곳이기도 하다.

"하여튼 돌아오기 전까지 목 안 풀면 꺾어버린다."

"예, 선배님!"

이제는 모든 행동에는 대가가 있다는 것을 알았다. 그리고 그 대가는 내가 아니라도 누군가는 감당한다는 것을.

'5일 안에 놈들을 검거하고 내가 간다.'

왕따 검사가 될 수는 있어도 민폐 검사가 될 수는 없는 일이니까.

"그리고 송도춘 변호사가 너 그냥 두지 않을 것 같다. 이번 일도 송도춘 변호사가 꾸민 일이고."

"예상하고 있었습니다."

"그리고 내가 감찰에 찔렸다."

"네? 선배님께서요?"

"그래서 내가 총대를 멘 거다."

"아니, 왜 그러셨습니까?"

"노처녀가 강간 사건만 맡으면 눈깔 돌아서 앵앵거린다잖아. 그

182 법보다 주먹!

런데 가만있겠냐? 있는 거 없는 거 다 찾아서 찔렀지."

결국 검찰 감찰과에 찌른 사람이 밝혀지는 순간이다.

"찔릴 만하네요."

"성추행으로 찌를까 했는데, 그건 워낙 이 바닥이 그냥 넘어가는 분위기잖아?"

"그렇죠, 선배님."

하여튼 이렇게 남산 위에 철갑을 두른 소나무처럼 서고 싶은 내가 철갑을 벗어야겠다는 생각이 들었다.

'걱정 마십시오. 제주도 파견은 제가 대신 갑니다. 그 망할 놈들 잡고 가겠습니다.'

제주도 겨울 바다를 신물 나게 볼지도 모른다는 생각이 들었다.

"야, 그런데 꼴통!"

한수선 선배가 나를 불렀다.

자기도 꼴통이면서 우리 누나처럼 나를 꼴통이라고 부른다. 그러고 보니 한수선 선배의 나이도 누나뻘이다.

"예, 선배님!"

"왜 선배들이 너를 그렇게 챙기는지 아냐?"

"예?"

"왜 너만 유독 그렇게 챙기는지 아냐고."

그러고 보니 그렇다.

"음… 제가 한 인물 하잖습니까?"

목을 꺾어버린다고 해서 연습 차원에서 재롱 한번 떨었는데 눈매가 매섭다.

팍!

"으헉!"

그냥 매를 벌었다.

"이거 아직도 분위기 파악을 못하네……."

"…죄송합니다."

"잘 들어. 우리는 너처럼 못하거든. 그래서 너라도 마음대로 해보라고 챙긴다는데 이해가 되냐?"

나도 모르게 지그시 입술이 깨물어졌다.

"…그러니 너는 변하지 마라."

"예."

"내가 제일 좋아하는 악당 캐릭터가 조커야!"

"…예?"

또 뜬금없는 소리다.

"걔는 솔직하거든. 그리고 분명하잖아. 너처럼 말이야."

제7장
일망타진을 위하여

"이 문자메시지를 통해 5882는 미성년자 조건 만남 알선 패거리의 리더가 분명합니다."

　장미희가 살해되던 날, 끝 번호 5882에 세 번의 문자를 보냈다. 그러자 그 번호는 장미희의 핸드폰으로 전화를 했다. 한수선 선배에게 조인트가 까인 지 딱 하루 만에 핸드폰 위치 추적 영장이 떨어졌고, 조명득은 5882의 번호로 복제 폰도 만들었다. 그리고 지금은 부장 검사에게 사건 브리핑 중이다. 휘하 평검사의 사건 진행 상태를 확인하고 수사 방향을 잡아주는 것도 부장 검사의 임무 중의 하나였다.

　[어디요?]

　"첫 번째 문자는 '어디요?'입니다. 이건 조건 만남을 위해 어느 모텔로 가야 하나고 묻는 의미로 해석할 수 있습니다."

　"그럼 두 번째 문자는?"

"보시는 것처럼 '왔어요'입니다. 즉 그들이 모텔로 들어왔고, 조건 만남 대상인 성매매자도 왔다는 의미입니다."

"그럼 암매장 당한 남자도 장미희와 조건 만남을 했다는 건가?"

"미수일 가능성이 큽니다. 사망자인 장미희의 몸에서는 한 사람의 정액밖에 검출되지 않았고, 그 정액은 교사되기 직전 살인자의 것으로 추정됩니다."

내 브리핑에 부장 검사가 인상을 찡그렸다.

"그럼 하지도 못했다는 건가?"

"예, 그렇습니다. 비슷한 사건으로 부산 조건 만남 협박 사건이 있습니다."

부산에서도 이와 유사한 사건이 있었다. 동일범은 아니지만 부산에서 조건 만남인 척하며 피해자를 모텔로 유인하고, 관계가 이루어지기 직전 가출 청소년들이 모텔에 급습해 성매매자를 폭행하고 협박을 통해 돈을 갈취한 사건이다. 물론 그 범죄를 저지른 가출 청소년들은 모두 검거됐다. 하지만 그 사건이 일어난 이후 가출 청소년들이 가출패밀리를 구성하고, 마치 사업하는 것처럼 조건 만남 유혹 및 협박을 하는 모방 범죄가 전국적으로 번져 나가게 되었다.

더 큰 문제점은 이런 사건은 시간이 흐를수록 지능적이고 흉악해지는데, 검찰은 느리게 발전하고 있다는 것이다.

"그건 알고."

"그 사건과 유사한 사건입니다. 아마도 폭행 과정에서 피의자인 중년의 남자가 사망했고, 그날 바로 암매장한 것 같습니다."

"그런데 왜 장미희도 암매장한 거지?"

"공범이기는 하지만 그들은 장미희를 소모품쯤으로 생각한 것 같습니다. 포주와 매춘녀의 관계 정도로 해석하시면 될 것 같습니다."

"소모품이라고? …요즘 애들 참 무섭군."

"그렇습니다. 요즘 애들 참 무섭습니다. 저한테도 가끔씩 담배를 달라고 하는 놈들이 있는데, 저도 겁이 나서 줍니다."

살짝 미소를 지으며 말하자 부장 검사는 어이가 없다는 표정으로 피식 웃고 말았다.

'잘 안 먹히네.'

애교도 떨어본 놈이 잘 떨고 굽히는 것도 굽혀본 놈이 잘 굽히는 모양이다.

"농담은 그만하고, 중요한 것은 용의자의 신상도 파악하지 못했다는 거잖아."

"죄송합니다. 하지만 곧 검거될 겁니다. 돈이 궁하면 쉬운 길을 찾게 되니까요."

"그걸 기다리는 동안 피해자는 더 늘어나지. 박 검!"

부장 검사님이 나를 불렀다.

"예, 부장님!"

"늙은 호랑이 이야기 들어봤나? 늙은 호랑이는 힘이 빠지면 사람을 공격하지. 사냥하기 쉬우니까."

들어본 것 같다.

"그런데 말이야, 한번 사람을 잡아먹은 놈들은 이게 어떠한 사냥감을 사냥하는 것보다 쉽다는 것을 알아. 그리고 계속 사람만 노리지. 포수들에게 사살될 때까지 말이네. 범죄자들도 똑같다. 쉽게 돈을 벌겠다는 생각에 범죄의 유혹을 버리지 못하는 법이다."

"명심하겠습니다.

"그러니 최대한 빨리 잡아. 그러면 박 검이 내게 요청한 일도 생각해 보겠네."

제주도에 관한 일이다. 총대를 메려면 사고를 친 놈이 메는 것이 옳다. 일명 교미도라고 불리는 제주도에 노처녀 혼자 보내는 것은 그 자체가 고문일 테니 말이다. 밤에 고양이만 울어도 마음이 싱숭생숭해지는 것이 노처녀니까.

"예, 알겠습니다. 밑밥을 깔아놨으니 바로 검거될 겁니다."

"언제부터 박 검이 말부터 앞세웠지?"

고개를 숙이고 사회에 순응하라고 해서 이러는데 받아들이는 쪽이 어색한 모양이다.

"결과로 보여드리겠습니다."

그렇게 검거 계획 브리핑은 시작도 못하고 끝이 났다.

*　　　　*　　　　*

"여기가 어디예요?"

모텔 앞에 도착해 어리둥절한 표정을 지은 여자애 하나가 규성을 보며 물었다.

"돈 벌고 싶다고 했잖아."

규성은 장미희와 비슷한 입장의 희생양을 또 한 명 정한 것이다. 물론 저 여자애도 여기까지 유인한 거다.

"돈은 벌고 싶지만… 저, 그냥 갈래요."

분위기가 이상하다 느낀 소녀는 모텔에서 나가겠다고 말했다.

쫙!

규성은 나가겠다고 말한 가출 소녀의 뺨을 후려갈겼다.

"악!"

"올 때는 마음대로였겠지만 갈 때는 아니거든?"

규성이 비릿하게 웃었다.

"왜, 왜 이러세요? 흑흑흑!"

가출 소녀는 바로 울음을 터뜨렸다.

"돈 벌고 싶다며? 돈 벌자고."

그리고 바로 규성의 손이 가출 소녀에게 향했다.

소녀의 나이는 열일곱 살쯤 되어 보였다.

"너, 조금만 있으면 제법 돈이 될 거 같단 말이야……."

"왜, 왜 이러세요? 이, 이러지 마세요."

반항해도 소용없었다. 부장 검사의 말처럼 사람을 공격한 맹수는 허기가 지면 또 다른 사람을 노리고 배를 채운다. 그런 맹수처럼 규성은 또 다른 범죄를 향해 움직이고 있었다.

"이리 와!"

"싫, 싫어요."

"하, 이거… 아직 덜 맞았네."

짝! 짝! 짝!

규성은 그대로 소녀의 뺨을 몇 대 더 후려갈겼다. 그렇게 여러 번을 맞은 가출 소녀는 어느 순간 반항심이 사라지고 있었다.

"흑흑흑! 제, 제발 때리지 마요."

"맞기 싫으면 내 말만 잘 들으면 돼. 알았어?"

"……."

가출 소녀가 규성의 눈치를 봤다.

"알았냐고!"

"…예."

비릿하게 웃은 규성이 가출 소녀에게 다가가 어깨 위에 손을 올리자 가출 소녀가 흠칫 놀라 부르르 떨었다.

"말 잘 들으면 돈도 벌고, 사고 싶은 거 다 살 수 있어. 알겠어?"

"예, 그런데……."

"그런데 뭐?"

"뭐, 뭘 하는데요?"

"조건 만남!"

규성은 아무렇지도 않게 말했다.

"예?"

가출 소녀가 놀라 눈이 커졌다. 사실 처음 규성을 만난 것은 인터넷을 통해 괜찮은 가출패밀리가 있으니 같이 지내도 된다는 말에 속아 여기까지 오게 된 것이다. 물론 처음부터 가출 소녀가 규성의 말만 듣고 여기까지 온 것은 아니었다. 처음 만났을 때에는 맛있는 것도 사주고 옷도 사주고 편안하게 지낼 수 있도록 해줬다. 그러다가 여기까지 왔고, 규성이 돌변했다.

"들어와!"

규성의 말에 복도에서 기다리던 나머지 양아치들이 들이닥쳤다.

"오늘은 안 건드렸네?"

양아치 하나가 장난스럽게 말하자 규성이 양아치를 노려봤다. 매서운 눈빛이 마치 사람을 잡아먹어 본 듯한 야수와 닮았다.

"닥쳐!"

"어, 으응……."

양아치는 바로 꼬리를 내렸다.

"피시방에서 채팅 날리고, 연락은 내 핸드폰으로 하는 거 알지? 또 게임만 하다가 한 건도 못 건지면 알아서 해. 일 좀 하고 돈 좀 벌자. 알았지? 그럼 가서 일해."

어느 순간부터 폭군으로 변한 규성이었다. 조건 만남을 할 쓰레기를 유혹하는 일은 세 양아치의 몫이었고, 모든 것을 규성이 통제했다.

"알았어."

양아치들은 대답을 하고 모텔 밖으로 나갔고, 규성은 바로 주머니에서 꺼놓은 핸드폰의 전원을 켰다.

"뭘 그렇게 봐?"

"저… 저, 정말 조건 만남을 해야 해요?"

"너처럼 귀여운 애가 그런 거 하면 되겠어? 오빠가 그렇게까지 쓰레기는 아니야. 다만 쓰레기를 청소하는 청소부지. 너, 조건 만남 해봤어, 안 해봤어?"

규성의 말에 가출 소녀가 규성의 눈치를 봤다.

"말하기 싫어?"

"해, 해봤어요."

돈이 필요하면 어쩔 수 없이 남자애들은 강도가 되고, 여자애들은 창녀가 된다. 그게 이 대한민국의 참혹한 현실이다. 물론 도둑질을 하는 것도 죄지만 조건 만남을 할 수 있다는 것은 그만큼 대한민국들의 어른들이 썩어 있다는 의미일 것이다.

사람들이 보는 앞에서는 선량한 시민처럼 행세하지만 아무도 보지 않는 곳에서는 추악한 변태가 되는 인간들이 많으니까.

"그런 것들이 쓰레기야. 우린 쓰레기한테 청소비를 받는 거지."

가출 소녀는 규성의 말이 이해가 되지 않았다.

"그런데 이름이 뭐야? 우린 이제부터는 패밀리잖아."

규성이 살짝 미소를 지으며 물었다.

"우, 우희요. 오우희!"

"너는 그냥 쓰레기를 만나서 이곳으로 와 앉아 있기만 하면 돼. 나머지는 이 오빠랑 밖에 나간 오빠들이 다 알아서 할 거야."

"정말요?"

"그럼~ 그리고 즐기는 거지. 아무 걱정 하지 마. 지금보다 더 나빠질 수는 없잖아?"

듣고 보니 그렇기도 했다. 규성을 만나기 전까지 3일 정도 굶은 가출 소녀였다. 그러니 더 나빠질 것도 없었다.

"…알았어요."

원래 이렇게 범죄의 유혹은 달콤한 초콜릿 같은 것이다.

"위치 잡혔습니다!"

끝 번호 5882의 핸드폰 위치 신호가 잡혔다. 거의 이틀 동안 전원을 꺼놨는지 위치가 잡히지 않았는데, 드디어 잡힌 것이다.

"어딥니까?"

나는 조명득에게 물었다.

"구로입니다."

핸드폰 위치 추적을 한다고 해도 그 반경이 1킬로미터이다. 사실 내가 살던 시절에는 GPS 기능 때문에 50미터 이내까지 가능했지만 지금은 1킬로미터 이내도 고맙다. 이게 드라마와 현실의 차이일 것이다. 드라마에서는 범죄자의 핸드폰을 이용해 위치 추적을 할 때 컴퓨터에 몇 가지만 입력하면 바로 범인이 있는 곳을 추적할 수 있다.

하지만 현실은 달랐다. 또한 검찰이기에 영장도 신청해야 하고, 영장이 나와도 범인을 바로 잡을 수 있는 것이 아니다.

"구로 온수공원 근처입니다."

"바로 경찰 지원 요청하시고, 구로 온수공연 반경 1킬로미터 이내 방범용 CCTV 다 확인하세요."

그래도 방범용 CCTV는 실시간으로 확인이 가능하다. 물론 현 시점에서 경찰의 지원을 받는다고 해도 경찰이 할 수 있는 것은 없다. 우리가 아는 것은 핸드폰 끝 번호 5882뿐이니까. 하지만 경찰 배치는 필수다. 지금 순경들은 조건 만남 성매매자로 가장해서 채팅을 하고 있었다. 운이 좋아 그들이 바로 걸리면 잡는 거고, 걸리지 않는다 하더라도 다른 성매매자를 잡을 수 있다.

"CCTV는 제가 확인할게요."

차 사무관이 내게 말했다.

"괜찮아요."

"아니에요. 서로 도와야죠. 그래야 한 수사관님한테 나쁜 짓 한 놈들도 잡죠."

그러고 보니 장미희 살인 용의자를 잡느라 한 수사관님에게 펵치기를 한 놈들은 손도 못 대고 있다.

"…알겠습니다."

"또 허탕이네요."

그때 문 수사관이 여자애 멱살을 잡고 들어섰다. 멱살까지 잡고 들어온 것을 보니 반항이 꽤 심했던 모양이다.

"이거 놓아요! 처음이라고요!"

"조용히 해! 여기가 어디라고 소리를 쳐? 여기 검찰청이야 검찰청!"

"그래서요!"

조명득이 저런 애를 왜 데려왔느냐는 표정으로 문 수사관을 봤다.

"그냥 보내면 또 조건 만남을 할 것 같아서 데리고 왔는데, 오지게 앙칼집니다."

"보호시설로 보내시지."

"거기는 절대 안 가거든요? 아, 진짜 재수 졸라 없네. 나만 이러는 것도 아니고 이거, 아르바이트라고요!"

어느 순간부터 청소년에게 매춘이 아르바이트가 된 모양이다.

"…하, 세상 참 잘 돌아간다."

네 딸의 아빠이기도 한 오 수사관이 인상을 찡그렸다.

"잘 돌아가니까 이러는 거지! 졸라 재수 없게."

여자애가 오 수사관을 째려봤다.

"야, 밥은 먹고 다니냐?"

오 수사관은 측은했던 모양이다.

"왜요? 밥 사주시게?"

"너, 검찰청에서 먹는 설렁탕이 얼마나 맛있는지 모르지?"

꼬르륵! 꼬르륵!

때마침 가출 소녀의 배에서 꼬르륵 소리가 났다. 배가 고파서, 그리고 또 어떨 때는 유흥비를 벌기 위해서 스스로를 더러운 세상에 몸을 던질 수밖에 없었던 우리의 아이들이다.

"…먹어봤어야 알죠."

"오늘 인생 처음이자 마지막으로 먹어봐라. 또 먹으러 오면 좀 그렇거든."

뭔가를 사준다는 말에 가출 소녀가 조금 얌전해졌다.

"그럼 저는 다시 출동하겠습니다. 오 수사관님은 사무실에서 허브 역할을 좀 해주십시오."

"예, 검사님, 수고하십시오! 야, 여기 앉아."

"제 이름은 강희거든요! 박강희!"

가출 소녀는 그렇게 말하고 의자를 빼서 앉다가 테이블 위에 올려놓은 사진 한 장을 유심히 봤다.

"어? 개규성이네?"

순간 문을 열고 나가려는데 박강희의 말이 들렸다.

"잠깐! 너, 그 새끼 알아?"

나도 모르게 버럭 소리를 질렀다.

"예?"

나도 모르게 살기를 뿜어냈다.

"그 새끼 아냐고. 방금 뭐라고 했지? 개규성이라고 했나?"

며칠 동안 용의자의 신상명세도 확인하지 못했는데 아이러니하게 꼬리를 잡았다. 이 모든 것은 네 딸의 아빠, 오 수사관이 자신의 첫째 딸 생각에 박강희를 검찰청까지 데리고 왔기 때문이다. 측은지심이 사건 해결의 중요한 단서를 같이 가지고 온 것이다.

이래서 사람은 마음을 곱게 써야 한다.

"잘… 자세히는 모르는데……."

박강희는 확실히 겁을 먹은 것 같다.

"소리 질러서 미안해. 사진 속에 있는 남자가 누구라고 했지?"

내 말에 박강희는 다시 내 눈치를 봤다.

"규성 오빠요."

"아는 사람이야?"

"잘은 몰라요."

"아는 것만 말해주면 좋겠는데."

이름도 몰랐다. 그런데 지금은 이름을 알게 됐으니 이제는 잡는 것은 시간문제였다.

"우규성이라고, 가출패밀리를 데리고 다니는 오빠예요."

"나머지 녀석들이 가출패밀리라는 거니?"

최대한 분노를 억누르고 다시 물었다.

"예, 이 오빠는 호태고요, 은철, 명수 오빠예요."

일당의 이름이 밝혀지는 순간이다.

"요즘은 어디서 지내는지 알아?"

"잘 몰라요. 미희를 데리고 사업한다는 것만 알아요."

박강희의 말에 숨이 턱 막혔다.

"…미희?"

저 사진들 속의 양아치들은 한 수사관을 펀치기한 놈들이다. 그런데 박강희의 말에서 미희라는 이름이 나왔다.

"그 미희라는 애의 성이 장씨 아니야?"

"그건 잘 몰라요. 서로 가출한 사이라 이름만 알고 있어요."

아무래도 장미희가 맞는 것 같다.

"검사님!"

오 수사관도 놀라 나를 불렀다.

"…두 사건의 피의자가 동일범인 것 같습니다."

그리고 부장님이 한 말이 다시 떠올랐다. 인간을 한 번 노린 맹수는 다시 인간을 노릴 수밖에 없다는 말.

'그러고 보니 같은 날이다.'

두 명을 죽였고, 한 수사관님을 죽이려고 했다.

그 자체로 규성은 인간의 맛을 아는 맹수와 다름없었다.

"혹시 연락 되니?"

개규성이라고 부를 정도면 꽤 잘 알고 지내는 사이 같다.

"전화번호는 아는데… 전화를 받을지는 모르겠어요. 규성 오빠는 전화 잘 안 받아요. 저번에 엄청 싸우고 끝냈거든요."

또 하나의 검거 단서가 나오는 순간이다.

"싸워? 왜 싸웠는데?"

내 물음에 박강희가 내 눈치를 봤다.

"무슨 말을 해도 아무 일도 없을 거야. 강희라고 했지? 우리를 좀 도와주지 않겠니? 그 규성이라는 놈이 수사관 한 명을 혼수상태로 만들고, 사람 두 명을 죽였어."

내 말에 박강희가 놀라 눈동자가 커졌다.

"저, 정말요?"

"그래. 그것도 딱 하루 만에. 그러니 또 누굴 죽일지도 몰라."

나는 박강희에게 간곡하게 부탁했다.

"하지만……."

"규성이 무섭지? 아저씨도 무서워. 아무 죄 없는 사람들을 또 죽일까 봐 무서워. 그러니까 그놈이 또 다른 사람을 죽이기 전에 잡을 수 있게 도와주지 않겠니?"

나는 박강희에게 도와달라고 했다. 물론 박강희의 입장에서는 나를 도와주는 일이 결코 쉽지 않을 것이다. 지금까지 박강희를 도와준 어른이 아무도 없으니까. 그저 박강희를 이용하려고 했고, 검은 욕망만 채우려고 했을 테니까. 이렇게 우리 아이들이 거리에 내몰려 있고 또 이용당하고 있었다. 어떤 면에서 흉악 범죄를 저지른 놈들도 도움 받을 곳이 없기에 범죄의 길로 빠졌을 것이다.

내 눈을 한참이나 보던 박강희가 짧게 대답했다.

"…예."

"고마워."

내 짧은 한마디에 박강희의 눈동자가 파르르 떨렸다. 단 한 번도 어른의 진심 어린 고맙다는 말을 들어보지 못한 것 같다.

"왜 싸웠는데?"

"사실은 같이 사업을 했는데, 제 몫으로 조금밖에 안 줘서 개 싸우고 쫓 냈어요."

사업, 가출패밀리를 이끌고 있고 미희라는 이름, 그리고 죽어버린 중년 남자를 생각해 보니 조건 만남을 가장한 폭행 및 금품 갈취를 의미하는 것 같다. 그리고 이 순간 미희가 죽지 않았다면 강희가 죽었을지도 모른다는 생각이 들었다. 한편으로는 강희의 대타가 장미희였을지도 모른다는 생각이 들었다.

"그랬구나. 그래도 전화번호는 알지?"

나는 박강희에게 규성의 전화번호를 받았다.

"예, 하지만 아마 안 받을 거예요. 정말 성깔 개더럽거든요."

"다른 애들 전화번호 아는 건 없어?"

"다른 오빠들 전화번호는 몰라요. 아, 호태 오빠는 리니지 죽돌이라 게임 하고 있을지도 몰라요. 시간만 나면 게임을 하거든요."

또 하나의 단서를 얻었다.

"그래? 혹시 아이디를 알고 있니?"

나도 회귀하기 전 리니지 사업장 좀 돌렸다. 물론 짱깨 애들이 시작하면서 아덴 가격이 급락해 접었지만 말이다. 사실 그때 중국으로 가서 더 대차게 리니지 사무실을 차렸다면 회귀하기 전의 삶에서 서울에 빌딩 몇 채는 장만했을 거다.

"기린섭 킹왕짱이요."

"오 수사관님, 사이버수사대에 연락하세요!"

"예, 알겠습니다, 검사님."

오 수사관이 바로 대답했다. 나는 사이버수사대에게도 협조를 요청했다. 물론 지금까지는 성과가 거의 없다. 이 대한민국에는 원조교제를 하는 놈도 많고, 또 조건 만남을 하는 놈도 많다. 윤락촌을 일제히 단속하면 풍선효과로 조건 만남이나 원조교제가 더 늘어난다. 불법 성매매는 막는다고 다 해결되는 일이 아니었다. 그렇다고 성매매를 합법화하자는 소리는 결코 또 아니다. 성매매가 합법화가 되어도 어디에선가 또 다른 불법 성매매가 있을 것이기 때문이다. 아마 인류가 망할 때까지 불법 성매매는 사라지지 않을 것이다.

"같이 가자."

"예."

이제부터는 움직여야 한다. 규성과 그 일당은 구로에 있다. 그러니 여기서 이럴 것이 아니라 움직이면서 규성이라는 놈이 전화를 받든 안 받든 전화를 해봐야 한다. 하여튼 그렇게 나는 박강희를 이용해 규성과 그 일당을 유인할 계획을 세웠다.

따르릉~ 따르릉~

그때 켜놓은 규성의 복제 폰과 내 핸드폰이 동시에 울렸다.

"여보세요."

—5882에게서 전화가 왔습니다.

강동경찰서에서 지원 나온 경찰의 전화이다.

"지역이 어딥니까?"

—온수공원 앞 탑 피시방에서 채팅 중에 있습니다.

"놈들은 어디쯤이랍니까?"

—말은 안 했지만 근처인 것 같습니다.

다시 검거 반경이 좁혀졌다.

"제가 거기로 가죠. 최대한 시간을 끄십시오. 그리고 놈들은 네 명입니다. 그러니 절대 혼자 검거 못합니다."

—예, 검사님!

뚝!

전화를 끊고 나는 오 수사관을 봤다.

"오 수사관님! 두 사건의 피의자는 동일범이 확실합니다. 구로의 불심검문을 강화하고, 두 사건의 피의자가 동일범이라고 연락하십시오. 놈들은 총 네 명입니다. 절대 무리해서는 안 됩니다."

사람을 죽여본 놈들이라 궁지에 몰리면 무슨 짓을 할지 모른다.

—예, 알겠습니다. 그렇게 검문 검색하는 경찰들에게 전하겠습니다, 검사님.

오 수사관의 대답을 듣고 나는 구로의 탑 피시방으로 향했다.

'…해도 내가 한다.'

지그시 입술을 깨물었다.

*　　　　*　　　　*

규성은 온수공원 앞에서 양아치 하나와 담배를 피며 핸드폰으로 통화하고 있었다. 규성은 두 개의 폰을 사용했는데, 5882는 사업용으로 쓰고, 다른 핸드폰은 피시방에서 더러운 욕망에 사로잡힌 놈들을 유인하는, 그러니까 채팅한 놈들과 통화하기 위한 용도였다.

"벌써 한 놈 마무리했는데, 이래서 언제 돈 버냐? 짜증나네."

규성은 통화하면서 온수공원 앞의 모텔을 보며 인상을 찡그렸다. 그 모텔에는 규성이 도구로 쓰는 가출 소녀가 있다. 규성은 오늘 초저녁에 한탕 했는데, 남자로부터 100만 원 정도를 갈취했다.

"야, 개털 말고 이번에는 40대 이후로 해."

—알았어.

"오늘 돈 좀 모아서 제대로 된 클럽 좀 가자."

역시 규성과 양아치들의 범죄 목적은 유흥비 마련이었다. 어떤 면에서는 그럴 수밖에 없는 놈들이었다. 규성과 양아치들이 보기에 이 대한민국에서는 자신들에게 미래가 없으니까. 그리고 이렇게 사는 것도 스릴이 있고 돈도 쉽게 벌리니까.

—알았어. 걸렸어. 그런데 20대라는데?

"걸러. 아까도 겨우 100이다. 현금서비스가 100밖에 안 되는 새끼들로는 오늘 움직인 일당도 안 나와. 그러니까 40대 이후로 하라고."

—규성아, 그런데 자기가 사실 40대라는데?

"뭐?"

양아치의 말에 규성이 뭔가 찜찜함을 느끼곤 인상을 찡그렸다.

—원래는 40대래. 규성아, 네 번호 알려줄까?

"잠시만!"

규성이 다시 담배를 힘껏 빨았다.

―돈 더 줄 테니까 만나자는데.

"돈을 더 준다고?"

―응. 10만 원이나 더 준대.

"시발!"

규성은 불길한 생각이 들었는지 욕을 하며 담배를 물었다.

―그냥 전화번호 줄까?

"채팅 끊어."

―뭐? 오늘 그만하게? 돈 더 준다는데? 자기 돈 엄청 많대. 아저
씨가 잘해준대.

"채팅 끊으라고, 시발아! 뭔가 이상하잖아! 조건 만남 채팅 우리
만 하는 것도 아닌데."

이래서 규성이 놈들의 두목인 것이다.

―알았어. 그럼 나 게임해도 돼?"

"…한 시간만 해."

규성이 퉁명스럽게 말하고 전화를 끊었다.

"왜 그러는데?"

옆에 있던 양아치가 걱정스러운 눈빛으로 규성에게 물었다.

"찜찜해서. 아까 뒤지게 맞고 현금서비스까지 받은 그 새끼가 졸
라 억울한 눈깔이었잖아. 없는 새끼한테 100만 원은 졸라 크다. 신
고했을지도 모르잖아."

"그 새끼가 찔렀을까 봐?"

"조심해서 나쁠 건 없으니까. 담배!"

규성의 말에 양아치가 담배를 꺼내 규성에게 내밀었다. 범죄자인
규성의 촉이 그렇게 움직였다. 그리고 이 순간 박동철은 박강희와

함께 구로 온수공원으로 향하고 있었다.

"…내일 대구로 뜨자. 한곳에 오래 있으면 좋을 것 없잖아. 언젠 간 덜미가 잡힐지도 몰라."

따르르릉!

그때 규성의 핸드폰이 울렸고, 규성은 핸드폰 발신 번호를 보고 인상을 찡그렸다.

"…이 개년이 왜 전화했지?"

"누군데?"

"박강희, 그 쌍년!"

"받아봐. 그래도 그년이 허리는 잘 돌리잖아."

양아치의 말에 규성이 양아치를 째려봤다.

"내가 일할 때는 처먹지 말라고 했지?"

"그, 그게……"

"…됐다. 아무거나 주워 먹으면 배탈 나. 알았어?"

"응. 그런데 안 받을 거야?"

"왜, 꼴려?"

"그게……"

양아치가 규성을 보며 씩 웃었다.

*　　　　*　　　　*

"정말 이래서는 찾기 쉽지 않을 것 같습니다."

박동철 검사의 요청으로 사이버수사대도 규성 일파를 추적하고 있었다. 불특정 다수에 대한 IP 추적이었지만 말이다. 물론 서울 내부에서 조건 만남을 제안하는 IP를 추적했지만 동종 사이트와 비슷한 채팅이 워낙 많기에 이렇다 할 성과를 거두지 못하고 있었다.

따르릉~ 따르릉~

"여보세요."

사이버수사대 팀장이 전화를 받았다.

—검찰입니다."

오 수사관의 목소리다.

"아직 특별한 성과는 없습니다. 워낙 유사 채팅이 많아서……."

—구로 온수공원 일대로 범위를 좁혀주십시오.

"반경이 좁혀진 겁니까?"

—예, 그리고 리니지라는 게임의 기린섭 킹왕짱이 접속했는지 확인할 수 있겠습니까? 일당 중 한 놈이 리니지 폐인이랍니다."

오 수사관의 말에 사이버수사대 팀장의 눈동자가 반짝였다.

"바로 확인해 보겠습니다."

이제부터 사이버수사대의 진가가 발휘되는 순간이다.

"음… 전화 안 받는데요? 한번 삐지면 오래가거든요."

박강희가 나를 보며 말했다.

"그럼 끊어."

"예."

검사에게 촉이 있듯 범죄자에게도 촉이라는 것이 존재할 것이다. 그리고 박강희의 말대로 개같이 싸우고 뛰쳐나왔으니 이상하게 느낄 수도 있을 것 같았다.

'사건이 발생한 지 5일밖에는 안 됐으니까.'

내 생각에 규성이라는 놈은 조심성이 많은 놈이다. 그러니 박강희의 이탈로 급하게 합류시킨 장미희를 암매장 현장에서 참혹하게 죽였을 것이다.

'혹시나 해서 튀면 잡기 힘들 텐데……'

서울은 넓다. 마음먹고 잠수를 탄다면 잡기가 쉽지 않다. 회귀하기 전의 나도 잠수를 많이 타봤기에 잘 알고 있다. 지명수배가 떨어지면 중국으로 튀는 게 최고의 방법이지만 그럴 수 없는 상황이라면 서울로 숨어드는 것이 최고다. 사람이 많은 만큼 주요 시설도 많다. 따라서 경찰도 많기 때문에 서울 안이 가장 잡히기 쉬운 곳일 것 같지만 오히려 사람이 많아서 찾기 힘들다. 심지어 유동 인구도 많아 정말 똑똑한 놈들은 서울로 숨는다. 반면에 멍청한 놈들은 지방으로 튄다. 그리고 정말 대가리가 없는 놈은 한적한 시골로 튀고.

'오늘 안에 잡아야 하는데.'

따르릉~ 따르릉~

그때 내 핸드폰이 울렸다.

"예, 오 수사관님!"

─킹왕짱 IP 떴습니다!

오 수사관이 흥분한 목소리로 내게 말했다.

"아이피 떴대?"

운전을 하는 조명득이 내게 물었다.

"떴다. 어딥니까?"

─…어이가 없게도 탑 피시방입니다."

탑 피시방은 지원 나온 경찰이 조건 만남 채팅을 했던 곳이다. 이래서 등잔 밑이 어둡다는 소리가 있는 것이다.

"…그 형사한테 연락했습니까?"

—아직 안 했습니다.

"잘하셨습니다."

경찰에게는 특진이라는 제도가 있다. 그리고 그것 때문에, 또 공명심 때문에 무리하게 검거 작전을 펼치다 다치는 경우가 많다. 게다가 놈들은 넷이 몰려다닌다. 경찰관 하나로 상대하기는 쉽지 않았다.

—지원 요청할까요?

"오 수사관님, 오늘 안에 놈들을 잡아야 합니다. 우선 지원 요청하시고, 검문검색 강화하라고 해주십시오. 그리고 온수공원 일대의 모든 이동로를 차단하십시오."

—예, 알겠습니다.

"탑 피시방은 제가 가겠습니다."

—검사님 혼자서요?

"저도 있습니다, 오 수사관님!"

오 수사관이 흥분했는지 오 수사관의 목소리가 핸드폰 밖으로 들렸고, 조명득이 그 소리를 듣고 이러는 것이다.

—…조심하십시오. 흉악한 놈들입니다.

"알겠습니다."

뚝!

나는 바로 전화를 끊었다.

"가자, 탑 피시방으로."

"놈들이 거기에 다 있을까?"

"가보면 알겠지."

＊　　　＊　　　＊

"…하여튼 졸라 이상한 새끼라니까."

호태는 탑 피시방 구석진 자리에 앉아 리니지를 켰다. 그러면서도 규성을 떠올리며 혼잣말을 중얼거렸다. 사실 호태는 규성이 꽤나 못마땅했다. 실제로 움직이는 것은 대부분 자기인데, 정작 자기 몫으로 떨어지는 것은 쥐꼬리만 하다는 생각을 부쩍 하고 있었다.

"다 뒤졌어! 엘모어 장군도 이제는 한두 방이지. 킥킥킥!"

호태의 공격에 엘모어 장군이 죽으며 아이템을 떨어뜨렸다.

"나이스!"

호태는 모든 근심 걱정을 버리고 리니지 폐인처럼 게임에 빠져들었다. 그리고 자신을 향해 접근하는 엘모어 장군을 보고 칼질을 하는 순간 아이디가 빨갛게 변했다.

"아, 씨발! 이거 왜 이래?"

호태는 죽어 있는 몬스터를 봤다.

[엘모어 장군]

ㅡㅋㅋㅋㅋㅋㅋ

다른 채팅은 없고 그저 ㅋㅋ로 채팅창이 도배되었다.

"아, 시발!"

한마디로 호태는 짱깨한테 당한 것이다. 정확하게는 몬스터인 줄 알고 죽인 것이 몬스터로 변한 유저였고, 유저를 죽여서 캐릭터 성향이 카오틱으로 바뀐 것이다. 즉 리니지 게임 용어로 말하자면 카오가 된 것인데, 이제 호태의 캐릭터는 여러 가지 패널티를 받게 된 것이다.

"아, 시발… 하여튼 리니지는 짱깨 새끼들 때문에 다 망한다니까."

물론 아예 틀린 말도 아니다. 중국 애들이 리니지 사무실을 차린 후 아덴 값이 폭락했고, 게임 질서가 무너졌다.

─야, 이 시발 개새끼야!

─ㅋㅋㅋㅋ

호태는 여기서 게임을 끄고 다음에 카오틱 성향을 풀기에는 피시방의 남은 시간이 너무 아까웠다. 하지만 몬스터를 죽이던 놈들이 닉네임이 빨갛게 변한 호태의 킹왕짱 캐릭터를 보고 달려들자 생각이 바뀌었다.

"…미치겠네. 이러면 바로 리셋이지."

그 순간 투명 망토를 차고 있던 짱깨 놈들이 갑자기 나타나 호태의 캐릭터를 공격했고, 호태의 캐릭터는 빠르게 피가 줄기 시작했다.

"어, 어? 시발!"

*   *   *

끼이이익!

탑 피시방 앞 도로에 급하게 차를 세운 나와 조명득은 차에서 뛰어내리듯이 내렸다.

"안에 몇 명 있을 것 같아?"

조명득이 내게 물었다.

"넷이 있으면 고맙고."

이미 내 눈에는 살기가 감돌고 있었다. 하지만 규성은 지능적인 놈이다. 그러니 저 피시방에 일당이 다 있을 것 같지는 않았다.

"지원 요청할까?"

"됐어."

"뭐, 우리끼리도 충분하지."

나는 탑 피시방 간판을 봤다. 2층. 궁지에 몰리면 뛰어내릴 놈도 생길 수 있다는 생각이 들었다.

"나 혼자로도 충분해. 입구를 막아."

조명득이 나를 잠시 보다가 내 생각을 읽은 듯 대답했다.

"알았다."

그 말을 들은 나는 바로 피시방으로 올라갔다.

                    *   *   *

"좀 춥다."

온수공원 으슥한 곳에서 양아치 하나가 규성에게 말했다. 규성은 여전히 인상을 찡그린 채 담배를 빨고 있었다. 역시 예감이 좋지 않은 모양이다.

"아, 시발! 졸라 신경 쓰이네… 안 되겠다. 오늘 서울 떠야겠다."

박동철이 예상한 대로 범죄자에게도 촉이라는 것이 존재했다.

"오, 오늘 뜨자고?"

"대구도 괜찮아. 애들도 쌈박하고."

"그럼 피시방에 있는 호태랑 부를까?"

"불러야지. 기분 더러울 때는 뜨는 것이 좋아. 당장 전화해."

규성의 명령에 양아치가 바로 호태에게 전화를 걸었다.

따르릉~ 따르릉~

한참이나 벨소리가 울렸지만 호태는 전화를 받지 않았다.

"…전화 안 받는데?"

양아치가 규성의 눈치를 보며 말했다.

"아, 저 리니지 폐인 새끼! 씨발, 또 게임이 혼이 나갔네."

규성이 인상을 찡그렸다.

"하여튼 개새끼라니까. 게임 폐인 새끼! 명수한테 전화해."

"…명수 핸드폰 끊겼어."

"아, 시발, 오늘 되는 일이 없냐? 어디 피시방에 있어?"

"탑!"

"가자! 애새끼들 데리고 여기 뜨자."

순간 규성은 호태와 명수를 버릴까도 생각했지만, 그렇게 했다가 괜히 잡히기라고 해서 자기에 대해서 다 불어버릴까 봐 버리면 안 된다는 생각이 들었다.

'끝까지 같이 가야지.'

오판을 시작한 순간이다.

"전화는 계속해 봐."

양아치는 알겠다 대답하고는 다시 호태에게 전화를 걸었다.

"전화 안 받는데?"

"이 또라이 새끼! 어떻게 사람 새끼가 게임에 그렇게 미칠 수 있지?"

"…그러게."

양아치가 씩씩거리는 규성의 눈치를 보며 대답했다.

*　　　*　　　*

　나는 평범한 손님처럼 피시방으로 들어가서 피시방 안을 쭉 둘러봤다.

　'사람이 별로 없네.'

　최근 피시방이 엄청 늘어나서 그런지 탑 피시방에 사람은 별로 없었다. 그리고 천천히 카운터로 가서 자리에서 일어난 알바를 봤다. 이 순간 어이가 없는 것은 이렇게 사람이 없는데 이곳에 있는 경찰관이 호태를 발견하지 못했다는 것이다. 물론 구석에서 채팅을 하고 있을 것이니 못 찾았을 수도 있지만 말이다.

　"자리 드릴까요?"

　알바가 내게 물었고, 나는 카운터 쪽으로 허리를 숙이며 남들에겐 안 보이도록 주머니에서 검사 신분증을 꺼내 보이며 손으로 조용히 하라는 시늉을 했다. 알바는 깜짝 놀라 소리를 지를 뻔했는지 두 손으로 다급히 입을 막고는 나를 봤다.

　"쉿! 이런 애들 봤어요?"

　나는 주머니에서 규성의 일당 사진을 보여줬고, 알바는 손가락으로 구석진 곳을 가리켰다.

　"시발! 짱깨 새끼들, 다 죽여 버려야 한다니까!"

　그때 구석에서 누가 버럭 소리를 질렀다. 딱 봐도 호태라는 생각이 들었다.

　"쟤만?"

　내 물음에 알바가 고개를 끄덕였다.

"가만히 앉아 있으면 아무 일 없을 겁니다."

내 말에 아르바이트가 고개를 끄덕이며 엉거주춤하게 자리에 앉았고, 나는 호태를 향해 천천히 걸어갔다. 호태는 캐릭터가 죽었는지 담배만 뻑뻑 피우고 있었다.

나는 잠시 호태를 노려봤다.

픽!

"으윽!"

그리고 정말 죽어도 좋다는 생각으로 호태의 뒤통수를 깠다.

"시발, 뭐야?"

"야, 이 개새끼야, 너도 졸라 아프지?"

욕을 하며 급하게 고개를 돌리는 호태의 관자놀이를 향해 다시 주먹을 날렸다.

퍼어억!

쿵!

내 일격에 호태는 키보드에 머리를 처박은 채 기절했고, 그때 창문 쪽에 앉아 있던 양아치 하나가 급하게 자리에서 일어났다.

"이 개새끼가⋯⋯."

내게 욕을 하다가 뭔가 떠올랐는지 말꼬리를 흐리며 주머니에서 잭나이프를 꺼냈다.

"오지 마!"

잭나이프로 나를 위협하는 놈을 보고 나는 호태가 기절한 것을 다시 확인한 후 입구를 막았다.

"칼 버려라! 안 버리면 죽고 싶을 때까지 맞을 줄 알아."

"넌 뭐야?"

"검사다, 이 시발 놈아."

"…미치겠네."

놈이 중얼거리더니 옆에 있는 창문을 열고 밖을 봤다.

"뛰어내려 봐! 시발 새끼야!"

"검사가 입이 졸라 더럽네. 시발! 뛰어내려 보라고 하면 못 뛰어내릴 줄 알아?"

"그런데 뛰어내리면 너, 후회한다."

"좆 까!"

양아치는 내 충고를 받아들이지 않고 바로 창문에 올라타더니 아래로 뛰어내렸다.

팍!

"아아악!"

거친 비명이 울려 퍼졌고, 나는 창문 밖을 봤다.

"시발! 졸라 아프네."

"아프지?"

퍼어억!

다리를 절며 일어나려는 양아치는 대기하고 있던 조명득에게 사커킥으로 걷어차이고는 다리를 붙잡은 채 기절했다. 조명득은 창문에서 보고 있던 나를 향해 손가락으로 OK라는 제스처를 취했다.

"…두 놈은 잡았네."

중요한 것은 이 밤이 가기 전에 일망타진해야 한다는 것이다.

"여기 지원 나오신 경찰관 계십니까?"

그때 비명 소리를 듣고 남자 하나가 화장실에서 급히 뛰어나왔다.

"수고하셨습니다."

"예? 누구……?"

"서울지검 박동철 검사입니다."

내 말에 젊은 경찰관이 멍한 표정을 지었다. 그사이에도 조명득은 길바닥에서 사커킥을 맞고 기절한 명수를 개처럼 질질 끌어서 차에 태우고는 뒷좌석 손잡이에 수갑을 채웠다. 그리고 나는 호태의 손에 수갑을 채우고 다른 쪽을 피시방 의자에 걸었다.

"…명수 오빠네요."

박강희가 놀란 눈으로 조명득을 봤다.

"우리 강희 덕분에 잡았네."

조명득이 씩 웃었다.

지이잉~ 지이잉~

컴퓨터 책상 위에 올려놓은 호태의 핸드폰이 울렸다. 핸드폰 액정을 통해 번호를 확인하니 규성이다.

"…깨워야겠네."

툭툭! 툭툭!

나는 기절한 호태의 뒤통수를 후려 까며 호태를 깨웠다.

"으으윽!"

신음 소리를 토해내며 호태가 일어났고, 나를 보고 호태가 기겁하며 바르르 떨었다.

"찍소리를 하면 더 맞는다."

"…예."

이래서 법보다 주먹이다.

그리고 원래 누구든 죽을 만큼 맞으면 주눅이 든다.

"너, 규성이 알지?"

"……."

"알아, 몰라?"

지이잉~ 지이잉~

내 손에는 여전히 핸드폰이 진동으로 울리고 있다.

"더 맞을래?"

호태를 위협하듯 손을 올리자 호태가 내 주먹이 두려웠는지 고개를 끄덕였다.

"예, 예! 아, 압니다."

"이거 그 새끼 전화번호라는 거 다 안다. 여기로 불러."

"예?"

"더 처맞기 싫으면 불러. 허튼 짓 하면 땅 파서 묻어버린다."

검사가 할 소리는 아니다. 하지만 마음 같아서는 진짜 묻어버리고 싶다. 아니, 한 수사관이 깨어나지 않았다면 공권력을 이용하지 않고 따로 움직여 시간이 걸리더라도 잡아 드럼통에 쑤셔 넣고 시멘트를 쳐서 공해상에 던졌다.

하지만 한 수사관님이 깨어났고, 또 장미란에게 꼭 잡아 법의 심판을 받게 만든다고 약속했기에 놈들은 운이 좋게도 살아남은 것이다. 최소한 대한민국의 엄정한 공권력은 아무리 흉악범이라고 해도 죽이지는 않으니까.

그리고 지금 당장은 놈들을 죽일 방법도 없었다.

그 사실이 무척이나 아쉬웠다.

"알았어?"

"예, 예!"

지이잉! 지이잉!

뚝!

그때 핸드폰이 끊겼다.

"야, 이 시발 새끼야, 니 새끼가 머뭇거리니까 끊어졌잖아!"

퍼억!

나는 바로 호태의 뒤통수를 갈겼다. 순경은 내 행동에 놀라 눈을 똥그랗게 떴다. 하지만 뭐라고 하지는 않았다. 나는 검사고, 자기는 순경이니까.

"으윽!"

"야, 아프지?"

"…예."

"이런 검사 처음이지? 더 처맞기 싫으면 당장 전화해서 불러."

호태의 입장에서도 이런 검사는 처음일 것이다.

물론 순경도 마찬가지일 것이고.

"예, 예!"

그때 피시방 문이 벌컥 열렸다.

"야! 호태 이 게임 폐인 새끼야! 가자!"

문을 열고 들어선 놈이 버럭 소리를 질렀고, 나와 놈의 눈이 마주쳤다. 규성이었다.

"에이, 씨발!"

그리고 놈은 눈치를 챈 건지 곧바로 돌아서서 밖으로 뛰었다. 그와 동시에 나도 놈을 쫓아 뛰었다.

다다닥! 다다닥!

규성과 또 한 놈이 급하게 피시방 건물 밖으로 뛰어나갔고, 나도 놈들을 뒤따랐다. 그리고 그 모습을 본 조명득이 급하게 차에서 뛰어내렸다. 그 순간 규성과 다른 놈이 갈라졌고, 나는 규성을 쫓았다.

"애새끼, 졸라 빠르네. 개새끼!"

하지만 놓칠 순 없다. 지금 놓치면 다른 사람이 다칠 테니까.

"헉헉헉! 개새끼, 졸라 빠르네."

그렇게 규성은 필사의 도주를 감행하고 있었다.

그리고 이 순간은 그 어느 때보다 위험했다. 지금 내게 쫓기고 있는 규성은 이미 범죄를 저지른 전력(前歷)이 있고, 극도로 흥분한 상태이니 어떤 이유에서든 자신의 앞을 막아서는 것에게는 무슨 짓을 할지 모른다.

다다닥! 다다닥!

규성은 미친 듯이 도망치고 있었다. 그리고 나는 놈과의 거리를 좁히지 못하고 있었다. 딱 10미터 정도의 거리를 두고 놈은 내게 벗어나기 위해서 죽을힘을 다해 뛰고 있었고, 나 역시 놈을 잡기 위해 지금 이 순간 심장이 터져도 상관없다는 마음으로 뒤를 쫓고 있다.

놈은 좁은 골목길을 급하게 돌아서 도주하기 시작했고, 나는 놈을 뒤쫓았다. 이런 좁은 골목길 모퉁이를 돌아설 때가 가장 위험하다. 정말 막나가는 놈이라면, 아니, 나였어도 쫓길 만한 일이 있다면 항상 몸에 나이프 같은 날붙이를 지니고 있을 테고, 골목길 모퉁이에 멈춰서 급하게 자신을 쫓는 존재를 찔렀을 테니까.

다다닥!

"시발 새끼야! 좀 서라! 개새끼야! 헉헉헉!"

심장이 터질 것 같다. 하지만 멈출 수는 없다. 지금 놈을 놓치게 된다면 분명 또 다른 범죄를 저지르고도 남을 놈이니까.

"헉헉헉!"

나는 거칠게 숨을 몰아쉬며 골목길 모퉁이를 돌아서서 멈췄다. 규성은 내 8미터 정도 앞에 서 있었는데, 더는 뛰지 못하겠다는 듯 멈춰서 나를 노려보며 숨을 고르고 있었다.

나는 바로 권총을 뽑아 들까 하는 생각도 했지만 접었다. 고작 권총 한 방으로는 끝낼 수 없는 놈이다. 아니, 거의 반쯤 죽여 놓고 싶다. 더 솔직하게 말하자면 정당방위를 가장해서 죽어버리고 싶었다.

나는 절대로 정의롭지 않다. 그러면서도 정의를 구현하고 있다. 참 아이러니한 일이다. 하지만 지금 내 머릿속에 떠오르는 것은 오직 타국에 있는 자신의 남편이, 그리고 아빠가 갑자기 비명을 지르며 쓰러지는 모습을 영상통화로 보고 놀란 한 수사관님의 가족이 느낀 공포와 또 강간을 당하면서 목이 졸려 죽은 장미희가 느꼈을 공포이다.

'저 새끼, 잡아도 못 죽이겠지…….'

분명 대한민국의 법에는 사형이 존재한다. 하지만 국제 인권 단체의 시선 때문에 사형 제도는 거의 폐지되어 버렸다.

그래, 사람이 사람을 죽일 수 있는 이유나 권리는 절대 없다. 하지만 하찮은 욕심 때문에 사람을 죽인 놈을 허울 좋은 인권이라는 미명에 살려줘야 한다는 것도 개소리다.

인권? 저 망할 개새끼한테 죽은 장미희와 중년의 남자에게는 인권이 없단 말인가? 그리고 한순간에 가족을 잃은 유가족들의 고통은 어떻게 보상할 것인가!

그 심정을 직접 보고 느낀 사람이라면 분명 저 개새끼를 죽여 버리고 싶을 것이다. 그렇지 않더라도 최소한 저 극악무도한 놈을 재판장 위에 올리고 싶을 것이다.

그러기 위해서는 어떻게든 도망치는 놈부터 잡아야 한다.

"너는 잡히면 뒤진다, 이 개새끼야!"

"잡기나 해! 이 개새끼야!"

규성은 숨을 몰아쉬며 나를 노려보고 악다구니를 썼다. 이 순간에도 눈치게임처럼 서로가 서로의 행동을 살폈다.

놈이 뛰면 나도 뛴다.

내가 천천히 놈에게 다가가면 놈도 천천히 뒤로 물러섰다. 그리고 나를 보며 야리듯 미소를 머금었다.

"잡아서 아가리를 찢어버릴 테다."

"잡아보라고, 시발아!"

놀라운 것은 규성은 이 순간에도 꽤나 여유롭다는 것이다.

"그래, 어디 한번 잡혀봐라. 휴우우우!"

나는 길게 호흡을 몰아쉬었다. 그리고 다시 규성을 향해 뛰었고, 규성 역시 잡히지 않기 위해 뛰었다.

다다닥! 다다닥!

뛰면서 이 골목 끝이 막다른 골목이기를 기대해 본다. 정말 심장이 터질 것 같으니까.

"헉헉헉!"

10미터 정도로 거리가 조금씩 늘어났다.

짧은 거리지만 거의 체력이 바닥나고 있는 내게는 절대적인 거리처럼 느껴졌다.

다다닥!

"시바랄!"

그때 규성이 버럭 소리를 지르고 돌아서더니 허리춤에서 10센티미터 정도의 과도를 뽑아 들었다.

하늘이 나를 도왔다.

심장이 터질 뻔했는데 막다른 골목이다.

"오… 오지마, 내게 다가오지 말란 말이다!"

내가 규성이 뽑아 든 칼을 살피며 천천히 다가서자 흥분한 규성이 칼을 마구잡이로 휘두르며 나를 위협했고, 나는 바로 권총을 뽑아 규성을 향해 겨눴다.

"칼 버려!"

나는 버럭 소리를 질렀다. 하지만 총을 본 규성의 눈동자는 겁을 먹기는커녕 살기가 감돌았다.

"아니, 절대로 칼 버리지 마라!"

나도 모르게 목소리가 차갑게 식었다.

탕!

순간 나는 방아쇠를 당겼고, 그 순간 규성이 급하게 바닥에 엎드렸다. 이 순간 달려가 놈을 제압한다면 쉽게 제압할 수 있겠다는 생각이 들었다.

탕!

조명득도 온수공원 주변 도로를 달리며 미친 듯 양아치를 쫓고 있었다. 그때 한 발의 총성이 들렸고, 조명득 앞에서 달리던 놈이 움찔하며 바로 바닥에 엎드렸다.

조명득은 그 순간을 놓치지 않고 바닥에 엎드린 놈을 향해 달려가 사커킥으로 양아치의 대가리를 걷어찼다.

퍼어억!

"컥!"

외마디 비명을 들으며 조명득은 격투기 선수처럼 놈의 몸에 올라타 마구잡이로 주먹을 날렸다.

퍽퍽퍽! 퍽퍽!

"야, 이 개새끼야! 내가 잡히면 묵사발을 만든다고 했지?"

조명득의 눈동자에 살기가 감돌았다. 조명득의 머릿속에 잠들어 있던 사이코패스적 본능이 뿜어지는 순간이다.

"으, 으으윽! 컥!"

양아치는 끝내 조명득의 주먹에 맞아 기절했고, 조명득은 수갑을 채우고 인상을 찡그렸다.

"…시발, 무슨 일 있는 거 아니야?"

조명득은 박동철이 걱정됐다.

탕!

"이, 이게 무슨 소리야!"

온수공원 주변을 포위하고 있던 경찰들이 놀라 주위를 두리번거렸다. 한 발의 총성이 이 서울을 흔드는 순간이다.

"초, 총성입니다!"

순경 하나가 경찰관에게 흥분한 목소리로 소리쳤고, 경찰관은 인상을 찡그렸다.

"씨발, 누가 몰라서 물어? 어느 쪽이야!"

"저쪽에서 들렸습니다!"

그렇게 총성을 들은 사람들은 모두 박동철 검사의 얼굴을 떠올렸다. 박동철 검사가 맡은 첫 사건에서 총을 사용해 조폭을 진압했는데, 그걸 과잉 진압이라고 언론에서 난리를 쳐서 군산까지 내려갔다는 것을 떠올렸다.

"…또 욱하시면 안 되는데……."

경찰관이 총성이 난 쪽을 보고 박동철을 떠올리며 인상을 찡그렸다.

*　　　　*　　　　*

"시발 놈이!"

규성이 바닥에서 급하게 일어나며 소리를 질렀다.

"칼 버려!"

탕!

"…제발 칼 버리지 마라."

탕!

나는 공포탄 세 발을 모두 소모했다. 그리고 칼을 버리라고 소리치면서 바로 작은 목소리로 칼을 버리지 말라고 속삭였다.

"시, 시발 새끼! 어, 어쩌라는 거야?"

"칼 버리지 마라. 덤벼!"

나는 이제 실탄이 든 권총을 규성에게 겨눴고, 규성은 내 눈에서 뿜어지는 살기를 느꼈는지 부르르 떨다가 나를 노려봤다.

"킥킥킥! 시, 시발… 나, 날 졸라 죽이고 싶은 모양인데? 쐈, 쐈!

어디 한번 쏴보라고!"

저벅! 저벅!

나는 총을 겨눈 채 천천히 놈에게 다가갔다.

"…절대 칼 버리지 마라."

"나 죽이고 싶지? 하, 그런데 어떻게 하냐? 시발! 검사 새끼야! 나는 안 죽을 거거든!"

규성이 소리치고 야리듯 웃고 접근하는 나를 보고 바로 무릎을 꿇었다.

"킥킥킥! 이제 어떻게 할래? 죽이고 싶은데 못 죽이겠지?"

"개새끼!"

이러면 그 어떤 경우에도 정당방위가 성립될 수 없다.

틱!

그리고 바로 들고 있던 과도도 버렸다.

"이제는 누구도, 시발, 나를 못 죽이지. 킥킥킥!"

놈은 대한민국에 사형 제도가 있어도 사형수를 죽이지 않는다는 것을 아는 것이다. 그래서 어떤 면에서는 강력 사건이 더 많이 일어나는 이유 중의 하나가 될 수도 있었다. 물론 사형이 존재했을 때도 강력 범죄와 흉악한 사건을 끊이지 않고 일어났기에 사형 제도의 문제점이 강력 사건이 더 많이 일어나게 하는 주요 배경이 될 수는 없다는 것도 알고 있다.

하지만 분명한 것은 사람을 이유 없이, 또 몇 푼의 돈 때문에 죽인 살인범은 사형수가 되어서 교도소에서 등 따시고 콩밥으로 배 터지게 먹고 죽는 날까지 산다는 것이다.

그게 대한민국 범죄자 인권 보호의 현실이었다.

"아이고, 잘못했어요, 검사님. 정말 잘못했어요~"

놈이 나를 놀리듯 이죽거렸다. 그러면서도 곁눈질로 자신이 버린 칼을 위치를 확인하는 것처럼 보였다.

'바로 잡을 수 있겠네.'

회귀하기 전, 나도 저런 짓을 몇 번 해봤다. 순순히 체포당하는 척하면서 경찰이 경계를 풀면 바로 허를 찌르며 경찰의 복부에 사시미를 쑤셔 넣고 도주했다.

순간 그때가 떠올랐다.

"닥쳐라! 아가리를 찢어버린다!"

"죽이고 싶냐? 개새끼야! 이제 졸라 짜증나지? 죽이고 싶어서 미치겠지? 크핫하하핫!"

"…망할 놈의 새끼가."

나는 규성을 노려보며 주머니에서 수갑을 꺼냈다.

"그렇지, 그래, 어떤 새끼 때문에 날 잡으려는 건데? 아, 시발, 캐리어 암매장? 그래, 내가 했다, 시발 새끼야! 톡 하고 차니까 억 하고 죽더라. 크히힛!"

규성은 나를 흥분시키고 있었다.

"아! 거기 시체 하나 더 있었지? 신고할 거 같아서 내가 살짝 목을 졸라 줬지. 꺽꺽거리다가 축 늘어져서 구덩이에 던졌지. 크하핫! 벌써 둘이네?"

진심으로 즐거운 듯 꺽꺽거리며 웃는 놈의 목소리에 나도 모르게 내 마음속 깊은 곳에 애써 억눌러 놨던 유령이 꿈틀거렸다.

"킥킥! 아이고, 우리 검사님~ 눈깔에서 레이저 나오겠네?"

나도 모르게 놈의 이마에 권총을 겨눴다.

"당겨 봐! 시발 놈아! 그런데 어쩌냐? 저쪽에 CCTV가 있네? 키히힉! 감방에서 평생 썩는 것보다 여기서 뒤지는 것이 좋지. 쏴봐. 당겨보라고, 이 개새끼야!"

다시 한 번 규성이 나를 흥분시켰다.

그리고 나는 힐끗 규성이 말한 CCTV를 봤다.

'아, 시발… 진짜 있네.'

이러지도 저러지도 못하는 상황이다.

"쏘라고! 쏴! 쏘고 싶잖아! 너같이 가진 것 많은 새끼들은 죽어도 못 쏴!"

다시 한 번 규성이 이죽거렸다. 마치 규성은 이 순간 죽으려고 환장한 놈처럼 행동했다.

하지만 놈의 눈동자에서는 그 어떤 사람보다 더 삶에 대한 갈망이 가득해 보였다. 당연한 일이다. 정말 죽고자 했다면 버린 과도를 들고 나를 향해 미친 듯 달려들어야 했다.

"살고 싶냐?"

"뭐?"

"살고 싶어서 아주 발악을 하네."

어느 순간 나는 나도 모르게 목소리가 담담해졌다.

"졸라 무섭지? 교도소에 가는 것이 무서워 죽겠지?"

"지랄 까지 마, 개새끼야!"

"원래 약한 놈들이 더 크게 짖는 법이지. 그거 알아? 무는 개는 절대 짖지 않아. 하지만 약한 개일수록 더 크게 짖지. 살고 싶어서 졸라게 짖네. 개새끼처럼!"

"크… 큭!"

"그래, 살려줄게. 교도소에서 절대 못 나오고, 평생 그곳에서 살게 해줄게. 음, 넌 호리호리하니까 널 좋아해 줄 놈도 줄을 섰을 거다."

내 말에 규성의 눈동자가 파르르 떨렸다.

"킥킥… 킥킥킥! 그래, 졸라 무서워! 그런데 죽는 것이 더 무서워, 이 시발 놈아!"

어느 순간 솔직해지는 규성이다. 타인을 아무런 망설임 없이 죽인 놈이 자신의 생존에 대해서는 저렇게도 애착을 보이고 있다.

"그런데 그거 아냐?"

나는 규성을 차갑게 노려봤다.

"뭐, 뭐?"

"저런 CCTV가 각도에 따라서 다르게 보인다는 것을."

"뭐……?"

순간 규성의 눈동자가 파르르 떨렸다. 그리고 이 순간 내 머릿속에는 암매장됐다가 발견된 장미희의 시체와 캐리어에서 나온 중년의 남자, 그리고 기적처럼 깨어난 한 수사관과 희생자들의 가족들이 오열하는 모습이 떠올랐다.

"내가 말했지? 너는 내가 죽인다고."

순간 살기를 뿜어냈다.

"이, 이 시발 놈이……!"

규성이 욕을 하다가 주저앉고서는 울먹거리는 표정을 지으며 날 올려다봤다.

"씨발… 씨발… 살려, 살려주세요……."

가증스러운 놈!

정말 죽여 버리고 싶지만 어쩔 수 없었다. 우선은 수갑을 채워야

했다. 누가 뭐라고 해도 CCTV가 나를 찍고 있으니까.

"휴우!"

나는 길게 한숨을 쉬고 권총을 주머니에 넣었고, 규성은 나를 보며 미소를 보였다.

"일어나!"

나는 두 손으로 규성의 멱살을 잡고 일으켰고, 찰나 규성의 눈동자가 반짝였다. 이렇게 내가 두 손으로 놈을 잡고 일으키자 틈이 생겼다. 아니, 나는 놈에게 일부러 틈을 내줬다.

"으윽!"

놈이 숨통이 막히는지 버둥거리는 척을 하며 일어났고, 놈이 빠르게 바닥에 버린 과도를 줍는 것이 보였다.

하지만 그냥 뒀다.

그리고 놈은 나를 향해 과도를 있는 힘껏 찔렀다.

"시발 새끼야!!"

거친 외침과 함께 놈의 칼이 내 복부를 파고들었고, 이미 나는 규성의 눈동자가 찰나지만 반짝일 때 예상했기에 나를 향해 칼을 쥐고 뻗는 놈의 손목을 움켜쥐었다.

팍!

"이… 이 시, 시발! 왜, 왜 이래?"

내 행동에 규성은 놀라 말까지 더듬었다. 손목을 잡혔다는 것도 놀랐겠지만 내가 지금 내 옆구리를 향해 칼을 찌르려는 자신의 손을 잡아당기고 있으니까 더 놀랄 수밖에 없다.

"…그거 알아? 지금 CCTV는 나한테도 유리해."

"사, 살려… 살려주세요."

규성이 내게 살려달라고 애원했다. 하지만 나는 손아귀의 힘을 풀지 않고 내 몸을 규성과 밀착시켰다. 다른 각도에서 본다면 나는 규성에 의해 몸이 당겨져 칼에 찔린 것처럼 보일 것이다.

수우욱!

"으윽!"

힘을 넣자 절로 신음 소리가 나왔다.

복부에서 뜨거운 피가 울컥거리며 나왔다. 나는 고통을 참으며 주머니에 넣은 권총을 꺼내 규성의 심장에 댔다.

"…나중에 지옥에서 보자."

탕!

순간 총성과 함께 강규성의 피가 내 몸에 뿌려졌고, 나는 규성과 함께 내 쪽으로 고꾸라졌다.

'먼저 가 있어. 나중에 따라갈 테니까.'

두 눈을 부릅뜨고 죽은 규성을 보며 차갑게 뇌까렸다.

또 한 번의 살인.

또 한 번 유령이 되는 순간이었다.

제8장
역풍, 그리고 후폭풍

총성을 듣고 경찰들이 달려왔다. 그러고는 규성과 내가 같이 쓰러져 있는 모습을 보고는 놀란 표정을 숨기지 못했다. 총에 심장이 꿰뚫린 규성의 몸에서 흐른 피는 이제 걸쭉한 젤리처럼 굳어졌고, 내 몸에서 간헐적으로 쏟아지고 있는 피 때문에 주변은 마치 도축장처럼 선혈이 낭자했다.

"바, 박동철! 야, 동철아!"

그때 조명득이 절규하듯 소리를 지르며 달려와 여전히 쓰러져 있는 나를 부둥켜안았다.

"야, 야 인마, 정신 차려! 구급차! 누가 구급차 좀 불러!"

"…으으윽!"

신음 소리가 나도 모르게 새어나왔다. 이런 자상의 기억은 꽤 많은데, 매번 상처가 날 때마다 그 고통은 늘 처음 겪어본 듯 새롭다.

"정신 차려! 박동철! 죽으면 안 돼!"

잔뜩 찡그린 얼굴 위로 조명득의 눈물이 뚝뚝 떨어졌다.

"…오버하지 마."

조명득만 들을 수 있게 나직이 말했다.

"뭐, 뭐?"

"구급차는 언제 오냐?"

"괜, 괜찮습니까?"

조명득이 다시 내게 존댓말을 했다.

이제야 주변을 의식한 것이다.

"상황이 이런다고 수사관이 검사한테 반말하면 안 됩니다."

"저, 정말 괜찮습니까?"

"아파서 죽겠습니다."

좌측 복부에 3센티미터 정도 찔린 것 같다. 다행히도 장기는 피한 것 같은데, 아파 죽겠다. 놈의 목숨을 빼앗기 위해 나를 어느 정도 희생했다. 놈이 말한 CCTV가 나를 보호해 줄 것이다.

'그래, 조금만 기다려. 내가 갈 곳도 지옥밖에는 없으니까.'

수습되고 있는 죽은 규성을 보며 지그시 입술을 깨물며 속으로 뇌까렸다. 그리고 곧 나는 병원으로 후송됐다.

* * *

차 회장과 전 지검장이 차분한 눈빛으로 TV를 보고 있었다.

—지난밤 캐리어 암매장 사건의 용의자가 검거 현장에서 사살되었습니다. 사살 과정에서 검거작전을 진두지휘하던 박동철 검사가

흉기에 복부를 찔리는 심각한 부상을 입고 인근 병원으로 긴급 후송되었습니다. 이번 사건으로 인해 총기 사용의 문제가 다시 부각되고 있습니다. 인권 단체 측에서는……

"일은 어떻게 되고 있나?"

차선명 회장이 전 지검장에게 물었다.

"벤츠 검사라는 별명이 있습니다. 검사 임용 때 벤츠와 제네시스 8000을 누군가로부터 증여 받은 증거를 포착했습니다."

전 지검장은 이렇게 차선명의 하수인이 되어 박동철을 약점을 찾고 있었다.

"증여라… 뭔가 있군."

전 지검장이 미소를 지으며 말을 이었다.

"면세점 입찰에서 결국 입찰한 곳은 한국백화점입니다."

"그렇지. 한국백화점이 황금 알을 낳는 거위를 품에 안았지."

차선명 회장은 씁쓸한 표정을 지어보였다.

"그리고 박동철이 대학 다닐 때 한국자동차 그룹의 손녀인 정소연과 두터운 친분을 유지했다는 정황이 있습니다."

"두터운 친분이라고? 그래서?"

"차시연 양의 사건을 한국자동차 그룹 오너의 손녀인 정소연과 친분이 있는 박동철의 표적 수사가 아닌가 하고 의혹을 제기할 생각입니다."

전 지검장의 말에 차선명 회장이 고개를 끄덕였다.

"그리고?"

"이번 사건을 통해 강압적인 총기 사용을 부각시키고, 강압 수사에 의한 강압적인 검거 작전으로 포커스를 맞추면 치명적인 타격을 입힐 수 있을 것 같습니다."

꿩을 잡는 것이 매다. 그리고 전 지검장 역시 중수부 출신 공안 검사로 재직한 경험이 있기에 사건을 만들고 이슈를 만드는 것은 자신 있었다. 그렇게 전 지검장은 검사의 가오를 버리고 재벌의 개가 되어 있었다.

"그래, 받은 그 이상을 돌려줘야겠지. 그럼 내가 뭘 해줘야 하지?"

"TNS에 광고를 전폭적으로 밀어주시면 될 것 같습니다."

전 지검장의 말에 차선명이 고개를 끄덕였다.

"알겠네. 그런데 저놈이 저렇게 되면 시연이의 공판은 어떻게 되는 거지?"

차시연의 1차 공판이 며칠 후다.

"상황에 따라서 바뀔 수도 있습니다. 여론이 박동철을 물고 늘어질수록 그 확률은 더 커지겠죠."

"바뀌는 것이 시연이에게 유리하겠군."

"그렇습니다. 저놈은 대놓고 법정 최고형을 구형하는 놈입니다. 그렇게 되면 최대 10년까지 가능합니다."

"10년?"

차선명은 어이가 없다는 표정을 지어 보였다.

"예, 그렇습니다. 명예훼손과 폭력 피해 청부라 죄질이 무겁습니다. 또한 면세점 입찰을 위해 계획적으로 움직였다는 여론이 형성되어 있습니다. 현재까지는 모든 면이 불리하게 작용할 것 같습니다."

"자네가 담당하는 사건이니 자네에게 모든 권한을 주지. 잘 부탁하네. 이번 일만 잘 처리된다면 불편함 없이 자리를 잡을 것이네."

"감사합니다, 회장님!"

물론 전 지검장은 두선그룹이 아니어도 생활하는 데는 크게 불편함이 없었다. 비록 20억의 빚이 있다고는 해도 전관예우라는 관행이 있기에 2~3년 안에 해결할 수 있었다. 하지만 전 지검장 역시 박동철에게 앙심을 품고 있었고, 어떻게든 박동철에게 치명적인 타격을 입히고 검사복을 벗길 생각이다. 박동철의 검사복만 벗길 수 있다면 자신이 상대하기가 더 쉬울 거라 착각하고 있는 전 지검장이었다.

그러나 아무도 모른다. 박동철에게 검사의 직위는 힘이 아니라 제약이라는 것을. 그리고 박동철이 가진 숨겨진 힘이 드러나면 전 지검장 따위는 아무것도 아닌 게 되고, 전 지검장을 부리고 있는 차선명 회장도 위험해질 수 있다는 것을 모르고 있었다.

"이번 일 잘 처리합시다. 부탁한 건 홍보이사에게 말해놓겠네."

"예, 회장님"

전 지검장은 차선명 회장에게 묵례하며 사악한 미소를 머금었다.

'망할 놈! 끝장을 내주마!'

"선배님, 이런 곳으로 저를 부르시면 어떻게 합니까?"

중년의 남자가 소파에 앉은 전 지검장을 향해 인상을 찡그렸다.

"자넨 언제까지 검사복을 입고 있을 텐가? 자네도 나처럼 고검장 자리에서 밀렸잖아."

검찰청에서도 라인이라는 것이 있고, 후배가 상급자가 되면 후배가 움직이고 지휘하기 편하게 선배들은 퇴직을 하는 관행 아닌 관행이 있다.

"…아침부터 그리 유쾌한 대화는 아니군요."

"모닝커피부터 한 잔 하면서 이야기하지."

중년의 남자가 소파에 앉았다.

"그런데 아침부터 무슨 일입니까? 이런 곳에 저를 다 부르시고."

"제보할 것이 하나 있어서."

중년의 남자는 검찰청 중수부 내사과 과장이었다. 검사들의 비리나 직무를 감시하고 내사하는 일이 주 임무였다.

"제보요? 뭡니까?"

중년의 남자가 전 지검장의 말에 관심을 보였다.

"벤츠 검사 어때? 벤츠를 제공받은 검사 스토리가 하나 있는데."

전 지검장이 미소를 지었다.

"요즘 세상이 어떤 세상인데 정신없이 벤츠를 제공받는 놈이 있습니까?"

"제네시스8000도 받은 것 같던데."

"정말입니까? 그게 누굽니까?"

"그전에 면세점 사업 입찰에 대해서 잠시 이야기해 볼까?"

전 지검장의 뜬금없는 말에 내사과 과장이 인상을 찡그렸다.

"예?"

"한수천 과장!"

중년의 남자 이름은 한수천이었다.

"결국 한신그룹과 두선그룹의 전쟁에서 어부지리를 얻은 그룹이 한국백화점이지."

"그렇죠."

"한국백화점의 실질적인 주인이 누구라고 생각하나?"

"제가 파악하고 있기로는 정소연이라고, 한국자동차 오너의 손녀 아닙니까?"

편법 증여 형식으로 한국자동차 회장의 한국백화점 지분이 정소연에게 넘어갔기에 검찰에서도 관심을 보이고 있었고, 그에 따라 한국자동차 회장은 과징금을 물어야 했다.

"그렇지. 그 손녀가 정신 나간 검사에게 제네시스8000을 증여했지. 그 정신 나간 검사가 누군지 궁금하지 않나?"

"누굽니까?"

"박동철! 그리고 그 증여의 대가는 골드타워 면세점이지."

"…확실합니까?"

"확인해 보게. 그게 자네의 일이지 않나? 그리고 자네랑 나를 밀어낸 고검장이 아끼는 후배가 박동철이지."

전 지검장의 말에 한수천이 인상을 찡그렸다.

"그리고 언제까지 검사로 남을 수는 없지 않나? 잘 생각하게. 두선그룹에서 신경을 써주기로 했어."

"그 말씀은……."

"로펌들이 늘어나고 있어. 대형 로펌에 들어가지 않는 이상 변호사도 이제는 배부른 직업이 아니지 않나? 전관예우를 평생 누릴 수 있는 것도 아니고."

"그 말씀은?"

"두선그룹 계열 회사의 법무팀 고문쯤이면 연봉 4~5억은 받을 수 있을 걸세. 그리고 따로 사건을 수임하면 플러스알파잖나."

"으음……."

"왜, 고민스럽나? 아니면 마음에 내키지 않나?"

"검사 출신이 재벌과 결탁하는 것은……."

"검사가 옷을 벗으면 외롭고 서글픈 일반 변호사지. 자네, 대서양이나 박&장에 입사할 수 있겠나? 어렵지? 로스쿨 제도 때문에 변호사가 2017년까지 4만이나 배출될 걸세. 이제는 개나 소나 다 변호사 명함을 내밀고 있다네. 무슨 말인지 알겠나?"

"예, 선배님! 그런데 왜 두선에서 박동철을 엮으려는 겁니까?"

"허허허! 이 사람, 감이 느리군. 정말 몰라서 묻나?"

"면세점을 빼앗긴 것 때문에 그러는 겁니까?"

"당했다고 생각하는 거지. 평소 하찮게 생각하던 검사 따위에게 재벌 일가가 당했다고 생각하는 거야. 뭐, 사실 그들에게 검사 따위는 하찮은 게 사실이지. 그런 만큼 화도 많이 났을 테고."

세월이 좋아져서 검사가 재벌을 직접 상대를 할 수 있었다. 예전 같으면 권력과 손을 잡은 재벌 일가를 건드리는 일은 결코 쉬운 일이 아니었고, 검사도 재벌 일가에 치명적인 과오가 없다면 건드릴 생각을 안 했다. 전 지검장 말대로 천년만년 검사만 할 수는 없는 노릇이니까.

또한 미래에 자신의 고객이 될 수도 있는 재벌 일가와 척을 질 필요는 없다고 생각하는 검사도 많았다. 그래서 재벌들을 상대하는 일에 설렁설렁 대했고, 재벌 일가는 검사를 우습게 봤다. 검사는 조금의 입김만 넣어도 바로 변호사로 만들 수 있고, 또 자신의 발아래 엎드리게 할 수도 있었으니까.

그게 바로 돈이 가진 또 하나의 위력이었다.

"하지만 그것으로 박동철을 엮기에는 부족합니다."

"자네, 뉴스 보나? 어제 검사가 피의자를 현장에서 사살했지."

"박동철도 부상을 입었죠."

"과잉 진압으로 몰면서 다각도로 압박한다면 옷을 벗기는 것은 어렵지 않지. 옷만 벗기면 더 쉽고."

"끝장을 보실 생각이십니까?"

"내가 그 망할 놈 때문에 옷을 벗었지."

전 지검장은 어금니를 꽉 깨물었다.

"하지만 여론이 현재까지는 박동철의 편에 서 있습니다."

"여론? 그 썩은 갈대보다 더 잘 흔들리는 거 말하는 건가?"

전 지검장이 피식 웃었다.

"오늘부터 그 여론이 박동철에게 비수가 될 거네. 재벌이 하는 일이야. 재벌이 찍은 놈이 무사한 적이 있나? 내가 안 되면 정치권이라도 압력을 넣을 거네. 그전에 우리가 해결하고 우리의 지분을 챙기자는 거지. 더 고민할 것 있나?"

전 지검장의 말에 한수천이 잠시 고민했다.

"아닙니다. 팩트만 확실하다면 내사야 못할 것이 없죠."

"내사 후 엄정한 조치도 필요하겠지."

"알겠습니다, 선배님!"

한수천도 더러운 미소를 전 지검장에게 지어 보였다.

*　　　*　　　*

4인용 병실에 입원한 나는 배에 붕대를 칭칭 감고 누웠다. 몹시 아팠지만 후회는 없다. 아마 내가 한 짓 때문에 뉴스에 뜰 것 같다.

"언제쯤 퇴원이 가능합니까?"

입원을 하자마자 의사에게 물었고, 의사는 내 상처를 보고 황당한 표정을 지어 보였다.

"복부 자상은 작은 부상이 아닙니다. 다행스럽게 장기의 손상은 없지만 출혈도 제법 있었고 1~2주는 입원해야 합니다."

"…그건 어렵겠는데요. 담당 사건 공판이 있습니다."

"무리하시다가 부상이 악화되면 더 오랫동안 입원해야 합니다."

의사의 소견은 단호했다. 그러면서도 나를 보는 눈빛이 일중독 환자를 보는 듯하다. 내가 이렇게 입원해 있으면 차시연 사건의 담당 검사가 바뀔 것이다. 그럼 풀 배팅은 없다. 다른 검사들은 재벌의 눈치를 보느라 절대로 법정 최고형을 때릴 수 없을 테니까.

"조금 전에 입원하셨습니다. 일단 안정을 취하세요."

"예, 알겠습니다."

우선은 알겠다고 했다. 병원에서 가장 힘이 센 사람은 의사니까.

그렇게 진료를 하던 의사는 쉬라고 하며 병실을 나갔고, 조명득은 어이가 없다는 눈으로 나를 봤다.

"너는 한국병원까지 와서 4인실 병실이냐?"

한 수사관은 지금 VIP 특실에 입원해 있다. 그리고 그 병원비는 내가 부담하고 있는데, 정작 내가 4인실에 입원해 있는 것을 보고 어이가 없다고 말하는 조명득이다.

"땅 파도 돈 안 나오거든."

"그렇기는 하지. 그래도 4인실 병실은 좀 그렇지 않아?"

"괜찮아. 칼에 찔린 건데, 뭐."

칼에 찔린 것을 아무렇지도 않게 말했다.

"그런데 왜 그랬냐?"

조명득이 다른 환자들과 보호자들을 보며 내게 나직이 물었다.

"뭐가?"

알면서 되물었다. 조명득은 왜 칼에 찔렸냐고 묻는 것이다. 물론 내가 말할 답도 조명득은 알고 있을 것이다.

"어쩔 수 없었어. 법의 한계가 거기까지니까."

"너, 그러다 지옥 가겠다."

"아마 너도 갈걸?"

"친구가 가는데 못 갈 것은 없지."

조명득이 나를 보며 피식 웃었다. 친구 따라 강남 간다는 말은 있지만, 나 따라 지옥도 같이 간다는 조명득의 말을 듣고 새삼 저 놈이 있어서 참 다행이라는 생각이 들었다.

"그나저나 공판 진행에 이상 없도록 준비 잘하라고 전해."

"네 몸이나 신경을 써라. 잘못했으면 큰일 날 뻔했다."

"괜찮아. 겨우 칼에 찔린 거니까."

그래도 지금은 이렇게 치료를 위해 병원에 와 있다. 회귀하기 전 이었다면 아마 상처 부분에 소주를 붓고 어느 모텔 구석에서 끙끙 거리고 있었을 것이다.

"하여튼 검사가 칼에 찔리고. 쪽팔리게… 쩝!"

"검사도 사람이거든? 그건 그렇고, 한 수사관님은 어때?"

"많이 좋아지셨다. 이제 어눌하지만 말까지 하신단다."

"정말 다행이다."

나도 모르게 미소가 머금어졌다.

스르륵!

그때 병실 문이 열리며 휠체어를 탄 한 수사관이 아내가 밀어주 는 휠체어를 타고 병실로 들어섰다.

"한 수사관님! 으윽!"

누워 있던 나는 바로 자리에서 일어나다가 배가 당겨서 나도 모르게 신음 소리를 토해냈다.

"검, 검사님⋯⋯."

나를 보자마자 한 수사관이 말을 더듬으며 눈물을 흘렸다.

"괜찮으십니까?"

"괜, 괜찮⋯ 괜찮습니다."

다행이다. 말을 하실 수 있게 되어서.

"저, 저는 괜찮⋯ 괜찮습니다. 정, 정말 괜찮습니까?"

"예, 젊어서 괜찮습니다. 배가 조금 아프기는 한데 금방 괜찮아질 겁니다. 그런데 사모님, 왜 여기까지 오셨습니까?"

"조 수사관님께서 검사님이 입원하셨다고 말씀해 주셔서⋯ 남편이 계속 오자고 해서요."

한 수사관 아내의 말에 나는 조명득을 보며 눈을 흘겼다.

"⋯이게 뭐 대단한 일이라고!"

"그러게. 쩝! 이야기하다가 나도 모르게 말이 나왔다."

조명득도 한 수사관이 이렇게 올 줄은 몰랐던 모양이다.

"하여튼 괜찮습니다. 걱정 마시고 몸조리나 잘하십시오."

"예, 알겠습니다. 그, 그리고 이, 이 은혜는 절대⋯ 절대로 잊지 않겠습니다."

돈이 좋다는 말, 돈이 있으면 죽을 사람도 살린다는 말을 한 수사관을 보며 절실히 느낀다. 물론 기적처럼 깨어나 준 한 수사관이지만 깨어난 후부터 바로 전문적인 치료와 관리를 통해 몸 상태가 좋아진 한 수사관이었다.

"은혜라고 할 것이 있겠습니까? 하여튼 깨어나서 다행입니다."

"감, 감사합니다."

한 수사관이 떨리는 손으로 내 손을 꽉 잡았다. 꽉 잡은 손에 힘이 느껴지지 않는다. 하지만 곧 호전될 것이다.

"치료에만 신경 쓰시면 됩니다. 다 잘될 겁니다."

그때 병실을 같이 쓰는 환자 중에 한 남자가 심심했는지 TV를 켰고, 마침 뉴스가 나오고 있었다.

─검찰의 총기 사용이 다시 도마에 올랐습니다. 지난밤 검찰의 범인 검거 중 총기 사용으로 현장에서 피의자가 사살됐고, 그 과정에서 검사도 칼에 찔리는 사건이 발생했습니다. 하지만 그 상황에서 꼭 총기를 사용해야 했는지 의문이 제기되고 있습니다. 그런데 더 놀라운 사실은 이번 사건에 총기를 사용한 검사가 3년 전에도 총기 남용으로 좌천됐던 박동철 검사라는 것입니다. 검사의 총기 사용을 다시 한 번 생각해 볼 일인 것 같습니다. 보도에 박상철 기자입니다.

뉴스 진행자의 뉘앙스가 묘했다. 검사가 칼에 찔렸는데 총기를 사용해야 했는지 의문스럽단다. 이건 대놓고 검찰의 체포 과정이 잘못되었다는 쪽으로 뉴스를 진행하는 것이다.

─박상철 기자.

─예, 박상철입니다.

─지금 계신 곳이 총기 사건이 일어난 현장입니까?

─예, 그렇습니다. 이곳은 박동철 검사가 피의자를 검거 과정에서 총기를 발사한 현장입니다. 사살된 피의자를 제외하고 다른 공범들은 체포됐지만 여전히 이 자리에는 사살된 피의자의 피와 칼에 찔린 박동철 검사의 혈흔이 그대로 남아 있습니다. 그날의 긴박한 상황을 말해주는 것 같습니다.

—총기 전문가의 의견으로는 박동철 검사가 사살된 피의자의 심장을 조준해서 쐈다는 의견이 있습니다. 확실한 겁니까?

　뉴스 진행 앵커가 현장에 나와 있는 박상철 기자에게 물었다. 어이가 없는 것은 현장에 나와 있다고 해도 내가 조준해서 쏜 것을 알아낼 수 없는데, 저런 멘트를 날린다는 것은 누군가의 지시를 받아 여론 몰이를 하기 위함이라는 생각이 들었다.

　—현장에 설치되어 있던 CCTV의 동영상을 확인해 보면 그런 의혹이 재기가 될 수도 있을 것 같습니다. 하지만 긴박한 상황이기에 의도적으로 조준 사격을 했다고 보기에는 어려울 것 같습니다. 그리고 지금까지 밝혀진 것도…….

　—네, 알겠습니다, 어찌 되었든 3년 전 과도한 총기 발포로 세 명의 피의자를 장애인으로 만든 박동철 검사가 총기를 사용해 피의자인 오규성을 사살했습니다.

　뉴스 진행 앵커가 박상철 기자의 말을 끊었고, 화면이 뉴스 데스크로 전환됐다. 그리고 3년 전 이야기까지 나왔다. 그리고 총기 발포로 장애인이 됐다는 세 명은 모두 조폭이었는데, 내가 왜 그랬는지는 나오지 않고 총기를 사용했다는 것만 부각시키고 있었다.

　'표적 방송이다!'

　나도 모르게 그런 생각이 들었다.

　"그럼 검사가 뒤지면 뭐라고 방송할 건데? 시발! 요즘 뉴스 참 개판이라니까……."

　TV를 켰던 남자 환자가 퉁명스럽게 말했다.

　"검사가 죽으면 죽은 검사만 서러운 거지. 칼에 찔려 목숨의 위협을 받아 총기를 쏜 거잖아. 그게 뭐 어때서? 안 그래요?"

"그렇죠. 두 명이나 죽인 흉악범인데 당연히 총을 쏴야지! 칼로 위협할 때 바로 총을 썼으면 안 다쳤잖아. 미국이면 바로 헤드 샷을 날렸어. 쯧쯧쯧!"

"하여튼 머리는 폼으로 들고 다니라고 줬군."

뉴스는 내게 불리한 쪽으로 보도하는데 뉴스를 본 사람들은 내 편이 되어서 서로 말하고 있었다.

'뉴스가 이러면 인터넷은 난리가 났겠네.'

언론이 여론을 조작하고 있었다.

"그런데 뉴스가 왜 저래?"

뉴스를 보고 있던 사람들도 이상했는지 저마다 한마디씩 했다.

"그러게. 마치 총 쏜 검사가 두 명이나 죽인 나쁜 놈보다 더 나쁘다는 것처럼 말하네. 어이가 없어서."

"이래서 뉴스도 믿을 것이 못 된다니까."

"···조 수사관님, 한 수사관님 모셔다 드리세요."

나는 표정이 굳어진 조명득에게 말했다.

"···예, 검사님."

나에 대한 안 좋은 뉴스가 나와서인지 조명득의 표정이 좋지 않았다. 조명득도 내가 생각한 것을 생각한 것 같았다. 그때 또 한 번 병실 문이 열렸고, 한수선 선배와 부장 검사가 병실로 들어왔다.

"박 검, 배 많이 아프지?"

한수선 선배는 들어오면서 농담부터 했다. 그런데 농담하는 표정이 그리 밝아 보이지 않았다. 아마 두 분 모두 뉴스를 보신 것 같다. 그리고 검찰이 그 뉴스에 반응하고 있는 것이 분명했다.

"아이고, 배 아파 죽겠습니다."

"박동철 검사! 병실부터 옮겨야겠어."

부장 검사님께서 내 이름을 부르자 병실에 있던 환자들이 내가 박동철 검사라는 것을 알고 놀란 눈으로 봤다.

"예?"

"이것저것 골치 좀 아프겠어."

─이에 대해 신중한 총기 사용이 필요한 시점인 것 같습니다.

뉴스 앵커가 이제는 대놓고 내가 총기를 사용한 것이 잘못되었다고 방송했고, 부장 검사도 그 뉴스를 듣고 인상을 찡그렸다.

"…곧 기자들도 찾아올 것 같으니 1일실로 옮기자고."

"뭐 있습니까?"

"있긴 뭐가 있겠어? 뭐가 생기면 검찰청이 개판청인 거지. 검사가 생명의 위협을 느꼈는데도 정당방위로 발포를 못하면 어떻게 국민들이 정당방위로 자신을 보호하겠어? 젠장!"

아무것도 없다고 말했지만 뭔가 있는 것 같다.

"죄송합니다. 제가 더욱 신중했어야 하는데……."

나는 부장 검사에게 죄송하다고 말했다.

"몸조리나 잘하자고."

"야! 나, 내일 교미도 간다."

내가 이 상태여서 결국 한수선 선배가 제주도로 파견 가게 됐다.

"…죄송합니다, 선배님."

"내가 제주도에 가서 아주 깽판을 치고 올 생각이다."

분위기가 꿀꿀해서 그런지 한수선 선배가 농담으로 이 꿀꿀한 분위기를 날려 버리려고 안간힘을 쓰고 있다.

"그러십시오."

"농담은 그만하고 병실부터 옮기자."

그렇게 병실을 옮겨야 했다. 그리고 부장님이 병실을 왜 옮기라고 했는지 바로 알 수가 있었다. 병실을 옮기자마자 벌떼처럼 기자들이 몰려왔기 때문이다.

"박동철 검사님이시죠?"

면회를 허락하지도 않았는데 기자들이 병실 문을 막무가내로 열고 들어와서는 내 침대 주변을 에워쌌다. 보통 기자들은 검사가 입원해 있는데 이렇게 막무가내로 밀고 들어올 수 없다. 검사이기에 이렇게 밀어붙이면 나중에라도 앙갚음을 당할지 모른다는 생각에 자제하는데 오늘은 대놓고 이러고 있다.

"박동철 검사님, 벤츠 검사님이라는 소문이 계시던데, 벤츠를 누가 증여한 겁니까?"

"제네시스8000도 받았다고 알고 있는데 누가 준 겁니까?"

기자들은 3년 전 내가 임용할 때 생긴 해프닝인데 정확한 팩트를 가지고 3년 전 일을 묻고 있었다.

"총기 발포 때 심장에 대고 방아쇠를 당겼다는 의혹이 있습니다. 왜 그랬습니까?"

"무슨 소리를 하는 겁니까?"

기자들의 질문에 나도 모르게 인상이 구겨졌다.

"제네시스8000은 재벌 3세가 준 거라는 소문이 있는데, 사실입니까? 그리고 그 재벌 3세가 한국자동차 정소연 양이라는 추측이 있는데 어떻게 된 겁니까?"

정확하게 알고 왔다. 어떤 기자는 총기 발포에 대해 집요하게 질문하고 있고, 또 어떤 기자는 3년 전의 해프닝에 대해 묻고 있다.

지금 이 순간 누군가 나를 노리고 있다는 생각밖에 들지 않았다.

"당신들, 지금 병실에서 뭐 하는 겁니까!"

조명득이 병실로 들어서면서 버럭 소리를 질렀다. 그리고 내 주위로 몰려든 기자들을 끌어내기 위해 안간힘을 썼다.

"대답을 회피하시는 겁니까?"

"정말 한국자동차에서 제네시스8000을 박동철 검사에게 제공한 겁니까? 그럼 벤츠는 누가 준 겁니까?"

3년 전에도 이 일 때문에 난리가 날지도 모른다는 생각을 잠시 한 적이 있는데 정말 이렇게 난리가 났다.

"왜 말씀을 못하십니까? 정말 재벌가에서 제공한 겁니까?"

기자들은 내가 지금 환자고, 입원해 있는데도 집요하게 질문했다. 심지어 조명득에게 끌려 나가면서도 끝까지 내게 답을 요구했다.

기자들을 다 몰아낸 조명득은 병실 문을 안에서 잠갔다. 그리고 조명득은 심각한 표정으로 나를 불렀다.

"동철아! 우짜냐? 누가 니 옷 벗기려고 노리는 것 같다."

"어쩌면!"

나도 그렇다는 생각이 들었다. 내 옷을 벗기기 위해서 언론을 움직이려는 놈이라면 절대로 단순하거나 평범한 존재가 아닐 것이다. 그렇다면 분명 돈도 있고 사회적인 지위도 있는 존재가 분명했다.

'옷을 벗기려고 작정하고 덤빈 것이면 내사과도 움직이겠지.'

"내가 네 알량한 검사복을 꼭 벗길 것이다!"

그때 조사실에서 차두환이 내게 한 말이 떠올랐다.

아니, 차두환은 절대 그러지 못할 것이다. 내가 겁을 줬고, 차두환은 내가 무슨 말을 하는지 정확하게 알아먹은 눈빛이었다.

'그럼 누굴까?'

고민스러운 순간이다.

"동철아, 확실하지는 않지만 중수부 내사과도 움직이는 것 같다."

이럴 줄 알았다. 내 생각이 맞아떨어지고 있다.

"중수부 내사과?"

"한수천 과장이 내사를 시작했다는 첩보다."

조명득은 청명회를 그 어느 곳보다 검찰청에 많이 심어놓았다. 정확하게 말하면 포섭해 놓은 사람들이 많다고 해야 할 것이다.

"그래? 어이가 없네."

"웃을 일이 아냐. 은희가 줬다고 대놓고 밝힐 수도 없잖아."

듣고 보니 그렇다. 대놓고 은희가 벤츠를 줬고, 내 스토커인 정소연이 제네시스를 줬다고 말할 수는 없는 노릇이다. 사실대로 벤츠를 준 사람이 은희라고 밝히면 연예인인 은희의 입장이 곤란해질수 있다는 생각이 들었다. 그리고 정소연이 내게 제네시스8000을 보냈다고 밝히면 더 이상한 방향으로 흐를 것이다.

"그러게… 은희는 아직 모르지?"

"알면 벌써 미국부터 난리가 났을 거다."

그리고 보니 은희는 미국 투어 공연 중이다. 시차도 나니 아직까지 뉴스를 보지 못했을 것이다. 그리고 만약 뉴스를 봤다면 은희는 자신의 칭호인 펑크의 여신으로 돌변해 공연을 취소하고 바로 귀국해서 폭탄 발언을 할지도 모른다는 생각이 들었다.

"그렇지. 일단 두고 보자. 누가 나를 노리는지 확인해야겠다. 그리고 공판도 준비하고."

아무리 생각해 봐도 나를 공격하는 놈들이 두선그룹이라는 생각이 들었다. 어떤 식으로든 나를 압박하면 내가 담당한 사건이 다른 검사로 배정될 것이고, 그럼 재벌한테 겁먹은 검사는 차시연에게 법정 최고형을 구형할 수 없을 테니까.

'그걸 노렸나?'

정말 망할 것들이다. 만약 두선그룹이 나를 노린 게 맞는다면 이제부터는 전면전이다.

'4.75퍼센트다. 이 망할 것들!'

두선이 나를 건드렸다면 뼈저리게 후회하게 만들 것이다.

철컥! 철컥!

─뭐야?

─안에서 잠겼습니다!

똑똑! 똑똑!

그때 병실 문을 누군가 노크했다.

"문 여십시오! 중수부 내사과입니다!"

조명득이 말한 것처럼 검찰 내사과가 움직였다. 나와 조명득이 예상한 그대로 누군가 나를 노리고 이번 일을 벌였다는 것이 확실해지는 순간이다.

*　　　　*　　　　*

"비, 비상입니다, 비상!"

이번 이슈로 인해 최은희가 소속된 연예기획사는 난리가 났다.

"이런 젠장!"

기획사 대표는 인상을 찡그렸다.

"아직 은희 씨는 모르는 것 같습니다."

"…아는 건 시간문제겠지."

"예, 지금 인터넷에도 난리가 났습니다. 온통 박동철 검사에 대한 보도뿐입니다!"

"으음……."

기획사 대표가 길게 한숨을 내쉬었다.

"미치겠네. 이래서 결혼을 발표하라고 그렇게 애원했는데……."

다른 기획사라면 어떻게든 소속 가수의 결혼 발표를 막으려고 했지만 은희의 기획사 대표는 어떻게든 은희에게 결혼 발표를 하라고 간청 아닌 간청을 했다.

"한동안 잠잠했는데 어떻게 하죠?"

"은희 씨 빌보드 차트, 아직도 1위지?"

"네, 13주째 1위 수성입니다."

"다음에 공연할 곳은?"

"다음 공연은 모레 LA 다저스 스타디움에서 열릴 예정입니다."

"…취소해."

"예?"

기획사 대표의 말에 기획사 직원이 놀란 표정을 지었다.

"은희 씨가 알면 바로 펑크야! 아, 입사한 지 얼마 안 돼서 모르지? 당장 취소해! 공연 펑크 내고 위약금 내는 것보다 공연 취소하는 게 손해가 더 적어."

3년 전까지만 해도 익숙한 일상이었다. 그리고 그런 익숙한 일을

3년 만에 당하니 이제는 놀랄 것도 없었다.

"…젠장! 또 한 200억은 날리겠네. 돈 벌어서 공연 취소 위약금만 물어줄 판이네."

물론 공연 취소 위약금을 물어줘도 은희가 벌어들이는 수익에 비한다면 하찮은 수준이었다. 누가 뭐라고 해도 지금 은희는 빌보드 차트 1위를 13주째 이어가고 있으니까. 그리고 그렇게 슈퍼스타의 자리를 7년이나 유지하고 있는 은희였다.

"우리 박 검사가 이렇게 또 사고 칠 줄 내가 알았다."

기획사 대표도 박동철을 우리 박 검사라고 말했다. 거의 9년 이상을 알고 지낸 사이이니 이젠 가족처럼 느껴지는 기획사 대표였다.

                    *   *   *

조명득이 말한 대로 인터넷에서도 역시 난리가 났다.

케이블 뉴스 방송보다 더 조작하기 쉬운 것이 인터넷일 것이다. 그리고 전 지검장과 두선그룹은 철저하게 인터넷 조작을 시작했다. 그래서인지 수많은 포털 사이트의 실시간 검색에는 온통 박동철 검사에 관련된 검색어로 도배가 됐다.

총질 검사 박동철
벤츠 검사 박동철
박동철 검사 총기 발포 동영상
벤츠, 제네시스8000 가격
한국자동차그룹

인터넷에선 이런 식으로 박동철에게 좋지 않은 뉴스와 검색어로 도배가 됐고, 실시간으로 인터넷을 확인하고 있던 전 지검장은 사악한 미소를 보였다.

"너, 내가 반드시 옷 벗긴다. 망할 새끼! 흐흐흐!"

전 지검장은 인터넷에 뜬 악성 뉴스를 클릭했다.

…중략…….

현직 검사가 누군가로부터 벤츠를 받았다면 그건 대가성 제공일 수밖에 없습니다.

─박동철이 진짜 벤츠 검사라고? ㄹㅇ?

─누가 준 거지? 벤츠를 줄 정도면 재벌 아닌가?

─제네시스8000도 줬다면서? 그거 다 받아 처먹고 아직도 검사질 하고 있는 건가?

─검사 봉급으로 그게 유지가 되나? 유지비도 받는 거 아냐?

대부분 인터넷 뉴스의 끝은 박동철에게 불리하게 마무리 됐다.

"댓글도 난리가 났겠지?"

대부분의 악성 댓글은 댓글 알바를 통해 조작된 것이었다. 하지만 여론이라는 것이 군중 심리가 강하기에 박동철 검사에게 안 좋은 방향으로 몰리고 있었다.

─검사는 벤츠 타면 안 되나?

—안 되는 건 아니지. 근데 일단 누가 줬는지부터 밝히고 까자.

—그런데 박동철 검사, 조폭도 잡고 군산에서 국위 선양도 한 그 검사 아닌가? 중국 주석이 박동철 검사한테 고맙다고 준 거 아닐까?

—그러고 보니 박동철 검사에게 경의를 표한다고 했지, 아마?

악성 댓글이 여론을 조작하기 위해 발악한다면 한곳에서는 박동철 검사를 지키기 위해 선플을 다느라 난리가 났다.

"뭐야? 이거 왜 이렇게 그 망할 놈 편드는 것들이 많아?"

댓글 알바를 써서 악플을 단 것에 비해 봐도 박동철을 옹호하는 댓글이 계속해서 나오고 있었고, 전 지검장은 그것을 보고 인상을 찡그렸다. 그리고 이제부터 본격적인 여론 조작이 시작됐다.

—제가 아는데, 박동철 검사는 뚜벅이입니다. 벤츠 타고 다니는 거 한 번도 본 적이 없습니다.

—뉘예, 뉘예, 검찰청 사람이십니까? 월급 받고 댓글 조작하는 데 시간 쓰지 마시고 일하세요.

—와ㅋㅋ 검찰청 직원이 댓글 다는 것은 또 처음 보네.

—하여튼 의혹이 있으니 철저하게 수사하자. 벤츠가 한두 푼 하는 것도 아니고 받았으면 뭔가 대가가 있겠지.

—한국자동차 그룹이 제공했다는 소문이 있음.

—님, 그러다가 허위 사실 유포로 고소당함.

—사실이면 안 당함. ㅇㅇ

—사실이라도 당함. 님, 이제 데꿀멍 준비해야 할듯.

—한국자동차 재벌 3세가 나중을 위해서 줬다는 소문이 있음.

음모론인데, 이번에 면세점 사업권을 결국 한국백화점이 차지했음. 그리고 면세점 사건을 수사한 검사가 박동철 검사고. 머리 나쁘신 분들은 이렇게까지 말해 드렸는데도 이해가 안 되시죠? ㅋㅋ

—하여튼 총질 검사에 벤츠 검사다. 그럼 옷 벗어야지.

—박동철 검사님 욕하지 맙시다. 박동철 검사님이 얼마나 훌륭한 검사님인지 모르는 분들은 아닥하시고.

—너, 박동철이냐?

—아니거든요?

—그럼 누군데?

—나는 추승호입니다. 군산에서 배 탑니다.

박동철을 아는 사람들이 박동철을 옹호하는 댓글을 달기 시작했다. 그렇게 박동철의 벤츠 제공 및 총기 발포 사건은 국민적인 관심사가 됐다.

"망할 새끼를 위하는 놈들이 왜 이렇게 많아?"

전 지검장은 인상을 찡그렸다.

*   *   *

"…평검사 하나가 몇 번이나 국민적 이슈를 만드는군요."

검찰총장이 고검장을 따로 불러 무거운 얼굴로 말을 시작했다.

"총기 발포야 정당방위로 몰고 가면 큰 문제는 없겠지만 과잉 진압은 분명한 것 같습니다."

검찰총장의 말에 박동철의 선배, 고검장이 인상을 찡그렸다.

"…이런 것을 사커킥이라고 하죠?"

검찰총장이 블랙박스에 찍힌 조명득의 용의자 체포 과정을 보고 인상을 찡그렸다. 박동철만큼 조명득의 과잉 진압에 대한 동영상도 뜨겁게 인터넷을 달구고 있었다. 물론 박동철 검사의 발포 동영상 때문에 이슈가 되지 못하고 있지만 말이다.

"…과잉 진압에 대해서는 부인할 수 없을 것 같습니다."

고검장도 어쩔 수 없이 동의할 수밖에 없었다.

"문제는 발포 동영상이 인터넷에 떴다는 겁니다."

"외람되지만 제 짧은 소견으로는 여론이 조작되고 있다는 느낌이 듭니다."

고검장의 말에 검찰총장이 고검장을 물끄러미 봤다.

"나도 그렇게 생각했습니다. 도대체 누굴까요? 어떤 개자식이 검찰을 엿 먹이려 드는 걸까요?"

놀라운 것은 박동철을 질책하려고 모인 자리가 아니라는 것이다. 제3자가 본다면 자기 식구 챙기는 것처럼 보일 수 있겠지만 검찰총장은 검찰의 수장답게 이번 사건의 팩트를 정확하게 보고 있었다.

"확인해 보도록 하겠습니다."

"…아닙니다. 검찰이 확인한다면 자기 식구 챙긴다고 다시 언론이 물고 늘어질 겁니다. 상황이 답답하네요. 그리고 시쳇말로 벤츠 제공 의혹은 빼도 박도 못할 것 같은데……."

사실 과잉 진압이나 총기 발포는 정당방위로 밀어붙이면 언론도 뭐라고 할 말이 없었다. 하지만 벤츠와 제네시스 제공에 대한 의혹은 박동철이 입을 다물면 다물수록 의혹만 증폭된다는 것을 검찰총장과 고검장은 잘 알고 있었다.

"…제가 아는 박동철은 뚜벅이입니다."

"아는 거 있습니까?"

검찰총장이 고검장을 뚫어지게 봤다.

"하지만 벤츠와 제네시스를 받은 것은 사실입니다."

"으음……."

고검장도 아는 일이다. 자신이 부장 검사일 때 검사 임관식이 있던 날 벤츠와 제네시스8000이 서울지검으로 도착했고, 1년이 넘게 주차장에 세워져 있다가 사라졌다.

"루머가 아니었군요."

"예, 하지만 박 검이 벤츠와 제네시스를 타고 다닌 적은 한 번도 없습니다."

"중요한 것은 벤츠와 제네시스를 제공받았다는 겁니다. 그리고 국민들이 알고 싶은 것은 누가 줬냐는 겁니다."

"내사가 진행되고 있으니 곧 밝혀질 겁니다."

"고검장도 누가 줬는지는 모르는 모양이군요. 열심히 하는 검사가 구설수에 올라 옷을 벗게 되면 국가적 손해입니다. 이번 사건이 잠잠해지면 여론 조작을 한 것들이 누군지 책임지고 밝혀내십시오."

"예, 총장님!"

"하여튼 박 검은 사람 놀라게 하는 재주는 타고난 것 같네요."

"예, 그런 것 같습니다."

*　　　　*　　　　*

"벤츠와 제네시스는 누가 제공한 겁니까?"

병실에 온 한수천이 단도직입적으로 내게 물었다.

'누가 지시했다.'

그리고 내게 질문을 던진 그 역시 내게 악의가 있는 것 같다.

"저에 대한 내사가 진행되는 겁니까?"

"벤츠와 제네시스 때문에 검찰의 공정성이 지금 바닥까지 떨어졌네. 누가 제공한 건가?"

"3년 전 일입니다."

"3년 전부터 스폰을 받았다는 건가?"

나를 스폰을 받는 검사로 몰고 있다.

"저는 그런 검사가 아닙니다. 돈이 목적이었으면 검사를 못한다는 것을 선배님도 잘 아시지 않습니까?"

"그럴 수도 있지. 하지만 벤츠와 제네시스를 제공받았다는 것은 사실 아닌가? 그것도 루머인가?"

"제공 받은 사실을 아시지 않습니까?"

그 정도도 모르고 왔을 턱이 없다.

"그러니까 누가 줬는지 밝히면 될 것 같은데. 그리고 나오고 있는 이야기와 다르다면 아무 문제가 없을 것 같은데, 정말 한국자동차그룹에서 제공한 벤츠와 저네시스인가?"

"그쪽으로 몰고 싶은 겁니까?"

"박동철 검사, 지금 자네는 검찰 내사과 수사를 받고 있는 거라네. 무슨 말인지 알겠나? 그러니 묻는 질문에만 답하면 되네. 누가 제공한 건가?"

"저는 드릴 말씀이 없습니다."

"지금 피의자처럼 묵비권이라도 행사하겠다는 건가?"

"지금 피의자라고 하셨습니까?"

"아닌가?"

"누구의 지시입니까? 저를 내사하라고 지시한 사람이 누구입니까?"

"당연히 총장님이시지. 내사과는 총장님의 지시를 받고 움직인다는 것을 모르지 않을 텐데?"

분명 내가 총장님에게 전화를 못할 거라고 판단해서 저렇게 말하는 것이다. 검찰 직위표에 의하면 한수천이 말하는 것이 옳다. 검찰 중수부 내사과는 검찰총장의 지휘 아래 움직이니까. 하지만 고작 평검사 하나를 내사하는 데 중수부 내사과에서까지 나와서 조사할 일은 거의 없었다.

"제가 전화를 드려도 되겠습니까?"

"왜, 총장님께서 학연으로 이번 일을 무마시켜 줄 것 같나? 그리고 평검사가 전화할 정도로 그 학연이 끈끈한가?"

"그런 의미로 말씀드린 것이 아닙니다."

"나는 그런 의미로 들리는데. 다시 묻지, 누군가? 벤츠와 제네시스를 누가 자네에게 제공했나?"

"선물받은 겁니다. 그리고 그 차들을 한 번도 탄 적이 없습니다."

"선물로 받았다? 누가 그 고가의 차를 선물로 제공했지?"

"지금은 말씀을 드릴 수가 없습니다."

"아니, 지금 뭐 하시는 겁니까!"

그때 내가 언제 퇴원해도 되겠냐고 물었을 때 퇴원할 수 없다고 한 의사가 병실로 들어와서 한수천에게 말했다.

"밖에서 기다리십시오. 검찰 수사 중입니다."

"여기는 검찰청이 아니고 병원입니다! 그리고 저기 누워 있는 환자는 제 환자입니다. 그러니 밖에서 나가실 분은 그쪽인 것 같은데요."

"뭐라고요?"

"영장 있습니까?"

의사가 검사에게 영장이 있느냐고 묻자 한수천은 어이가 없다는 표정으로 봤다.

"지금 검사한테 영장 운운하는 겁니까?"

"그럼 검사한테 영장을 운운하지, 누구한테 말합니까? 저기 있는 환자에게 합니까, 아니면 간호사한테 할까요? 당장 나가십시오. 환자가 겉으론 멀쩡해 보여도 부상이 심각한 상황입니다."

"뭐라고요?"

"수사는 회복 후에 진행되어도 될 것 같은데요. 이 환자는 칼에 찔려 입원한 환자입니다. 뉴스에서는 매번 검찰이 자기 식구 챙긴 다고 난리던데 꼭 그런 것만은 아닌 모양입니다."

의사의 말에 한수천이 인상을 찡그렸다.

"괜찮습니다, 의사 선생님!"

내가 괜찮다고 말하자 의사가 나를 봤다.

"의사인 내가 안 괜찮습니다! 그러다가 상처가 벌어지거나 악화 되면 심각해집니다. 얼핏 들으니 벤츠와 제네시스를 받은 것 때문 에 수사를 하는 것 같은데, 그거 지금 당장 밝혀야 합니까?"

의사의 말에 한수천이 뭐 저런 의사가 있느냐는 눈빛으로 의사 를 보더니 자리에서 일어났다.

"박동철 검사! 바로 밝히지 않으면 의혹만 증폭될 것이야! 누가 제공한 건가?"

"지금은 말씀드릴 수가 없습니다."

"그럼 언제 밝히겠다는 건데?"

"며칠 안으로 밝히겠습니다."

내 말에 한수천이 나를 보며 피식 웃었다.

"그리고 저한테 이렇게까지 하신 이유도 밝혀내고 싶네요."

"뭐?"

한수천이 나를 노려봤다.

"아, 마음이 그렇다는 겁니다."

"이 사람이 정말!"

"아이고, 갑자기 너무 아프네요. 나가주십시오."

이건 대놓고 검찰청 내사에 불응하겠다는 의미처럼 느껴질 것이다. 하지만 이 순간 한수천이 누군가의 사주를 받고 나를 내사한다는 생각을 떨칠 수가 없었다. 지검장까지 하시던 분이 일개 평검사를 수사하기 위해 여기까지 왔다. 분명 중수부 내수과에도 평검사가 있을 텐데 평검사가 아닌 그가 온 게 수상했다.

"그리고 중수부 내사과는 평검사가 없나 봅니다. 이렇게 직접 오시고 말입니다."

"정말 내사과 수사에 불응하겠다는 거야?"

"불응이라뇨? 분명히 제가 며칠 후에 밝히겠다고 말씀드렸습니다. 저도 저 나름의 사정이 있습니다."

"…그럼 할 수 없지. 수사 불응으로 보고할 수밖에."

"마음대로 하십시오."

"그러다가 자네, 옷 벗는 수가 있어."

"제 옷 벗기시려고 그러시는 거 아니었습니까?"

딩동~

그때 문자 메시지가 왔고, 나는 핸드폰을 확인했다.

[전 지검장과 한수천이 상당한 친분이 있어.]

조명득의 문자다. 한수천이 병실에 있는 조명득에게 자리를 피해 달라고 말했다. 그리고 밖으로 나간 조명득이 한수천에 대해 알아 보고 내게 문자를 보낸 것이다. 전 지검장이면 더욱 어이가 없었다.

[전 지검장이 이번에 차시연 사건 담당 변호사가 됨.]

또 한 번의 문자가 왔고, 문자를 보고 지그시 입술을 깨물었다.

"공정한 수사를 하는 거네."

"어떤 공정함을 위해서입니까? 전 지검장님과 친분이 상당하신 걸로 아는데, 저번 일 때문입니까?"

내 말에 한수천의 표정이 굳었다.

"이 사람이 정말! 못하는 소리가 없군."

"지금 이거 정식적으로 이뤄지는 내사가 아니죠? 정식적인 내사 진행이 되었으면 좋겠습니다."

내사에 정식적인 것은 없다. 말 그대로 내사라는 것은 혐의가 있 는 검사나 검찰 관계자들을 조사하기 위해 사전에 조사하는 것이 니까. 하지만 아무리 생각해도 청탁을 받고 수사에 착수한 것 같다. 그리고 저들의 목적은 내가 차시연의 공판에 빠지게 만드는 것이고.

"그게 무슨 망발인가! 아주 눈에 보이는 것이 없군!"

한수천이 나를 잠시 노려보다가 돌아섰다.

"죄가 없으면 겁날 것도 없습니다."

내 말에 한수천이 부르르 몸을 떨고 밖으로 나갔고, 한수천이 밖 으로 나가자마자 조명득이 병실 안으로 들어왔다.

"뭐래?"

"나중에 이야기하자."

나는 조명득에게 말하고 의사를 봤다.

"의사 선생님, 고맙습니다."

"…고마워할 필요 없습니다. 여기는 병원이고, 전 의사입니다. 당연히 할 일을 한 것뿐입니다."

"그래서 말인데요. 저, 퇴원하면 안 될까요?"

내 말에 지금까지 무슨 소리를 들었냐는 눈빛으로 의사가 쳐다봤다.

"환자분께서는 오늘 입원했습니다. 그리고 자상이 3센티미터 이상이고요. 괜찮아 보이지만 절대 괜찮지 않습니다."

"…제가 꼭 담당해야 할 사건이 있습니다."

차시연 공판이 이틀 후다.

"절대 안 됩니다."

"그럼 죄송합니다. 저는 퇴원해야겠습니다."

나는 바로 팔에 박힌 링거 바늘을 뺐다.

"아니, 이 사람이 정말!"

"…죄송합니다. 꼭 제가 마무리를 지어야 할 사건이 있습니다."

"…참 나, 그럼 소독이나 제대로 하고 가십시오. 그 대신에 통원치료는 꼭 하셔야 합니다."

"예, 알겠습니다."

"쯧쯧쯧! 일중독이라니까."

의사가 나를 보며 혀를 찼다.

차시연은 구치소 특별 접견실에 앉아 인상을 찡그렸다. 그리고 이제 변호사가 된 전 지검장이 담담한 표정으로 차시연을 보고 있다.

"담당 검사가 바뀔 겁니다."

"그게 중요한가요?"

"검사가 바뀌면 형량이 달라지죠. 그리고 아가씨를 이렇게 궁지로 몬 검사를 제가 책임지고 옷을 벗기겠습니다."

전 지검장의 말에 차시연이 살짝 인상을 찡그렸다.

"나는 그 검사가 옷을 벗고 말고는 상관이 없어요. 어떻게든 빨리 좀 여기서 나가게 해주세요."

"저는 상관있습니다. 그리고 곧 나가실 수 있을 겁니다."

"거, 검사님! 어떻게 오셨어요?"

차 사무관이 놀란 눈으로 검사실로 들어서는 나를 불렀다.

"차 타고 왔죠."

내 농담에 차 사무관이 어이가 없다는 표정으로 나를 보다가 괜찮으냐고 물었다.

"차시연 씨 공판 자료들 주세요. 마지막으로 확인하게."

"부장 검사님께서 다른 분이 담당하신다고 사건 서류 넘기라고 하셔서 챙기고 있던 중입니다."

"아뇨, 그 사건, 제가 마무리할 겁니다."

놈들의 목적이 차시연 공판에서 나를 배제시키는 것이라면 실수한 거다. 그리고 내 검사복을 벗기려고 공작을 한 거라면 더 큰 실수를 한 것이고.

"부장님께서……."

"제가 알아서 하겠습니다. 주시지요."

그제야 차 사무관이 다른 부서로 넘기려고 준비한 차시연 사건 증거 자료들을 가지고 왔고, 나는 사건 증거들을 마지막으로 확인하고 천천히 자리에서 일어나 부장님께 갔다.

"…니가 하겠다고? 몸도 그런데 왜 하겠다는 건데?"

"좀 이상하잖습니까?"

"뭐가 이상한데?"

"지금 와서 3년 전의 일로 난리 블루스를 추고 있습니다."

"벤츠랑 제네시스 말하는 거군."

"그렇습니다. 제 짧은 생각으로는 두선그룹의 사주를 받은 전 지검장이 제 옷을 벗기고 싶은 모양입니다."

"증거 있어? 그리고 그래서?"

마음 같아서는 역관광이라도 해주고 싶다. 하지만 증거가 없다. 이런 일일수록 증거가 없다. 하지만 증거가 없다고 해도 치명타는 날릴 수 있다. 그리고 그 치명타가 증거가 될 수도 있었다.

"그들의 1차 목적은 제가 사건에서 배제되는 것입니다. 검사가 바뀌면 형량도 달라지니까요."

"그래서?"

"제가 마무리하고 싶습니다."

"그 사건 마무리하고 싶으면 누가 벤츠를 줬는지 밝히면 되잖아."

"밝혀도 되는지 물어보고 곧 밝히겠습니다."

"누가 줬는데?"

부장 검사가 궁금한 눈빛으로 나를 봤다.

"결혼할 사람이 줬습니다."

최은희가 줬다고 말하면 기절할 것 같다. 아마 대한민국이 다시 한 번 뒤집히고 말 것이다.

"혹시 결혼할 사람이 한국자동차 정소연은 아니겠지?"

정소연이 제네시스8000을 준 것을 알게 되면 면세점 사업권 획득과 겹쳐져서 일이 묘하게 돌아갈 것이다. 그러니 제네시스8000 건에 대해서는 끝까지 함구해야 한다.

"다른 사람입니다."

"돈도 많군. 알았어. 배는 괜찮아?"

"아파 죽겠습니다."

"형량은 어떻게 구형할 건데?"

"풀 배팅입니다."

내 말에 부장 검사님이 예상했다는 듯 인상을 찡그렸다.

"…이거 또 상고까지 가겠군."

"끝까지 갈 겁니다. 저도 당하고는 못 사는 성격이거든요."

이제부터 반격이다.

제9장
아니, 내가 내 남자한테 줬는데 왜?

최은희가 탄 전용기가 인천국제공항 활주로에 내려섰다.

기획사 대표는 입국장에서 최은희가 입국하기를 기다리고 있었다. 대한민국 연예인 중에서 전용기가 있는 연예인은 최은희뿐이었고, 최은희의 전용기가 활주로에 내려서는 것을 본 기획사 대표는 입국 심사를 하는 곳으로 향했다. 최은희의 요청으로 생방송을 잡은 기획사 대표였다. 하지만 상황이 상황인지라 기획사 대표가 어떤 생방송을 잡았는지도 모를 정도로 다급하게 움직이고 있었다.

"예, 아침이 좋다 3부입니다."

그 말에 기획사 대표는 어이가 없다는 표정을 지어 보였다.

"야! 아무리 그래도 어떻게 그걸 잡을 수 있냐?"

기획사 대표가 짜증난다는 표정을 지으며 기획사 직원을 째려봤다.

"가장 빠른 것으로 잡으라고 하셔서……."

"그건 한물간 연예인들이 집 구경 시켜주고 공짜로 집 리모델링하는 방송이잖아!"

"…죄송합니다."

"에휴, 뭐 어쩌겠냐? 최대한 빠른 걸로 잡으라고 했으니까."

"예, 그리고 두 시간 남았습니다. KSB에서 기획사 신인들 제대로 한번 밀어주겠다며 예능국 국장이 고맙다고 대표님께 꼭 전해 달라고 하셨습니다. 나중에 따로 한번 인사드린답니다."

"…그렇지, KSB 입장에서는 완전 땡잡은 거지."

세계적인 스타인 최은희의 대한민국 지상파 출연이 6년 만이다. 빌보드 차트 1위를 한 후 최은희는 방송 출현을 자제했다. 신비주의 콘셉트를 잡은 건 아니지만 국제적으로 활동하다 보니 방송에 출연할 시간이 없었다. 그리고 외국 유명 배우나 가수 인터뷰를 하기 위해 미국으로 날아가는 경우도 많았고, 그때 주어지는 시간은 거의 5분 정도였다. 물론 펑크 나는 경우도 많았다. 그런데 현재 전 세계에서 가장 핫 하고 유명한 가수가 한 시간짜리 방송에 출연해주겠다고 했으니 땡이 아니라 38광땡을 잡은 것이나 다름없었다.

"오늘 아침이 좋다 팀은 정말 좋겠네."

"자체 예상으로 시청률 최고치를 기다하고 있습니다."

"그거 최고치 안 나오면 은희 씨가 쪽팔리는 거지."

"그리고 KSB 로비 앞에서 기자회견 준비시켰습니다."

"아주 대한민국이 뒤집어지겠네. 쩝!"

그때 최은희는 청바지와 니트, 그리고 선글라스를 끼고 공항 입국장을 빠져나오고 있었다.

"난리가 났다면서요? 자세히 설명해 봐요."

연예기획사 대표를 발견한 최은희가 후다닥 뛰어와서 물었다. 저렇게 뛰어오는 모습을 보니 급하기는 급한 모양이다.

"인터넷이 온통 벤츠 검사 이야기뿐이야."

"내 남자한테 내가 준 건데 왜 그런대요?"

"그걸 박 검이 안 밝혔거든."

"그러니까 빙시죠. 그냥 내가 줬다고 말하면 될 것을……."

여전히 은희는 씩씩거리고 있었다. 기획사 대표에게 벤츠 검사라고 난리가 났다고 들었다. 그리고 벤츠를 재벌에게서 제공받은 검사라는 질타를 받고 있다고 들었다. 자기 남자가 다른 사람들에게 이유도 없이 욕을 먹는 것이 죽기보다 싫은 최은희였기에 이렇게 분노하고 있는 것이다.

"그리고 박 검이 좀 다쳤어. 범죄자 검거 중에 칼에 찔렸대."

"뭐라고요? 어떤 개새끼가 우리 동철이를 찔렀어요!"

순간 최은희의 표정이 굳으며 버럭 소리를 지르자 최은희를 알아본 사람들이 하나둘 모여들기 시작했다.

"저기… 최은희 씨죠?"

"어? 최은희다! 사인 좀 해주세요!"

"죄송합니다. 제가 바빠서요."

최은희는 지금까지 자신에게 사인을 요구하는 팬들을 한 번도 무시한 적이 없었다. 그리고 사인을 해주다가 공연이 늦어진 일도 많았고, 최은희의 팬들은 최은희가 늦어지면 또 어디선가 잡혀서 사인을 해주고 있다고 생각했다. 그만큼 최은희에게 너그러운 팬들이고, 너그러운 이유는 최은희의 노래 실력 때문이었다.

"많이 다쳤어요?"

최은희는 모여드는 팬들을 신경 쓰지 않고 물었지만 기획사 대표는 신경이 쓰였다.

"…칼에 찔렸대."

"찌른 새끼한테 내가 죽여 버린다고 하세요."

"…죽었어. 걔가 총으로 쐈거든."

사람들이 모여들기에 차마 박동철 검사라고 못하고 걔라고 말하는 기획사 대표였다.

"…알았어요. 심하게 다친 건 아니죠?"

"많이는 안 다친 것 같아."

사실 인터넷을 보면 알 수 있는 일이지만 최은희는 기획사 대표의 연락을 받고 바로 LA에서 비행기를 타고 날아왔다. 공연으로 쌓인 피로 때문에 전용기 안에서는 잠을 자느라 거기까지는 알지 못하고 온 최은희였다. 최은희는 곧바로 자신의 코디에게 전화를 달라고 했고, 전화를 받아 든 최은희는 바로 박동철에게 전화를 걸었다.

"그러지 말고 차에 가서 전화하지?"

기획사 대표는 최은희를 말렸지만 무시로 일관했다.

따르릉~ 따르릉~ 딸칵!

"야, 이 꼴통아! 다쳤으면 전화를 해야 할 거 아니야!"

─인터넷에 난리가 났는데 그걸 이제야 알았어?

박동철은 최은희의 분노에 찬 고함에 아무렇지도 않다는 듯 대답했다.

"내가 네 이야기를 인터넷으로 봐야 해? 네가 무슨 연예인이야? 자꾸 인터넷에 뜨게! 그건 그렇고, 얼마나 다친 거야? 괜찮아?"

그 말에 박동철이 기어들어 가는 목소리로 말했다.

―응, 괜찮아. 아주 조금 다쳤어.

"너, 조금 이따가 보자."

―…어딘데?

"인천 공항!"

―알았어. 그리고 나, 지금 재판 들어가거든? 나중에 전화할게.

뚝!

박동철은 할 말만 하고는 바로 전화를 끊었고, 최은희는 여전히 걱정되는지 인상을 찡그렸다.

"…이 인간, 옷 벗겨야겠네. 걱정돼서 노래를 부를 수가 없잖아요. 뭐 좋다고 위험한 검사를 하는지 모르겠어요."

걱정돼서 노래를 못하겠다는 말에 기획사 대표는 자신도 모르게 인상을 찡그렸다. 그도 그럴 것이, 자신의 회사가 최은희 하나만으로 주가는 50,000원 이상 상승해 있기에 기획사 대표가 가진 주식 가치만 3,000억이 넘었다. 물론 최은희도 기획사의 주식을 가지고 있기에 2,000억 정도의 주식 부자에 등록되어 있지만 최은희가 가지고 있는 주식 중에 기획사 주식은 일부분에 불과했다.

"그러니까 이번 참에……!"

"대표님, 1시간 30분 남았습니다."

기획사 대표의 비서가 생방송까지 남은 시간을 알려줬다.

"가요. 생방송 펑크 내면 안 되잖아요."

세계적인 공연도 심심하면 펑크 내던 최은희가 생방송 펑크 내면 안 된다고 말하니 어이가 없는 기획사 대표였다.

"그리고 저분들, 이름하고 주소 다 적어요. 그리고 제가 자택으로 사인이랑 CD 보내드린다고 하세요."

"예, 알겠습니다."

최은희가 자신의 매니저 중 막내 매니저에게 말했다. 이 상황에서도 자신의 팬을 챙기는 최은희였다.

"가요, 어서!"

"패딩이라도 좀 가지고 와. 밖에 엄청 추워."

"하나도 안 추워요. 열불이 나서요."

최은희는 다시 씩씩거리며 공항 밖으로 급하게 걸어 나갔고, 최은희를 본 사람들은 너 나 할 것 없이 최은희를 찍느라 정신이 없었다. 하지만 최은희는 그런 것은 안중에도 없다는 듯 급하게 공항을 빠져나갔다.

"뭔데?"

"…은희가 왔단다. 공연을 취소한 것 같아. 하여튼 다쳤다고 성질 내고 난리도 아니란다."

"…너, 오늘 죽겠네."

"…그렇지, 뭐. 쩝! 그건 그렇고 확인해 보라는 것은 확인했어?"

"당근이지요. 세상에서 제일 강하고 똑똑한 것이 돈이라는 네 말이 맞네."

조명득이 의미심장한 미소를 지었다. 혹시나 해서 케이블 뉴스 앵커와 기자들에게 접근해 보라고 했다. 그리고 인터넷 뉴스를 올린 기자들도 만나라고 했다. 그 결과는 내 예상대로였다. 물론 인터넷 뉴스 기자들은 정확하게 누구에게 돈을 받고 일하는지는 모를 것이다. 하지만 케이블 방송은 다르다. 대가가 클 수밖에 없고, 누구의 지시인지 알 수 있다.

"하겠대?"

"풀 배팅을 했는데 안 하면 병신이지. 평생 먹고도 남을 돈이잖아."

두선그룹에 매수된 케이블 방송 뉴스 진행 앵커와 케이블 방송 보도국 국장에게 거래를 해보라고 말했다. 물론 그들을 움직이게 만드는 것은 돈이다. 하지만 조명득은 인상을 찡그렸다. 왜 그 많은 돈을 써야 하는지 모르겠다는 표정처럼 보였다.

"그럼 바로 준비해. 재판 끝나고 바로 역습이다."

월요일 오후 대한민국에는 폭탄이 터질 것이고, 그 폭탄을 안고 무너질 것들은 두선그룹과 전 지검장이 될 것이다. 물론 나를 압박하고 엿 먹이려는 증거는 마땅히 없다. 하지만 증거는 만들면 그만이고, 그게 두선그룹과 전 지검장을 압박하는 증거가 될 것이다.

"돈이 곧 양심이지."

조명득이 씩 웃었고, 나는 서류를 챙겨 재판장으로 향했다. 오늘은 바로 차시연의 첫 공판이 있는 날이다. 증거는 확실하고 가담자인 장미란의 진술도 완벽했다. 그러니 있는 대로 차시연에게 폴로 때릴 생각이다.

"배는 괜찮아?"

"아프다. 그래서 절대 그냥 안 둘 생각이다."

"두선그룹, 정말 사람 잘못 건드린 거지."

*　　　　　*　　　　　*

"뭐? 검사가 교체되지 않았다고!"

차선명 회장이 인상을 찡그리며 보고한 비서실장에게 되물었다.

"예, 박동철 검사가 퇴원해서 공판장으로 나온답니다."

"끝장을 보겠다는 거군."

그때 문이 열렸고, 차두환이 차선명의 눈치를 보며 들어왔다.

"너는 내가 꼴 보기 싫다고 말했을 건데?"

차선명이 버럭 소리를 질렀다.

"…죄송합니다, 아버님! 하지만 드릴 말씀이 있어서……."

"듣기 싫다!"

"아셔야 할 것 같습니다. 박동철 검사, 그냥 두시는 것이 좋을 것 같습니다."

"뭐? 그냥 둬? 내게 이빨을 보인 놈을? 그 망할 것 때문에 그룹 이미지가 실추해 손해가 얼만데 그냥 두라고? 너는 네 딸이 구치소에 들어가 있는 이 상황에서 배알도 없어?"

"…죄송합니다."

"후우, 그래, 좋다. 왜? 무슨 이유로?"

"정확하게는 말씀드릴 수는 없지만 감이 안 좋습니다."

"감? 이게 정말!"

차선명 회장이 자신의 앞에 놓인 명패를 집어 들자 차두환이 몸을 움츠렸다. 하지만 차선명 회장은 그대로 명패를 앞에 내려놓았다. 그리고 분노를 삭이듯 심호흡을 한 번 하더니 입을 열었다.

"꼴도 보기 싫으니까 썩 멕시코로 꺼져!"

이미 폭력 사건의 합의는 끝났고, 출국 금지도 풀렸다.

"아버님! 절대 박동철을 건드리지 마십시오. 그자는 위험합니다!"

"어서 내 방에서 나가 당장 멕시코 지사로 가!"

"예, 아버님. 하지만 제가 드린 말씀은 꼭 기억하십시오."

"배알도 없는 놈! 나는 당하고는 못 살아!"

차선명이 버럭 소리를 질렀다. 그리고 차선명은 회복할 수 없는 큰 실수를 저질렀다는 것을 짐작도 못하고 있었다.

*   *   *

최은희는 어디론가 전화를 걸고 있었다.

"벤츠는 내가 알아서 할 건데, 제네시스는 어떻게 할 거야?"

놀랍게도 최은희는 정소연에게 전화를 걸고 있었다. 더 놀라운 사실은 정소연은 한국자동차그룹 회장실에 끌려 와 있었다.

"방법 없지? 내가 다 알아서 할 테니까 이제는 신경 좀 끄라고 전화했어."

ㅡ다, 다 알아서 한다고?

정소연이 놀란 목소리로 물었다.

"내 남자는 내가 지켜야지."

ㅡ아직 경기 안 끝났거든······.

하지만 말의 내용과는 다르게 정소연은 말꼬리를 흐렸다.

"이제 루즈 타임도 끝났어. 그러니까 신경 꺼!"

최은희는 전화를 끊었다.

최은희가 전화를 끊자 정소연이 인상을 찡그리다가 자신을 째려 보고 있는 그룹 회장과 부회장의 눈치를 봤다.

"누구냐?"

"최은희라고 벤츠를 준 가수예요······."

아니, 내가 내 남자한테 줬는데 왜? 279

"…설마 최은희가 그 최은희는 아니겠지?"

그룹 회장이 놀란 표정으로 물었다.

"맞아요. 그 최은희."

"그건 그렇고, 이제는 어떻게 할 거냐? 이번 일이 밝혀지면 의도하지도 않은 일 때문에 괜히 그룹 이미지만 나빠진다. 어부지리로 얻은 면세점 사업권이 공작에 의해서 획득한 것이 된단 말이다."

"그런 부탁 한 적 없어요. 부탁한다고 들어줄 사람도 아니고."

"이번 일은 네가 실수한 거다. 그리고 정리해."

한국자동차그룹 회장의 정리하라는 말에 정소연의 표정이 어두워졌다.

"내가 생각해 보니 게임이 안 될 것 같다. 다른 사람이라면 모르겠는데, 최은희라면 네가 상대가 안 된다."

그만큼 최은희는 다른 스타들과 달랐다. 자동차 100만 대 정도를 팔아야 최은희의 수입과 맞먹는 정도이다.

"…하지만 할아버지, 증조할아버지께서 말씀하셨잖아요. 좌절은 있어도 실패는 없다고."

"허허허! 우리 손녀가 푹 빠진 모양이구나."

"네, 꼭 갖고 싶어요. 박동철!"

"물건이면 사주겠는데 사람은 물건이 아니잖니. 포기할 줄도 알아야 한다."

"끝날 때까지 끝난 것이 아니라고도 하셨어요. 그래요, 저는 아직 안 끝났어요."

포기를 모르는 정소연이었다.

"부회장, 이번 일은 잘 마무리되어야 하네. 그룹 이미지도 중요하지만 괜한 해프닝에 우리 손녀가 좋아하는 박동철 검사가 치명타를 입으면 안 되지."

부회장이 회장의 눈치를 보며 말했다.

"…그래서 말입니다. 이번 주 금요일에 기자회견을 잡았습니다."

"그래서?"

"제네시스를 제공한 사람이 저라고 발표할 생각입니다."

부회장의 반응에 묘한 표정을 지어 보이는 그룹 회장이다.

"벤츠, 제네시스 검사가 인터넷에 뜨면서 제네시스8000의 판매량이 급상승했습니다."

"몇 퍼센트나?"

"50퍼센트 이상 상승했습니다."

"광고적인 측면으로 이용하자는 건가?"

"…딸 가진 아비의 마음입니다."

부회장이 솔직하게 말했다.

"부녀가 똑같군."

"저 역시 할아버지께서 하신 말씀이 좌우명입니다."

"허허허! 노이즈 마케팅이든 뭐든 부회장 알아서 하게. 뭐 죄를 지은 것도 아니니까."

놀라운 순간이다. 하지만 기자회견을 할 기회는 없을 것이다. 이미 최은희가 빠르게 움직이고 있으니까.

*   *   *

"놀라시지 마십시오. 오늘 초대 손님은 세계를 흥분시키고 있는 분입니다!"

놀라지 말라고 말한 MC도 사뭇 흥분한 표정을 숨기지 못했다. 연예인들의 연예인이라고 하면 딱 맞는 표현일 것이다.

"그 손님은 바로 최은희 씨입니다!"

MC가 최은희를 호명하는 순간 아침이 좋다 촬영장으로 최은희가 공항에서의 차림 그대로 모습을 나타났다. 이런 상황이면 모두 박수를 치고 환호를 해야 하는데 방청객들도 진짜 최은희의 모습을 보고 넋이 나가 멍해져 있었다. 그리고 박수를 치라고 신호를 보내야 하는 PD도 넋이 나가 아무 말도 하지 못했다.

"어… 정말 최은희 씨 맞죠?"

MC가 확인을 하듯 말했다. 직접 보고도 못 믿겠다는 반응이다. 세계적인 스타가 자기 프로에 나왔으니 당연한 반응이었다.

"어? 분위기가 왜 이래?"

촬영장 밖에는 놀랍게도 KSB 방송국 사장도 와 있었는데, 예능국 국장이 방송사 사장을 수행하고 있었다.

"…넋이 나간 것 같습니다."

"그러네. 진짜 최은희네… 강 대표, 정말 고맙소."

방송국 사장이 기획사 대표에게 고맙다고 말했다.

"저희가 감사하죠. 갑자기 생방송 요청을 드렸는데 방송을 잡아 주시고."

"최은희 씨가 요청을 했는데 안 잡으면 그게 병신이지. 그런데 왜?"

이유 없는 행동은 없다는 것을 잘 아는 방송국 사장이다.

"오늘 아침이 좋다에서 중대 발표를 할 겁니다."

"그래? 그건 그렇고, 지금 시청률 얼마야?"

"아직 집계가 되지 않았습니다."

방송국 사장은 곧바로 시청률을 알아보라고 했고, 방송 관계자 하나가 어디론가 뛰어갔다.

"정말 눈으로 보고도 믿기지 않습니다! 최은희 씨가 아침이 좋다에 출현해 주실 줄은 누구도 몰랐을 겁니다."

"제가 뭐 대단하다고. 호호호!"

"아닙니다. 오늘도 빌보드 차트 1위시죠? 연속 13주 1위 하시는 걸로 알고 있습니다. 그런데 미국 생활은 어떻습니까?"

"한국보다는 못하죠. 음식도 안 맞고."

"그렇죠! 하하하! 그런데 중대 발표를 하신다고요?"

중대 발표를 할 거라고 스케치북에 써서 보였기에 MC가 최은희에게 물었다.

"예, 중대 발표가 있어요."

"최은희 씨가 중대 발표라고 하시니 긴장되네요. 뭐죠?"

MC의 물음에 최은희가 MC를 빤히 봤다.

"선배님은 벤츠 검사를 어떻게 생각하세요?"

"예?"

MC가 놀라 최은희에게 되물었다. 최은희가 자신을 선배님이라고 불러준 것 때문에 한 번 놀랐고, 프로그램 성격과 맞지 않는 벤츠 검사 이야기가 나와서 또 놀라는 MC였다.

"벤츠 검사에 관한 이야기라서요. 어떻게 생각하세요?"

"저는… 생각을 안 해봤습니다만. 하하하!"

뭐라고 대답해야 할지 몰라서 웃어넘기는 MC였다.

"대한민국 검사가 누군가로부터 벤츠와 제네시스를 받았다면 문

제가 있는 거겠죠. 그런데 그 벤츠와 제네시스를 검사에게 준 사람이 결혼할 여자라면 달라지죠."

최은희의 말에 MC가 놀라 눈동자가 커졌고, 이 방송을 지켜보고 있던 방송국 사장과 예능국 국장도 놀라 눈이 커졌다.

"지, 지금 최은희 씨, 무슨 소리를 하는 거지?"

"호, 혹시 결혼 발표 하는 겁니까?"

예능국 국장이 강 대표에게 물었다.

"…아마 그럴 겁니다."

"이거 해외토픽감이군. 전 세계가 난리가 나겠어."

연계 기획사 대표는 씁쓸한 표정을 지었지만 그의 표정에는 시원섭섭함도 담겨 있었다.

KSB 방송국 로비 앞에선 진풍경이 펼쳐지고 있었다.

대한민국 4대 방송사가 모두 모였다. 그뿐만이 아니라 각종 케이블 방송국 취재진과 신문사 기자, 눈치 빠른 뉴욕 타임지 한국 지사의 취재진까지 몰려와 있었다.

"여기지?"

"예, 여기서 최은희 씨가 기자회견을 한다고 했습니다."

"그런데 왜 하필 KSB야?"

SCS방송국 보도국장이 직접 와서 짜증스럽게 말했다.

"저희에게도 연락왔었는데, 생방송이 없다는 말에 끊었답니다."

"…뭐? 미친 거 아냐? 만들어서라도 잡았어야지!"

"그러게 말입니다. 장난 전화인 줄 알았답니다. 최은희 씨는 미국 공연 중이었잖습니까."

"…사장님이 알면 시말서 폭풍이 불겠네."

"하아… 그러게 말입니다."

"좀 비켜주십시오! 같이 취재해야죠!"

KSB 방송국 로비는 인산인해라는 표현이 딱 맞았다. 수백 명이 넘는 취재진이 최은희의 생방송이 끝나기를 기다리고 있었다.

"그 벤츠와 제네시스, 3년 전에 제가 줬습니다. 제공자가 접니다. 박동철과 저는 고등학교 때부터 사귀어서 사귄 지는 10년이 넘었고, 이젠 결혼할 사이거든요."

"정, 정말이십니까?"

"제가 왜 거짓말을 해요?"

최은희가 똑 부러지게 말하며 카메라를 보자 카메라가 최은희의 얼굴을 크게 잡았다.

"결국 아무 일도 아닌데 일이 커진 것 같네요."

"그렇죠. 사랑하는 사람이 선물로 준 거면 아무 일도 아니죠."

"예, 검사 임용 축하하는 의미에서 보냈는데, 지금 생각해 보니 검사가 그래도 박봉인데, 제가 생각을 잘못한 것 같네요."

"그런데 정말 결혼하실 생각입니까?"

"예, 올해 5월에 결혼하기로 했어요."

물론 합의된 사항은 아니지만 최은희가 하겠다면 하는 거다.

"하하하! 축하드립니다."

이 순간 시청률이 쭉쭉 오르고 있었다. 그리고 순하게 나가고 있는 최은희를 보던 연예기획사 대표는 불안감을 숨기지 못했다.

'쟤가 절대로 저럴 애가 아닌데……'

매도 먼저 맞는 것이 낫다는 말이 왜 있는지 알 것 같은 연예기획사 대표였다. 그리고 연계 기획사 대표의 예상대로 최은희는 아직 생각한 것을 시작도 안 한 것이 사실이다. 그때 시청률을 알아보기 위해 촬영장을 나간 방송사 직원이 달려왔다.

"구, 국장님! 3, 33퍼센트입니다!"

"뭐?"

예능국장이 놀라 되물었고, 생방송이기에 음향 감독이 인상을 찡그리며 국장을 째려봤다.

"33퍼센트입니다! 지금 대한민국이 난리가 났습니다."

"당연히 난리가 나지! 이건 정말 세기의 만남이거든."

인터넷도 난리가 났다. 그리고 실시간 검색어는 온통 최은희와 박동철의 이름으로 도배를 했다.

―최은희의 남자 박동철.

―벤츠 제공자 최은희.

―검사와 여가수! 세기의 커플 탄생.

―최은희, 박동철과 5월 결혼 예정.

―벤츠, 제네시스 스폰, 해프닝으로 끝나다.

대한민국은 난리가 났고, 조명득도 그 난리를 봤다.

"…이러면 우리가 준비한 기자회견이 묻히겠네."

조명득은 인터넷을 보더니 케이블 뉴스 보도국장에게 전화를 걸었다.

"오늘 있을 기자회견, 다음 주로 연기합니다."

—연기하신다고요? 왜요?

"인터넷도 안 보십니까? 지금 대한민국 난리가 났습니다. 박동철 검사랑 가수 최은희가 5월에 결혼한다는 발표가 오늘 생방송으로 떴습니다. 최 국장님의 양심선언이 이렇게 되면 묻히지 않겠습니까?"

—그렇죠. 그, 그럼 주시기로 한…….

케이블 TV 보도국장은 혹시나 돈을 받지 못할지도 모른다는 생각에 물으며 말꼬리를 흘렸다.

"물론 잔금까지 드릴 겁니다. 벌써 10억은 받으셨잖습니까?"

—예, 알겠습니다. 스탠바이만 기다리고 있겠습니다."

돈의 위력이 대단하다는 것을 새삼 느껴지는 순간이었다.

결국 박동철의 반격은 최은희 때문에 미뤄지는 어이없는 상황이 벌어지고 말았다.

조명득이 전화를 끊고 어이가 없다는 표정을 지었다.

"결국 팀 킬 당한 꼴이네. 히히히! 우리 똥철이는 이제 인생 끝났다. 결혼은 남자의 무덤이거든! 으으으윽!"

조명득이 재미있다는 듯 몸서리를 쳤다.

따르릉~ 따르릉~

그때 조명득의 핸드폰이 울렸고, 조명득은 본능적으로 불길한 예감이 들었다.

"어, 미선… 이네."

따르릉! 따르릉!

"왜, 왜, 우리 자기?"

—우린 언제 결혼해?

"뭐? 겨, 결혼은 갑자기 왜?"

—은희는 5월에 한다는데 우린 언제 하느냐구.

"…그럼 우리는 4월에 하자."

결혼은 무덤이라고 말해놓고 어쩔 수 없이 4월로 결혼 예정을 잡은 조명득이었다.

—4월이다, 4월?

"알았어. 4월!"

그렇게 벤츠 검사 해프닝은 또 다른 해프닝을 만들어놓았다. 물론 조명득에게는 절대 해프닝일 수 없는 약속이지만 말이다.

"우리 미선이는 결혼도 친구 따라 하네… 쩝!"

조명득은 전화를 끊고 입맛을 다셨고, 차시연 사건의 첫 공판이 시작되었다.

*   *   *

피고석에는 차시연이 앉아 있고, 중인석에는 검사인 내 요청에 의해 초췌해진 장미란이 앉아 있었다. 그녀는 아직까지 동생의 죽음을 받아들이지 못하는 듯 허망한 표정이었다. 하지만 그녀의 중언 없이는 아무 일도 안 된다. 영장 판사가 말한 것처럼 내가 복원한 영상과 녹음으로는 차시연을 엄벌하기에 부족한 면이 있었으니까. 그리고 차시연의 옆에는 일주일 전까지 서울지검을 지휘하던 지검장이 변호사가 되어 가증스러운 모습으로 앉아 있었다.

'곧 피고석에 앉혀 드리지.'

그냥 끝낼 거라면 모른 척하고 넘겼을 것이다. 하지만 두선그룹의 개가 되어서 나를 공격한 그를 그냥 넘길 순 없었다.

'재벌의 돈에 팔린 하찮은 놈!'

화가 치밀었지만 여기는 법정이다. 그러니 우선은 재판에 집중하고, 놈을 재판에 세울 때까지는 참아야 했다. 그리고 내가 어느 정도 부자연스러운 모습으로 법정에 나온 모습을 보고 전 지검장은 놀란 눈빛을 숨기지 못했다. 전 지검장뿐만 아니라 이 자리에 있는 판사를 비롯한 법조인, 그리고 방청객까지 놀란 눈빛을 보였다. 비록 칼에 3센티미터 정도밖에 찔리지 않았지만 누군가 나를 압박할 목적으로 유포시킨 CCTV 동영상에서는 피가 낭자한 모습으로 쓰러졌기 때문이다.

나는 규성은 내 총을 맞아 즉사한 자리에서 목격자와 경찰들이 나타날 때까지 쓰러져 있었다. 그건 규성이 말한 CCTV에 내가 총을 쏠 명분을 확보하기 위해 그런 것이었는데, 선혈이 낭자한 동영상이 유포된 후 중태에 빠져서 사경을 헤매고 있을 거라고 생각한 내가 이렇게 멀쩡한 모습으로 검사석에 앉아 있으니 놀라는 것이다.

'애고, 배 당겨 죽겠네.'

실밥이 터지면 봉합 수술을 다시 해야 하니 무리하면 안 된다고 했다. 비록 칼에 3센티미터 정도 들어갔지만 자상의 길이는 더 길었다. 20바늘이나 봉합했고, 위에서 아래로 7센티미터 이상 상처가 남았다. 그러니 붕대로 감은 상처 부분이 터지면 다시 병원행이다. 그래도 재판은 할 것이다. 그리고 차시연은 반드시 법으로 응징할 생각이다. 법이 재벌에게 더 가혹하게 적용된다는 것을 보여줄 참이다.

"검사, 심문하세요."

"예, 재판장님!"

나는 천천히 일어나 넋이 나가 있는 장미란에게 다가갔다.

"검사, 괜찮습니까?"

내가 자리에서 일어날 때 인상을 찡그린 모습을 보고 재판장이 걱정되는지 물었다.

"…괜찮을 겁니다."

내 말에 재판장이 인상을 찡그렸다.

"그럼 심문하세요."

"예, 장미란 씨!"

내가 장미란을 부르자 장미란이 고개를 들어 나를 바라봤다.

"이 법정에 장미란 씨에게 조세연 씨를 흥분시켜서 폭행을 유발시키라고 사주한 사람이 있습니까?"

내 질문에 변호사가 되어 재판에 참석한 전 지검장이 발끈해서 자리에 일어났다.

"재판장님! 지금 검사는 고도의 언론 플레이를 위해 유도심문을 하고 있습니다!"

고도의 언론 플레이? 그건 오버라고 볼 수 있지만 내 의중을 그대로 파악한 차시연의 변호사였다.

"언론 플레이는 차시연 씨 변호사가 했죠. 피고 측 변호인이 제출한 장미란 씨의 정신 상태 감정 결과서입니다. 그 정신과 진료 기록에는 극도의 불안과 공포, 그리고 분노에 의한 우울증이 보이기 때문에 증인으로 채택할 수 없다는 소견서를 냈습니다. 아닙니까?"

"그게 사실이 아닙니까?"

"지금 장미란 씨가 극도의 불안감과 공포, 그리고 분노를 표출하는 우울증에 시달리는 것은 한 명뿐인 동생이 사망했기 때문입니다. 그러니 지난 사건과는 무관합니다."

"으음······."

변호사 측이 제출한 서류를 일거에 휴지로 만드는 순간이다.

"검사, 증인에게만 질문하세요. 변호사 측과 검사 측이 제출한 증빙 서류의 가치는 재판관들이 결정할 겁니다."

"죄송합니다, 재판장님!"

나는 다시 장미란을 봤다.

"장미란 씨, 장미란 씨를 사주한 사람이 이 법정에 있습니까?"

"예, 있어요."

장미란의 대답에 차시연이 지그시 입술을 깨물었다.

"누굽니까?"

"두선그룹 전략기획실장 차시연입니다."

어제 마지막 피의자 조사를 했다. 나는 법정에서 지금과 같은 질문을 할 거라고 말했고 대답을 할 때 지금처럼 반드시 두선그룹을 넣어서 대답하라고 말했고, 동생의 죽음에 대한 복수 아닌 복수를 해준 나이기에 장미란은 알았다고 말했다. 아니, 어제 장미란의 눈빛은 내가 거짓말을 하라고 요구했어도 알겠다고 대답했을 것이다.

어떻게 되었든 동생을 죽인 규성을 내가 죽여줬으니까.

그리고 내가 그 일에 대해서 고맙다고 했다. 그래서 장미란이 법정에서 자신의 진술을 번복하지 않을 거라 확신했다.

"두선그룹 전략기획실장인 차시연 씨가 확실합니까?"

나는 다시 한 번 방청객 중에 있을 기자들이 들으라는 듯 확인 사살을 하듯 말했고, 기자들은 내가 말하고 장미란이 진술한 내용을 빠짐없이 적고 있었다.

'이게 알량한 검사의 공권력이라는 거다.'

나는 차시연을 노려보며 내심 뇌까렸다.

"예."

"차시연 씨가 산소 같은 피부 미용 관리실 VIP 룸에서 명품 가방에 2억을 담아서 줬죠?"

"예, 검사님."

"재판장님! 검사는 지금 거짓을 진실인 것처럼 위장해서 말하고 있습니다. 제 의뢰인은 증인인 장미란을 만난 적도 없습니다."

변호사가 된 전 지검장의 말에 판사가 살짝 인상을 찡그렸다. 증거 제출 및 서류를 통해 대부분 밝혀졌는데 왜 저러냐는 눈빛이다. 하지만 내놓고 내 편을 들 수가 없기에 인상을 찡그린 거였다.

"검사, 증인의 진술을 강요했다면 그 역시 범죄입니다."

"예, 재판장님! 그런데 법정에서 거짓으로 증인을 세우고 진실을 왜곡하면 어떤 처벌을 받게 됩니까?"

내 질문에 재판장이 인상을 찡그렸다.

"검사, 논점을 흐리지 말고 질문만 하세요."

"예, 재판장님!"

나는 그렇게 말하고 변호사가 된 전 지검장을 봤다. 나는 이미 차시연 변호인단의 꼼수를 파악했다. 물론 그 꼼수를 파악하기 위해 조명득을 통해 도청과 이메일 해킹, 그리고 불법 미행이 있었지만 증거로 제시하지 않았으니 문제되지는 않을 것이다. 그리고 합법적으로 확보한 증거만을 가지고 공격할 참이다.

"동영상 촬영 때 사용한 영상기기, 아니, 몰래카메라는 누가 준 겁니까? 두선그룹 전략기획실장인 차시연 씨가 준 거라고 진술했는데 맞습니까?"

"네, 차시연 두선그룹 전략기획실장이 줬습니다."

이런 것을 법정 PPR이라고 말할 수 있을 것이다. 간접 광고가 TV 속 드라마에서만 있는 것은 아니다. 그리고 지금 기자들은 열나게 적고 있다.

"재판장님, 지금 검사는 사건과 관계가 없는 두선그룹을 고의적으로 거론하고 있습니다!"

"인정합니다. 검사, 불필요한 언행은 삼가주십시오."

"아닙니다. 불필요한 행동이 아니기 때문에 거론한 겁니다. 이번 피고 차시연의 사건은 면세점 사업권을 따내기 위해서 사전에 치밀하게 준비된 파렴치한 범죄입니다. 그리고 두선그룹 차원에서 진행된 일입니다. 그게 팩트입니다. 모르십니까, 변호사님?"

내 말에 변호사가 된 전 지검장이 나를 죽일 듯 노려봤다.

"계속하세요."

재판장도 이해했다는 듯 내게 계속하라고 했다.

"그 증거로 촬영에 사용된 영상 장비에서 차시연 씨의 지문이 나왔습니다. 증거로 제출합니다."

내 말에 차시연의 표정이 어두워졌다.

"이상입니다."

나는 담담히 말하고 내 자리로 돌아왔다.

"변호인, 변론하세요."

차시연의 변호사인 전 지검장이 자리에서 일어났다.

"장미란 씨! 차시연 씨가 돈을 준 것이 확실합니까?"

"예, 줬습니다."

"본 사람 있습니까?"

"본 사람은 없지만 돈은 확실히 제게 줬습니다."

"재판장님, 증인의 진술 말고는 차시연 실장이 장미란 씨에게 돈을 줬다는 증거가 없습니다."

손바닥으로 해를 가리려고 지랄을 하고 있다.

"그리고 장미란 씨, 고급 피부 관리실에서 차시연 씨를 만났다고 했는데 사실입니까?"

"예, 사실입니다. 그곳에서 돈을 직접 받았습니다."

차시연의 변호사인 전 지검장이 돌아서서 재판장을 봤다.

'증인 부르면 넌 바로 뭐 된다.'

나는 전 지검장을 노려봤다. 엄정해야 할 재판장에서 허위로 증인을 세우고 그 증인에게 위증을 요구한다면 그 자체로 위증죄가 성립된다. 그리고 나는 지금 전 지검장이 누구를 증인으로 세울지 알고 있다. 그리고 또 조치도 해놓았다.

"산소 같은 피부 미용 관리실 총괄 매니저를 증인으로 요청합니다."

망할 놈, 너의 선택이 완벽한 실수라는 것을 보여줄 테다.

"검사, 이의 있습니까?"

"없습니다."

내 대답에 차세연 측 변호인인 전 지검장이 살짝 미소를 머금었다. 마치 이번으로 모든 게 끝날 거라는 표정이다.

검사 생활을 고스톱 치면서 했는지 내가 이의가 없다고 말할 때 감을 잡았어야 하는데 일선에서 물러나 촉이 둔해졌는지 전혀 감을 못 잡고 있다.

"변호인!"

"예, 재판장님!"

"돌발적인 증인 채택 요청은 곤란합니다."

내가 이의가 없다고 하자 도리어 판사가 변호인에게 한소리 했다. 그만큼 이 재판을 주관하고 있는 판사도 신경이 쓰인다는 의미일 것이다. 누가 뭐라고 해도 차시연은 재벌 3세고, 이 사건은 국민의 관심이 집중되어 있으니 신경이 쓰일 수밖에 없을 것이다. 그러니 내가 재판장에게 신경 쓰지 않게 해줘야 한다. 좋은 것이 좋은 거니까.

'역관광을 해주지.'

요즘 젊은이들이 자주 쓰는 말로 이제부터 역관광이 시작되는 것이다. 그리고 나는 어제의 일을 떠올렸다.

"동철아, 그 인간, 피부 미용실 직원들을 매수한 것 같다."

조명득이 내게 전 지검장이 장미란과 차시연이 접촉한 장소에 대한 위증을 해줄 직원을 매수했다고 말했다.

"…확실해?"

"돈 받은 증거가 있다. 물론 꼴에 대포 통장으로 받았지만 말이다."

오래된 수법이다. 금융실명제 이후 증거를 남기지 않기 위해 대포 통장 거래로 뇌물이나 청탁금을 넣는 경우가 종종 있었고, 그것은 2000년대 초반에 주로 써먹던 방법이다. 시대가 변했는데 이러고 있는 것을 보니 전 지검장이 옛날 사람은 옛날 사람인 것 같다.

"그럼 우리가 역관광 해야지. 가자! 그 총괄 매니저 만나야겠다."

그렇게 나와 조명득은 오피스텔을 나와 고급 피부 미용실로 향했고, VIP 관리 등록을 하고 총괄 매니저를 불렀다.

"은숙현입니다, 고객님!"

미소를 지으며 피부 미용실 총괄 매니저 은숙현이 와 묵례했고, 나는 피부 관리를 받고 있기에 안면 팩을 한 상태로 그녀를 봤다.

"앉으세요."

"말씀하시면 피부에 주름 생깁니다."

"뭐 상관없어요."

나는 50만 원이나 하는 안면 특수 미용 팩을 뜯고 은숙현을 봤고, 내 얼굴을 본 은숙현이 화들짝 놀라며 표정이 굳어졌다.

"단도직입적으로 묻겠습니다. 차시연 씨 담당 변호사 만났죠?"

"안 만났어요."

입에 침도 바르지 않고 거짓말을 하는 은숙현이다.

"그러세요? 그럼 이건… 유령을 만나신 거네?"

나는 조명득이 찍은 사진이 담겨 있는 핸드폰을 은숙현에게 보여주며 말했다. 내가 보여준 사진에 은숙현은 화들짝 놀란 표정을 지었다.

"만난 것과 돈 받은 것도 지금까지는 죄가 안 되지만 법정에서 위증을 하면 모해위증죄가 성립되고, 모해위증죄는 5년 이하의 징역, 또는 천만 원 이하의 벌금에 처하죠. 1, 2년도 아닌 5년입니다, 5년! 무슨 말을 하는 건지는 아시겠죠?"

"저, 저는, 저는 그냥……."

"아직 죄는 성립이 안 되죠."

내 말에 은현숙은 바로 겁을 집어먹었다. 아니, 누구라도 검사가 징역 5년, 또는 천만 원의 벌금이라고 말하면 겁먹을 것이다. 그리고 나는 풀 배팅으로 유명한 박동철이니까.

"검사님, 잘못했습니다. 살려주세요."

은숙현은 잔뜩 겁을 먹고 바로 내 앞에 무릎을 꿇었다.

"은숙현 씨. 방금 말씀드렸잖아요. 지금까지는 죄를 지으신 것이 아니라고. 일어나세요. 아직 전 영장을 안 받았고, 우리가 범인과 검사로 만난 게 아니잖습니까? 은숙현 씨, 우리 실리적이고 가장 간단하게 계산해 볼까요? 대포 통장으로 돈 받으셨죠?"

"어, 어떻게 아셨어요?"

"대한민국 검사가 그냥 되는 거 아닙니다."

내가 봐도 명언인 것 같다. 대한민국 검사가 그냥 되는 것은 절대 아니다. 검사가 되기까지 엄청난 노력을 통해 만들어진다. 그런데 과도한 업무와 박봉 때문에 힘들게 된 검사는 변호사의 길로 갈 수밖에 없다. 명예는 판사의 것이고, 재물은 변호사의 것이고, 과로사에 가까운 일은 검사의 것이라는 농담도 있으니까. 하여튼 검사의 수가 더 늘어나야 한다. 과중한 업무 때문에 스스로 옷을 벗는 검사가 많고 또 상대적 박봉 때문에 어쩔 수 없이 옷을 벗는 검사가 많다. 속된 말로 검사 봉급으로는 절대 자식새끼 영어유치원 못 보내고 그럼 집에 가서 욕을 먹는다. 그러니 어쩔 수 없이 검사도 남편이고 아빠라서 심각하게 변호사 개업을 생각할 수밖에 없다. 유능한 검사가 그 자리에서 그 직무를 공정하게 수행하려면 더 많은 봉급을 줘야 할 것이다. 국가에 헌신하라는 말은 조선시대에도 안 통하던 말이니까.

"대포 통장으로 받으신 돈은 증거가 남지 않습니다. 그래서 변호사가 준 거고요. 그러니 맛있게 드세요. 그냥 보너스라 생각하세요. 그리고 제가 엄청난 제안을 하죠. 법정에 가서 그대로 증언하세요."

"예? 설마 변호사님이 말씀하신 그대로 증언하라는 겁니까?"

은숙현이 놀라 되물었다.

"아니죠. 그럼 모해위증죄가 된다니까요?"

"그럼……."

은숙현이 내 눈치를 봤다.

"변호사가 장미란 씨를 피부 미용실에서 본 적이 없다고 말하라고 했을 겁니다. 그리고 서류도 다 삭제하라고 했을 겁니다. 그렇죠? 그걸 그대로 말하라는 겁니다. 변호사에게는 변호사가 시키는 그대로 한다고 말하고요."

"그럼 저는 어떻게 되는 겁니까?"

"대박이 나실 겁니다. 최은희 아시죠?"

"최은희? 그게 누… 혹시 슈퍼스타 최은희 씨를 말씀하시는 건가요?"

"예, 그 슈퍼스타 최은희요. 그 최은희 씨 신부 화장이랑 결혼식 전 신부 미용 관리는 이 피부 미용 숍에서 하게 될 겁니다."

내 말에 은숙현은 넋이 나갔다.

"저, 정말이세요?"

"검사는 거짓말 안 합니다."

은숙현의 직책은 총괄 매니저지만 사실 피부 미용실의 실질적인 주인이었다. 이 피부 미용실 대표는 바지 사장이었고, 은숙현이 머리가 돌아가는 여자라면 당연히 내 제안에 수락할 것이다.

"그런데 어떻게 그걸 보증하실 수 있죠?"

"한번 속는 셈 치고 믿어보는 거죠. 믿는 자에게 복이 있다는 말도 있잖습니까. 어떠세요? 법정에서 모해위증죄로 5년 이하의 징역을 받으시겠습니까, 아니면 이 으리으리한 피부 미용실을 대한민국 최고로 만드실 계기를 택하시겠습니까? 결정은 은숙현 씨의 몫입니다."

이왕 벤츠 검사에 대한 의혹을 풀기 위해서는 숨겨놓은 카드 하나는 오픈해야 한다. 그럼 어쩔 수 없이 최은희에게 말을 하고 관계를 공개하는 게 더 좋다. 왜냐하면 지금도 결혼을 언제 하느냐고 압박을 넣는 은희니까. 그러니 내가 이런 소리도 하는 것이다. 그리고 사실 위협을 했으니 당근도 필요했다. 나는 은숙현을 보며 미소를 지었다. 지금 은숙현은 머릿속으로 요란하게 계산기를 두드리고 있을 것이다.

"…알겠습니다, 검사님!"

"잘 생각하셨어요. 제가 검사지만 제 친구 중에 국세청 사무관도 많습니다."

개인 사업을 하는 사람들에게 검사보다 무서운 존재는 국세청 사무관일 것이다. 그리고 내 말에 은숙현은 다시 긴장했다.

"이곳의 실질적인 주인이시잖아요."

"그것까지 아셨어요."

"말씀을 드렸잖습니까? 검사, 아무나 하는 거 아니라고."

사실 이런 검사는 또 없을 것이다. 그리고 이렇게 전 지검장의 뒤를 캐고 다니는 검사도 없을 것이다. 내가 이런 행동을 하고 이런 발상을 할 수 있는 것은 검사가 검사처럼 생각하지 않고 범죄자처럼 생각하고 행동하기 때문이다. 헛소리처럼 들리겠지만 검사가 검사처럼 행동하면 능동적일 수가 없다. 하지만 역지사지로 범죄자처럼 생각하면 범죄자로 어떻게 증거를 인멸하고 장미란의 증언이 신빙성이 없다고 몰아붙일 수 있는 방법은 장미란의 자백 말고는 모두가 거짓으로 만들면 된다. 즉 위증밖에는 없지만 돈이면 뭐든 된다고 생각하는 재벌과 전 지검장이기에 위증을 해서라도 이번 사건을 무마시키려는 것이다.

'일을 크게 만드네.'

그냥 차시연이 명예훼손을 조장했다면 최고 5년 이하의 징역이지만, 보통 2년 이상의 징역이나 금고를 받는 경우도 없다. 그러니 보통은 집행유예로 끝나는 경우가 많았다. 내가 풀로 구형을 배팅해도 징역 1년에 집행유예 2년 이상은 나오지 않을 텐데 두선그룹은 일을 크게 만들고 있었다. 물론 이건 나에 대한 앙갚음과 그룹 이미지 때문에 발악하는 거겠지만 한번 늪에 빠지면 허우적거릴수록 더 깊이 빠진다는 것을 모르는 것 같다.

"아시겠죠?"

나는 재판장 증인석에 앉은 은숙현을 봤고, 은숙현도 살짝 겁먹은 표정으로 나를 봤다.

"양심에 따라 숨김과 보탬 없이 사실 그대로 말하고, 만일 거짓말이 있으면 위증의 벌을 받기로 맹세합니다."

은숙현이 법정 서기에게 받은 증인 선서문을 작은 목소리로 읽었고, 판사에 의해서 변호인 심문부터 시작됐다.

'아주 뒤집어질 거다. 아우, 배 당기네.'

그때, 차시연의 변호인인 전 지검장이 은숙현을 불렀다.

"증인! 검찰 측에서는 장미란 씨가 제 의뢰인인 차시연 씨를 증인이 근무하고 있는 피부 미용 관리실 VIP룸에서 만났다고 하는데 사실입니까? 또 검사 측에서는 장미란 씨가 피부 미용 관리실 회원이라고 했는데 그 말이 사실입니까?"

차시연의 변호사인 전 지검장이 은숙현을 빤히 봤고, 은숙현 역시 그를 잠시 뚫어지게 봤다.

"예, 사실입니다."

은숙현의 말에 전 지검장의 표정이 굳어졌다. 차시연도 인상을 찡그리며 자신의 변호사인 전 지검장을 노려봤다. 이제는 차시연도,

전 지검장도 빼도 박도 못한다. 아마 차시연보다 전 지검장이 더 높은 형량을 받게 될 것이다. 아마도 괘씸죄까지 추가될지도 모른다. 검사로 가오를 버리고 재벌에게 무릎을 꿇고 엎드린 죄다. 이것이 바로 법의 엄정한 심판이라고 할 수 있을 것이다.

'꼴좋다.'

역시 은숙현은 계산이 빠른 여자였다.

"뭐, 뭐가 사실이라는 거죠?"

"차시연 씨와 장미란 씨가 제가 근무하는 피부 미용 관리실 VIP 룸에서 만난 것이 사실이라고요. 그리고 재판장님, 변호사님께서 제가 법정에 서서 증인이 되면 그 사실을 숨기고 만난 적이 없다고 말하라고 한 적도 있습니다."

"즈, 증인! 지금 무슨 소리를 하는 겁니까?"

"그렇게 증언을 해달라고 하셨잖아요?"

"변호인! 지금 증인이 무슨 소리를 하는지 아십니까?"

판사의 표정도 굳어졌다.

"증인이 지, 지금 위증을 하고 있습니다!"

이때쯤 한번 제대로 이죽거려 줘야 한다.

"재판장님, 은숙현 증인은 피고 차시연의 변호인단이 요청한 증인이라는 것을 다시 한 번 상기시켜 주시면 감사하겠습니다."

내 말에 재판장이 나를 보며 한소리 했다.

"검사, 나도 귀 있습니다."

나는 죄송하다고 말하고는 자리에 앉았다

"재판장님, 증인이 검사에게 매수당한 것 같습니다!"

저딴 소리를 하는 것을 보니 전 지검장은 멘붕이 온 것 같다. 아마 관리직에 너무 오래 있었기 때문에 상황 판단이 흐려진 것 같다.

"매수라니요? 사실이잖아요."

"아니, 이 여자가 미쳤나!"

정말 당황했는지 판결을 내리는 재판장에서 버럭 소리를 지르고 있었다. 이게 역관광이라는 것이다. 법으로 조질 놈이 있고 유령이 되어서 조질 놈이 있다. 법을 아는 놈은 법으로 조져야 한다. 그래서 법이 얼마나 무서운 것인지도 알려줘야 한다.

─장미란을 못 봤다고 증언만 해준다면 이 통장에 들어 있는 1억은 은숙현 씨의 것이 됩니다. 아무도 모를 겁니다. 그러면 두선그룹에서 은숙현 씨를 적극 후원해 줄 겁니다.

그때 은숙현이 핸드폰으로 녹음해 놓은 것을 재판장의 허락도 없이 틀었다. 그러자 벌떡 자리에서 일어나 있던 전 지검장이 다리가 풀리는지 풀썩 주저앉았다.

'역시 계산이 빠르네.'

"재판장님, 지금 변호인이 검사의 명예를 훼손하고 있습니다!"

"인정합니다."

재판장이 내 말에 긍정을 표하고는 전 지검장을 노려봤다.

"…본 재판장은 검사의 이의가 없다면 차시연 씨의 변호인을 모해위증사주죄를 적용하여 법정 구속합니다."

재판장의 말투가 이상하다. 마치 내게 이의를 요청하라는 말투 같다. 원래 재판장은 재판에서 절대적인 존재인데, 이런 행동을 한다는 것은 다른 죄도 있으니 네가 나서서 처리하라는 뜻이다.

"재판장님, 이의 있습니다!"

"뭡니까, 검사?"

모해위증사주죄는 최고 5년 이상의 유기징역에 처할 수 있는 죄다. 또한 자격 정지 10년을 받을 수 있는 죄이기도 하다. 현재 50대 초반인 전 지검장이 이 자리에서 법정 구속이 되고 최고 5년의 징역을 언도받고 거기에 자격 정지 10년까지 받게 된다면 변호사로서, 법조인으로서 인생이 끝났다. 거기다가 다른 죄목까지 합산한다면 정말 운이 나쁘면 교도소에서 환갑을 보낼 수도 있었다.

"모해위증사주죄에 증거인멸죄까지 포함해 주십시오. 거기다가 검사모독죄와 법정모독죄까지 포함시켜 주십시오. 엄정한 법의 심판이 집행되어야 할 것 같습니다."

이제 계산을 해보자. 모해위증사주죄는 5년 이하의 징역, 또는 700만 원 이하의 벌금이다. 거기다가 증거를 인멸하려고 했다면 5년형이다. 그럼 여기까지가 10년이다. 게다가 검사인 내 명예를 훼손했으니 2년형은 따놓은 거고, 법정모독죄는 최대 6개월이지만 그 이상도 가능하다. 물론 그 이상으로 구형하기 위해서는 배심원을 참석시켜야 하지만 그런 수고도 마다할 생각이 없다. 대한민국의 법이 형량에 다른 죄의 형량을 모두 더하는 식의 판결 원칙이 아니라 최고 형량을 받은 죄에 나머지 죄의 1/2 형량을 더하는 형식이라고 해도 최대 10년까지 처벌 받을 수 있다. 그리고 이 정도의 처벌을 받는다고 한다면 형량을 끝내고 변호사 자격 정지가 풀린다고 해도 변호사 협회에서 변호사 자격을 안 내준다. 즉 한마디로 인생 끝난 것이다.

"…인정합니다. 현 시간부로 피고 차시연의 변호인이 법정 구속되었기에 공판을 다음 주 3월 12일로 연기합니다."

탕탕탕!

첫 공판은 완벽한 내 승리로 끝났다. 그리고 전 지검장은 법정 구속이 됐고, 다리에 힘이 풀렸는지 질질 끌려 나갔다. 가지치기는 끝났다. 한번에 두선그룹이라는 거목을 쓰러뜨릴 순 없기 때문에 우선 나를 귀찮게 하고 나를 벤츠 검사라고, 또 총기 남용 검사라고 언론 플레이를 한 전 지검장부터 끝냈다. 물론 은숙현 때문에 두선그룹도 차시연이 구속될 때만큼 치명타를 입을 것이다.

＊　　　＊　　　＊

첫 공판이 끝나자 법정 앞에선 방청객으로 온 기자들이 은숙현에게 달려가 핸드폰 녹취록을 사겠다고 난리를 쳤다. 저게 팔리면 두선그룹은 또 한 번 휘청거릴 것이다.

'그런데 생각보다 기자들이 많이 안 왔네?'

내가 예상한 것보다 기자들이 많지 않았다. 분명 재벌 3세에 대한 재판은 이슈가 될 일이기에 인산인해는 아니더라도 많이 올 거라고 예상했기에 이상하다는 생각이 들었다.

이 사건보다 더 큰 이슈가 될 일은 없을 텐데 말이다.

'혹시……'

나도 모르게 최은희가 떠올랐다. 최은희 성격이면 기자회견을 해도 벌써 몇 번을 했을 시간이다.

'…왜일까? 갑자기 저 문을 나가기 싫네.'

재판장 문을 열고 나가면 기자들이 잔뜩 몰려 있을 거라는 생각이 들었다. 하지만 여기에 마냥 앉아 있을 수도 없는 노릇이다.

'으… 봉합된 거 터진 것 같다.'

한 것도 없는데 배에서 뜨끈한 것이 느껴지고 있었다. 결국 고심

끝에 재판장을 나가는 문고리를 잡고 조심스럽게 문을 열었다.

찰칵! 찰칵! 찰칵!

'…역시네.'

"박동철 검사님, 월드 스타 최은희 씨와 연인 관계라는 것이 사실입니까?"

"최은희 씨가 5월에 결혼 예정이라는데 사실입니까?"

보통 재판이 끝난 검사에게 하는 질문은 재판에 대해서 묻는 경우가 많다. 그런데 온통 나와 최은희에 대한 이야기뿐이다.

'끙… 양심선언 기자회견부터 취소시켜야겠네.'

내 결혼 뉴스 때문에 사건 사고 방송이 모두 묻힐 것 같아 미뤄야겠다는 생각이 들었다.

"어디로 가?"

"병원부터 가자. 봉합한 거 터졌다."

조명득의 물음에 인상을 찡그리며 말했다. 법원을 빠져나가기 전까지만 하더라도 터지기 일보 직전의 상황이었다. 하지만 문을 열고 재판장을 나설 때 몰려든 기자들이 나를 취재하기 위해서 밀려들었고, 그 기자들 중에 한 명이 뒤로부터 밀렸는지 내 상처 부위를 누르며 쓰러졌고, 그 여파로 완벽하게 터졌다.

"마이 아프나?"

"아파 뒤지겠다."

"아프지 마라. 니가 아프면 나도 아프다."

"그건 표절이고. 어서 병원으로 가자."

조명득이 바로 차를 몰고 병원으로 달렸다.

"그런데 그거 알아? 난리 난 거."

"응, 들었다. 내가 5월에 결혼을 한단다."

"…나는 4월에 하기로 했다. 미선이가 은희 들러리 시킨단다. 어이가 없지만 말이다."

"……"

슈퍼스타인 은희를 들러리로 세운다는 생각을 할 수 있는 것이 참 대단했다. 물론 은희는 흔쾌히 미선의 들러리를 서줄 것이다. 나도 그렇지만 은희도 친구라면 껌뻑 죽으니까.

"하여튼 대한민국이 네 결혼 소식으로 난리가 났다. 아침이 좋다라는 프로그램 아나? 거기 평균 시청률이 5퍼센트인데, 오늘 은희가 나와서 55퍼센트 찍었다. 구글도 아주 난리가 났다."

"어, 왜?"

대한민국의 포털 사이트는 네이버가 압도적으로 앞서지만 전 세계적으로 봤을 때는 여느 사이트를 통틀어도 구글이 앞선다. 즉 구글에서도 난리가 났다는 것은 그만큼 최은희가 가진 지명도가 세계급으로 높다는 반증일 것이다.

"은희 페이스북은 서버 다운되어서 닫았다."

"…그럴 수도 있지."

전 세계에 퍼져 있는 최은희의 팬들이 한 번에 접속했다면 난리가 났을 것이다.

"하여튼 결혼 축하한다."

"…너도."

그런데 결혼 축하한다는 조명득의 표정이 어둡다. 물론 나도 밝지는 않았다. 스무 살 때, 즉 막 성인이 되어서 서울로 올라와 자취했을 때 동거를 해봐서 안다. 남자에게 결혼은 무덤이라는 것을, 그리고 공식적으로 영원한 머슴이 된다는 것도 해봐서 안다.

"그리고 은희가 또 기자회견을 한단다."

결혼 발표를 한 것은 벤츠 검사에 대한 의혹을 풀어주기 위함일 텐데 또 기자회견을 한다는 것이 걱정됐다.

"은희 성격으로는 한소리 할 것 같은데⋯⋯."

나만큼 은희 성격을 잘 아는 조명득이다.

"⋯그러게. 그리고 참, 양심선언은 다음 주로 미뤄라."

"이미 연기했다. 지금은 그 어떤 뉴스가 나와도 묻힌다. 하여튼 다음 주 두선그룹은 폭망하겠네. 히히히!"

"받은 만큼 돌려줘야지. 홍콩 펀드 총괄 매니저 입국하라고 해."

내 말에 조명득이 고개를 돌려 나를 봤다.

"야! 운전 중에 고개를 돌리면 어떻게 해?"

나도 모르게 버럭 소리를 질렀다.

"우리 이러다가 한 방에 훅 가!"

"알았다. 그건 그렇고, 아예 두선그룹 빼앗게?"

"4.8퍼센트의 지분도 안 되는 재벌가를 몰아내야겠다."

"⋯그럼 돈 많이 들 텐데?"

조명득이 걱정스러운 표정이 되어서 말했다.

"우선 탈탈 털어야겠다."

"어떻게?"

"지분 싸움을 하는 거지."

"지분 싸움? 오~ 그럼 경영권을 지키기 위해 차씨 일가가 지분을 매수할 수밖에 없겠네?"

감을 잡은 것 같다.

"그렇지. 적대적 M&A를 선포하고 난리를 떨어야겠다."

"그럼 개미만 죽는 거 아닌가?"

"욕심 많은 개미는 죽고, 평범한 개미는 살겠지."

욕심 때문에 망하는 개인 투자자까지 구제할 방법은 없다. 내 하수인인 홍콩 사모펀드 총괄 매니저가 적대적 기업 인수를 선포하고 주가만 올려놓고 먹튀한다면 그건 주가 조작이겠지만 완벽하게 인수하고 경영권을 빼앗는다면 그건 합법이다.

"문제는 연기금이 홍콩 사모펀드 편을 들어주냐에 달렸네."

"그건 왕 서방 능력이지."

홍콩 사모펀드 총괄 매니저의 이름은 왕자성으로, 왕 서방이라 불린다. 그리고 언론 플레이는 두선그룹만 할 줄 아는 것이 아니다. 나도 할 줄 알고, 왕 서방도 언론 플레이에 능하다. 아마 내가 지시하지 않아도 왕 서방은 내 지시를 받는 순간부터 두선그룹 재벌가의 지분이 겨우 4.8퍼센트도 안 된다고 언론 플레이를 시작할 것이다.

재벌가가 저지른 잘못과 과오들을 적극 언론에 제공할 것이고 저번 면세점 사건 여파로 떨어진 주가부터 다시 한 번 이슈 몰이를 할 것이 분명했다. 그리고 오늘 밝혀진 모해위증까지 두선그룹은 그룹 이미지를 실추하게 될 것이니, 주가에 직격탄을 맞게 될 것이다.

'왕 서방이 그거 하나는 아주 잘하지.'

홍콩 사모펀드는 그렇게 언론 플레이를 하고 적대적 기업 인수를 선포할 것이다. 그리고 대부분의 대한민국 기업은 오너 일가의 지분이 취약해 왕 서방이 찍으면 넘어갈 수밖에 없다.

사실 홍콩 펀드는 내 이익을 대변하는 사모펀드지만 대한민국에서는 거의 활동하지는 않았고, 주로 일본에서 활동하면서 집요하고 치졸할 정도로 이익을 추구했다. 나도 일본에 감정이 안 좋고, 왕 서방도 일본에 감정이 안 좋다 보니 수단과 방법을 가리지 않고 싹쓸이를 했기 때문에 일본 재계에서는 개 같은 왕 서방, 또는 돼지 같은 왕 서방으로 통했다. 현대사회는 돈이 곧 힘이기 때문에 뒤로는 욕을 하지만 앞에서는 굽힐 수밖에 없었다.

"돈 많이 들어가겠다."

"대륙의 실수가 대박을 쳐줘서 총알은 충분하다."

대륙의 실수라고 불리는 샤오미의 레이 쥔이 샤오미를 창립하기 딱 1년 전, 나는 홍콩 왕 서방을 통해 투자를 제의했다. 그리고 레이 쥔은 홍콩 왕 서방의 투자 제의를 받아들여 나는 샤오미의 지분을 10퍼센트나 보유한 주주가 됐고, 그건 철저하게 비밀로 유지되고 있었다. 그리고 2010년 샤오미가 설립된 후 중국의 고도성장과 주식시장의 급상승을 통해 다시 한 번 엄청난 부를 축적했고, 그 주식의 일부를 팔아 홍콩 사모펀드의 총알을 더 늘렸다. 그리고 본격적으로 세계 각국의 중요 기업들의 합병을 시작했다. 본의 아니게 이런 결과가 되었지만 홍콩 사모펀드의 레이더에 두선그룹과 한신그룹도 포함되어 있었는데 이번 참에 대놓고 인수해 볼 참이다.

"하여튼 니 선견지명은 대단하다."

사실 처음 중국 핸드폰 제조회사를 산다는 말에 조명득이 저런 미친놈을 봤냐는 눈으로 나를 봤다. 그런데 딱 2년이 지난 지금 조명득은 그때 주식을 안 산 것을 후회했다.

"…가자, 피 난다."

"알았다."

그렇게 조명득은 급하게 차를 몰았다.

에에에엥~ 에에에엥~

하지만 곧 경찰차가 우리 옆으로 따라붙었다.

"…야, 너, 가속했어?"

"아니, 네가 빨리 가라며!"

조명득이 억울하다는 표정을 지어 보였다.

"가속하면 어떻게 하냐?"

─4494! 갓길로! 4494! 갓길로! 4494 투싼, 갓길로!

"아닌데……."

조명득이 속도계를 보면서 갓길로 차를 세웠고, 경찰차에서 경찰관 한 명이 내리더니 운전석으로 갔다.

"면허증 제시해 주십시오."

"한 번만 봐주십시오. 제 친구가 복부에 자상이 있는데, 그게 터져서 급하게 병원으로 가는 중입니다."

"복부 자상이요?"

교통경찰이 조수석에 앉아 있는 나를 보자 나는 씩 웃다가 아픈 표정을 지었다. 조명득도 교통 위반 범칙금은 내기 싫은 모양이다.

"그쪽 분도 신분증 주십시오. 두 분 다 안전벨트 미착용이십니다."

결국 조명득만 걸리면 될 것을 나도 걸렸다.

"…예, 죄송합니다."

나는 바로 주민등록증을 냈고, 조명득은 그래도 범칙금을 내기 싫은지 검찰 수사관 신분증을 냈다.

"…이건 공인된 신분증도 아니고, 이런 신분증 낸다고 해서 안 봐드립니다."

그냥 범칙금 3만 원 내면 될 것을 그거 안 내려고 잔꾀를 쓰다가 저렇게 쪽팔리고 있는 조명득이다.

"…죄송합니다."

"각각 안전벨트 미착용으로 범칙금 부과됩니다. 그리고 환자 분이 계시니 저희가 에스코트해 드리겠습니다. 박동철 검사님! 복부는 괜찮으십니까?"

나를 알고도 벌금을 부과한다는 것은 자기 일을 아주 열심히 하는 경찰관이라는 의미다.

내가 아프다는 시늉을 하며 배를 문지르자 교통경찰은 모시겠다는 말을 하고는 경찰차로 돌아갔고, 나는 조명득을 보며 눈을 흘겼다.

"야! 너 때문에 나도 냈잖아!"

"아~ 요즘 너무 공명정대한 사회로 변하고 있다니까… 웬만하면 이 신분증이면 다 통하는데… 쩝!"

조명득은 그저 아쉽다는 듯 입맛을 다셨다.

그리고 곧 경찰차가 사이렌을 켜고 앞으로 달려 나갔고, 조명득은 급하게 경찰차를 따라갔다. 하여튼 차는 더 이상 안 막힐 것 같다.

"…죄송합니다."

나는 바로 내 담당의에게 죄송하다고 말했다.

"허, 참… 내가 이럴 줄 알았습니다."

"으윽!"

퇴원을 극구 말린 의사는 한심하다는 듯이 나를 봤고, 의사의 지시를 받은 간호사는 마치 보복이라도 하듯 강하게 눌러 소독했다.

"환자 분은 의사가 일을 두 번, 세 번 하게 만드는 분이시네요. 김

간호사! 꼼꼼히 소독하세요. 그러다가 2차 감염되면 큰일 납니다."

"예, 선생님!"

하여튼 소독하는 데 돼지는 줄 알았다. 그리고 다시 마취를 했고, 20바늘이나 재봉합 수술을 해야 했다.

"또 입원 안 하실 거죠?"

"죄송합니다. 애인이 미국에서 와서……."

"압니다. 결혼을 축하해 드릴 수는 없겠네요."

이제야 알았다. 왜 그렇게 험하게 소독했는지.

'아, 이 사람… 은희의 팬이었구나.'

이건 다시 말해 나는 전 세계 은희 남자 팬들의 공적이 됐다는 의미기도 했다.

*　　　　*　　　　*

와장창창!

"지금 뭐라고 했나!"

차선명 회장은 책상 위에 놓여 있던 집기들을 비서실장에게 집어 던지며 소리를 질렀다.

"…변호사가 법정 구속됐습니다."

"그러니까 도대체 왜!"

이미 흥분해 이성을 잃고 있는 차선명 회장이었다.

"모해위증죄로 법정 구속이 됐고, 언론은 두선그룹이 증인을 매수하라고 지시했다는 추측성 기사를 마구 쏟아내고 있습니다."

"누가 지시를 했다고?"

"하지만 법정에서 검사와 증인이 계속 두선그룹을 강조하는 단어를 써서 기자들은 이번 모해위증죄의 배후에……."

"왜, 배후에 내가 지목되었다는 건가?"

차선명 회장의 말에 비서실장은 눈치만 볼 뿐이다.

"…죄송합니다."

"이런 망할! 모해위증죄? 그런 죄도 있었어?"

"예, 회장님! 시연 아가씨에게는 모든 것이 불리하게 돌아가고 있습니다. 그리고 법조계 인사들이……."

"뭐라는데? 어서 말하지 못해!"

차선명 회장이 버럭 소리를 질렀다.

"…박동철 검사에게 백기를 드는 것이 좋다고 합니다. 절대 물러서지 않는답니다."

"겨우 내가 일개 검사에게 항복하라는 말인가!"

"말이 안 통하는 작자랍니다."

"말이 안 통하면 다른 수라도 써!"

똑똑! 똑똑!

그때 누군가 다급히 노크를 하고 허락도 없이 회장실로 들어섰다.

"죄송합니다, 회장님! 초유의 사태입니다. 현재 그룹 계열사 주식이 폭락하고 있습니다! 언론이 대대적으로 그룹의 비리에 대한 추측성 기사를 올리고 있습니다."

사주관리이사가 굳은 표정으로 차선명 회장에게 말했다.

"뭣들 하는 게야! 비싼 월급 쳐받고 그딴 것도 못 막아!"

"워낙 동시다발적으로 터지고 있어 막을 수가 없습니다."

"무슨 수를 써서라도 막아! 광고 받기 싫으면 계속 엉터리 기사

내라고 해!"

"그중 일부는 사실입니다. 그리고 두선중공업 주식이……."

두선중공업 주식은 두선그룹의 핵심이다. 하루 만에 이것저것 터지다 보니 이제는 놀라지도 않는 차선명 회장이다.

"…하한가를 기록했습니다."

"뭐?"

그저 어이가 없는 차선명 회장이었다.

"주가 방어를 해야 합니다, 회장님!"

"…하한가란 말이지? 정말 초유의 사태군."

사주관리이사는 세상이 끝났다는 표정으로 일관하고 있는데, 흥분해 씩씩거리고 있던 차선명 회장은 어느 순간 담담해졌다. 아니, 눈동자가 반짝이고 있었다.

"예, 지금 유통되고 있는 주식 중 11퍼센트의 물량이 하한가 매물로 나왔습니다. 증권가 찌라시로는……."

"검찰총장의 눈 밖에 나서 대대적인 수사를 받는다고 떴겠지?"

"…송구합니다, 회장님!"

"기회다. 명분도 아주 좋군. 기업 유보금과 내 개인 자금으로 주가 방어 차원으로 주식을 매수해. 권력은 화무십일홍이지만 돈은 영원하지. 뭐해! 바로 움직여!"

"예, 회장님!"

"이런 것을 새옹지마라고 하지."

주식이 하한가를 기록했다는 말에 차선명 회장의 표정이 묘하게 변했다. 그는 자신의 자산을 더욱 늘릴 기회라고 생각했다. 지금 이 순간 너 나 할 것 없이 두선그룹 주식을 팔고 있었고, 10대 기업인 두선그룹의 지주회사인 두선중공업이 하한가를 기록하는 전무후무한 사태가 발생한 지금 도리어 기회라고 생각했다.

하한가라는 것이 그렇다. 지금 당장에야 여러 사건이 터지고 주주들의 정신적 충격 때문에 마구잡이로 던지는 경향이 있다. 하지만 어느 정도 그 충격에서 벗어나면 주가는 회복된다.

물론 한 번 하한가를 치고 연속적으로 하한가를 치는 경우가 많고, 그 빠진 주가가 회복되려면 꽤 오랜 시간이 걸리지만 개인 투자자들과 다른 단기나 중기 투자가 아닌, 그룹 지배력을 더욱 공고하게 하려는 차선명 회장에게는 이번 일은 박동철이 준 기회였다.

이것이 세상인 것이다. 그리고 이런 일도 있는 법이다.

"어서 움직여! 하한가에 걸린 주식을 모두 매수해야 해!"

그렇게 사주관리이사가 급하게 묵례하고 나갔다.

"그 망할 놈이 이렇게라도 나를 도와주는군."

"그렇습니다. 하지만 회장님의 판단이 대단하십니다."

"재벌 그룹 오너는 아무나 하는 줄 알아? 그건 그렇고, 시연이가 문제군. 다른 로펌에 문의해. 대서양이든 장&김이든 아무 곳에나 맡겨서 형량을 최대한 줄여."

이 순간 차선명 회장은 차시연이 무죄 판결을 받기는 어렵다는 생각이 들었고, 최대한 형량이라도 줄일 생각을 했다.

"…그런데 회장님, 수임을 맡으려는 로펌이 없습니다."

그 말에 차선명 회장은 다시 한 번 황당한 표정을 지어 보였다.

"국민적 여론이 그룹에서 돌아섰다고 모두 눈치만 보고 있습니다."

"…돈 나올 구멍이라고 생각하는 모양이군."

대형 로펌들이 차시연 사건에 대해 수임을 거부하는 것을 차선명 회장은 다른 쪽으로 받아들였다.

"돈은 얼마가 들어가도 좋으니 형량을 최대한 낮추라고 해. 그리고 그룹은 영원하다고 전해."

하지만 세상에 영원한 것은 결코 존재하지 않는다.

그때 차선명 회장의 지시를 받고 급하게 나갔던 사주관리이사가 노크도 없이 문을 벌컥 열고 들어서더니 굳은 표정으로 눈동자를 파르르 떨리며 차선명 회장을 봤다.

"지금 뭐 하는 겁니까!"

비서실장이 사주관리이사를 질책하듯 말했다.

"그, 그게, 회, 회장님! 하한가에 걸린 주식이 전부 매수됐습니다."

"뭐⋯⋯?"

이제야 진짜 표정이 굳어지는 차선명 회장이었다.

"누가 그 많은 유통 주식을 매수했다는 거야!"

"아직 공시된 것은 없습니다. 하지만 전체 주식의 2.1퍼센트이기에 어떤 식으로든 발표가 있을 겁니다.

"하, 하한가 물량이 그렇게 많았나?"

사주관리이사는 아무런 말없이 지그시 입술을 깨물었다. 지금까지 핏대를 세우던 차선명 회장이 인상을 찡그리고 소파에 앉으며 신음 소리를 토해냈다.

"⋯이런 멍청한 작자들! 비상이사회의 소집해! 이번 일이 적대적 기업 인수의 전초라는 느낌이 안 드나?"

차선명 회장은 사건의 이면을 정확하게 꿰뚫어 보았다.

이래서 회장은 아무나 하는 것이 아닌 것이다.

　　＊　　　　　＊　　　　　＊

　　최은희는 아침이 좋다 생방송을 온순하게 끝내고 강철의 의지로 당당히 KSB 방송국 앞에 마련된 기자회견장으로 향했다. 아직 3월이지만 꽃샘추위로 날씨는 추웠고, 밖에서 기다리는 기자들은 최은희의 사진 한 장 찍고 목소리 한번 담기 위해 한 시간째 기다리고 있었다.

　　"얼마나 모였어요?"

　　"다!"

　　연예기획사 강 대표가 짧고 강하게 대답했다.

　　"알았어요."

　　그렇게 최은희는 KSB 방송사 건물을 박차고 나섰고, 엄청난 숫자의 취재진이 최은희를 기다리고 있었다.

　　"최은희 씨, 결혼 발표를 하셨는데 사실입니까?"

　　"예, 사실입니다. 결혼 발표는 생방송으로 이미 말씀드렸습니다."

　　"그럼 다른 이유로 기자회견을 요청하신 겁니까?"

　　"예, 제 남자 이야기를 좀 하려고 해요."

　　"예비 신랑이 지금 벤츠 검사로 이슈가 된 박동철 검사이시죠?"

　　기자 하나가 이미 세상 사람들이 다 아는 것을 다시 묻자 최은희는 살짝 눈을 흘겼다.

　　"기자님만 모르시네요. 제가 이번에 기자회견을 하려는 것은 우리 박동철 검사를 누군가 집요하게 음해하고 있다는 겁니다. 아무리 벤츠라는 단어가 서민적 정서에 반감을 주는 단어지만 벤츠 검사라는 단어 하나가 이렇게 제 남자를 압박하는 것은 이해가 되지 않아요."

　　최은희의 성격이 나오는 순간이면서 벤츠 검사 보도에 대한 여론 조작 의혹이 최초로 제기되는 순간이다.

"박동철 검사를 음해하는 세력이 있다는 겁니까?"

기자 하나가 최은희에게 물었다.

"그건 기자님이 밝혀내셔야죠."

살짝 미소를 지으며 대답하는 최은희였다.

"그리고 벤츠가 국민들의 입장에서는 고급차지만 외람되게, 아니, 솔직하게 싸가지 없는 말로 저한테는 그리 비싼 차가 아니잖아요? 그리고 사랑하는 사람에게 아무런 사심 없이 준 차에 대해 이렇게 대한민국 전체가 떠들썩한 것은 문제가 있는 것 같아요."

살짝 오버까지 하는 최은희였다.

"지금 벤츠가 아무것도 아니라고 말씀하시는 건가요?"

기자 하나가 기자 특유의 말꼬리 잡기를 시작했다.

"벤츠가 뭐가 대단하죠? 벤츠, 아무것도 아니잖아요. 저는 제네시스가 더 좋던데. 벤츠는 그냥 헬스장 다닐 때 타라고 준 거거든요."

막말에 막말을 더하고 있는 최은희였다. 하지만 벤츠는 고급 외제차고, 제네시스8000은 한국자동차의 고급차다. 결국 애국 마케팅을 해주는 최은희였다. 인터넷에도 이번 일로 실시간 검색어에 '벤츠 잡은 제네시스'가 떴고, 한국자동차 1/4분기 최종 제네시스 매출이 비약적으로 상승했다. 그것도 국내가 아닌 국외에서.

"그리고 우리 박동철 검사를 음해한 세력을 밝혀내 주시는 언론사에게는 제 결혼식 단독 촬영 보도와 신혼여행지 동행 촬영을 할 수 있게 해드리겠습니다."

마지막으로 최은희가 한 말에 기자들은 흥분에 부르르 몸을 떨어야 했다.

"Why?"

뉴욕 타임지 기자도 다른 기자들이 놀라는 모습에 통역에게 물었고, 통역의 설명에 뉴욕 타임지 기자가 기겁한 표정을 지어 보이며 의욕이 불타는 눈빛을 보였다.

"아, 물론 비키니도 입을 거예요."

"정말이십니까?"

"저는 거짓말 안 해요."

"정말 악의적으로 여론을 조작한 세력이 있다고 보십니까?"

"예, 만약 제가 헛소리를 한 거면 은퇴하겠습니다."

최은희의 말에 연예기획사 강 대표의 표정이 굳었다.

"정말이십니까?"

"예, 전 국민을 모아두고 헛소리를 하는 연예인이 노래 부르면 안되죠. 안 그래요?"

최은희가 진검을 뽑아 드는 순간이었고, 국민의, 아니, 전 세계 대중의 관심도 측면에서 박동철은 최은희에 비하면 새 발의 피니 그 파급 효과는 실로 엄청났다.

"…알겠습니다. 공약, 정말 지키시는 거죠?"

"대통령은 공약 안 지켜도 저는 지킵니다."

최은희의 욱하는 성격이 자신도 모르게 대통령까지 디스하는 순간이다.

"분명하게 말씀드렸어요. 박동철 검사를 음해한 세력이 있습니다. 찾아주세요. 그리고 밝혀주세요. 그 사실을 밝혀주시는 기자님이나 매체는 원하실 때마다 또 시간과 장소에 상관없이 모든 요청을 수용해 드릴 겁니다. 이상입니다."

보통 기자회견이라면 한 마디라도 더 묻기 위해 모여들게 마련인데, 썰물처럼 기자들이 기자회견장을 떠났다.

"모든 인맥과 수사력을 동원해서 박동철 검사를 음해한 세력을 찾아야 합니다!"

"아는 형사나 전직 형사를 섭외하십시오! 이건 정말 대박입니다! 10년 동안 원할 때마다 특종을 낼 수 있는 사건입니다!"

"사설탐정을 한국으로 파견 요청합니다! 은희 최가 공식적으로 발표했습니다!"

뉴욕 타임지 기자까지 난리가 났고, 이번 기자회견까지 인터넷 실시간 검색어 순위를 차지했다.

"…은희 씨, 정말 은퇴할 거야?"

강 대표가 걱정되어서 최은희에게 물었다.

"걱정 마세요. 분명 우리 동철이 음해한 나쁜 새끼들 꼭 있어요. 걔가 검사지, 스타는 아닌데 이번 사건이 너무 이슈가 되었잖아요."

하여튼 그렇게 최은희의 무시무시한 내조가 시작됐고, 전 세계 연예 관련 언론사가 박동철 검사를 음해한 세력을 찾기 시작했다.

『법보다 주먹!』 9권에 계속…

궁극의 쉐프

Ultimate chef

가프 장편소설

FUSION FANTASTIC STORY

태초의 우물에서 찾은 사막의 기적.
사람의 식성과 식욕을 색으로 읽어내는 능력은
요리의 차원을 한 단계 드높인다.

『궁극의 쉐프』

요리란!
접시 위에 자신의 모든 것을 담아내는 것.

쉐프란!
그 요리에 자신의 가치를 증명하는 사람.

"요리 하나로 사람의 운명도 좌우할 수 있습니다."

혀를 위한 요리가 아닌, 마음을 돌보는 요리를 꿈꾸는
궁극의 쉐프 손장태의 여정이 시작된다!

Book Publishing CHUNGEORAM

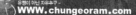

유행이 아닌 자유추구 -
WWW.chungeoram.com